折射集
prisma

照亮存在之遮蔽

Vincent B. Leitch

Literary Criticism in the 21st Century:
Theory Renaissance

当代学术棱镜译丛 · 当代文学理论系列
丛书主编 张一兵 副主编 周宪 周晓虹

21世纪的文学批评：

理论的复兴

［美］ 文森特·B.里奇 著 朱刚 洪丽娜 葛飞云 译

南京大学出版社

《当代学术棱镜译丛》总序

　　自晚清曾文正创制造局，开译介西学著作风气以来，西学翻译蔚为大观。百多年前，梁启超奋力呼吁："国家欲自强，以多译西书为本；学子欲自立，以多读西书为功。"时至今日，此种激进吁求已不再迫切，但他所言西学著述"今之所译，直九牛之一毛耳"，却仍是事实。世纪之交，面对现代化的宏业，有选择地译介国外学术著作，更是学界和出版界不可推诿的任务。基于这一认识，我们隆重推出《当代学术棱镜译丛》，在林林总总的国外学术书中遴选有价值篇什翻译出版。

　　王国维直言："中西二学，盛则俱盛，衰则俱衰，风气既开，互相推助。"所言极是！今日之中国已迥异于一个世纪以前，文化间交往日趋频繁，"风气既开"无须赘言，中外学术"互相推助"更是不争的事实。当今世界，知识更新愈加迅猛，文化交往愈加深广。全球化和本土化两极互动，构成了这个时代的文化动脉。一方面，经济的全球化加速了文化上的交往互动；另一方面，文化的民族自觉日益高涨。于是，学术的本土化迫在眉睫。虽说"学问之事，本无中西"（王国维语），但"我们"与"他者"的身份及其知识政治却不容回避。但学术的本土化绝非闭关自守，不但知己，亦要知彼。这套丛书的立意正在这里。

　　"棱镜"本是物理学上的术语，意指复合光透过"棱镜"便分解成光谱。丛书所以取名《当代学术棱镜译丛》，意在透过所选篇什，折射出国外知识界的历史面貌和当代进展，并反映出选编者的理解和匠心，进而实现"他山之石，可以攻玉"的目标。

　　本丛书所选书目大抵有两个中心：其一，选目集中在国外学术界新近的发展，尽力揭橥域外学术20世纪90年代以来的最新趋向和热点问题；其二，不忘拾遗补阙，将一些重要的尚未译成中文的国外学术著述囊括其内。

　　众人拾柴火焰高。译介学术是一项崇高而又艰苦的事业，我们真诚地希望更多有识之士参与这项事业，使之为中国的现代化和学术本土化做出贡献。

丛书编委会

2000 年秋于南京大学

目　录

i / 前　言

1 / 第一章　我的信仰和缘由

14 / 第二章　反理论

38 / 第三章　批判性阅读的任务

58 / 第四章　理论的今天与明天

75 / 第五章　理论的十字路口

100 / 第六章　法国理论的再生

116 / 第七章　雅克·德里达的勃勃生机

134 / 第八章　再探后现代主义

146 / 第九章　21 世纪理论收藏

167 / 第十章　理论的未来

175 / 参考文献

191 / 索引

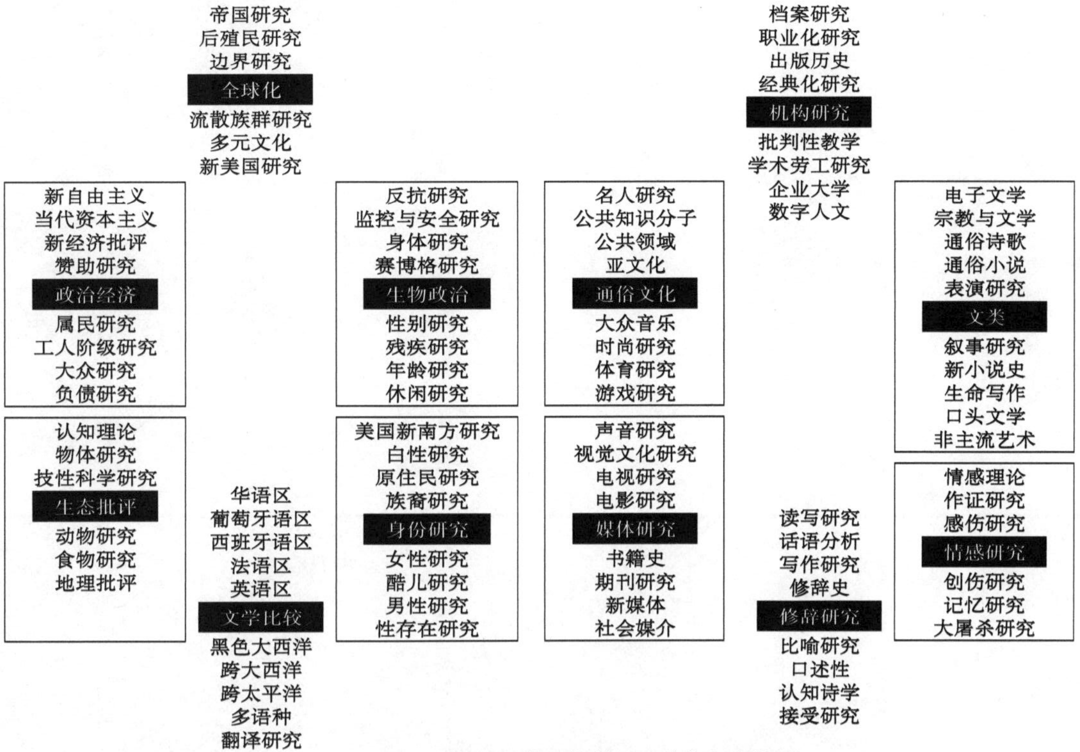

文类
电子文学
宗教与文学
通俗诗歌
通俗小说
表演艺术
叙事研究
新小说史
生命写作
口头文学
非主流文学

书写研究
情感理论
作证研究
感伤研究
创伤研究
记忆研究
大屠杀研究

机构研究
档案研究
职业化研究
出版历史
经典化研究
批判性教学
学术劳工研究
企业大学
数字人文

修辞研究
读写研究
话语分析
写作研究
修辞史
比喻研究
口述性
认知诗学
接受研究

通俗文化 / 亚俗文化
名人研究
公共知识分子
公共领域
大众音乐
时尚研究
体育研究
游戏研究

媒体研究
声音研究
视觉文化研究
电视研究
电影研究
书籍史
期刊研究
新媒体
社会媒介

全球化
帝国研究
后殖民研究
边界研究
流散族群研究
多元文化
新美国研究

生物政治
反抗研究
监控与安全研究
身体研究
赛博格研究
性别研究
残疾研究
年龄研究
休闲研究

身份研究
美国新南方研究
原住民研究
族裔研究
白性研究
酷儿研究
女性研究
男性研究
生存在研究

政治经济
新自由主义
当代资本主义
新经济批评
赞助经济
属民阶级研究
大众阅读
负债研究

生态批评
认知理论
物体研究
技术科学研究
动物研究
食物研究
地理批评

文学比较
华语区
葡萄牙语区
西班牙语区
法语区
英语区
黑色大西洋
跨大西洋
跨大平洋
多语种
翻译研究

图 1 21 世纪文学文化批评理论复兴态势图

前　言

　　本书开篇，我首先要对以下四点做个说明。第一，尽管围绕"后理论"和"理论之后"的探讨已经持续了好几十年，理论的复兴却已经开始。诚然，这个复兴乍一看确实不容易看出来。第二，正如前页的理论复兴图所示，21世纪的理论虽然是可知的，却无法全部掌握（见图1）。这张图包含了12个主题，围绕这些主题有94个学科分支和领域（让人联想到行星和其卫星的关系），它们的运行轨道可以不断变化，也可以组合成新的集合体。第三，21世纪理论复兴采取了典型的后现代形式，也就是众多学科分支、领域和主题的无序或混杂。世界上有6 800支共同基金，《葡萄酒观察家》①每年品评20 000款葡萄酒，有数不清的运动鞋可供人们挑选——在这些神秘的领域中，都有针对"傻瓜"的指南，给予我们帮助——因此扩散和分裂对人们来说并不陌生。第四，大约15个早就闻名遐迩的20世纪理论学派和思潮，从马克思主义、精神分析、形式主义理论到后殖民主义理论、新历史主义和酷儿理论，严格来说都是20世纪的现象。前几个世纪没有出现过的批评理论学派和思潮，21世纪也不会出现。然而如今，它们仍然是十分重要的来源和资源，不仅用于文学批评实践，也用于理论的课堂教学。经过简化，我制作出理论清单的106个项目，可以将其视作进一步分解的文化研究派别。从我一开始提出的四个观点中可以得出的结论是：在文学和文化批评的今天，不论好坏，理论都无处不在。

---

　　①　美国《葡萄酒观察家》（*Wine Spectator*）是全球发行量最大的葡萄酒专业杂志，拥有权威的专业品酒师，各负责专门的葡萄酒产区，并负责品评这些酒的质量。——译者注

　　关于这一点，我想有人会提出好几个问题。最近的这一变革是否是继 20 世纪 80 年代理论取得完胜后的又一次胜利？[1] 究竟为何要把这种复杂的扩散称为"理论"？针对第一个问题，我既不愿将正在进行中的理论传播和齐头并进描绘成一次胜利，也不愿将其描绘成一场灾难，它应该是喜忧参半的事情。理论现在扮演的是寻常之举的角色，而不是令人震惊、造成分裂的先锋。在世纪之交的文化战争期间，批评界围绕理论表现出高度兴奋和充沛精力，这个时光已经一去不复返了。再看一眼理论复兴态势图（图 1），尽管开始会有些迷惑，但你会发现，大多数现在的理论实践提出的都是一些根本性的、非常具有针对性的批评问题。理论像过去一样，继续推进并确保富有成效的批评研究和成果发表，而且主题和领域在进一步扩大。但是，理论的碎片化意味着在这个领域中，专职从事理论者几乎已经绝迹。如今，理论起到的是附属作用，是非常有用的工具，在历史悠久的文学文化研究领域中，理论发挥的作用虽然是辅助性的，却是不可或缺的。

　　为什么仍然将这种扩散称为"理论"？一言以蔽之：谱系。图上所有的项目都直接源于清晰可辨的当代理论流派和思潮。除此之外，没人提出可替换"理论"的术语而且获得成功。我想不出来谁这么做过。"文化研究"可能有些竞争力，却不适合。这个定名太过含糊，与"理论"相比，缺少历史基础和精准性。相比较而言，"理论"是中性词，而"文化研究"的意味则隐约与社会科学有一定关联。图 2 进行了一些阐释。在这里，21 世纪的理论包括许多与众不同的方法和途径。文化研究就是其中一项。

---

　　[1]　1986 年，美国解构主义代表人物之一 J. 希利斯·米勒（J. Hillis Miller）当选美国现代语言协会（MLA）会长，他所做的会长发言标题就是"理论的完胜"（"The Triumph of Theory"）。——译者注

叙事诗学	定量分析
新现象学	机构分析
社会符号学	浅读与细读
新形式主义	自下而上的复数历史
批评途径	**批评方法**
历史主义	文化批评
文化研究	个人批评
伦理转向	民族志
认知理论	口述历史

图 2

　　尽管文化研究和理论有重叠的部分,但是理论包含的一些内容一般并不受文化研究的欢迎,比如,现今正在复兴的形式主义、现象学和叙事诗学。尽管理论存在大量的融合,但它如今仍然保持着其独立的传统。说到这里,我并不反对(我个人还相当支持)时下理论与文化研究正在进行的互相联结。

viii

　　这本书章节安排的思路是:先陈述个人的信念,然后转向对关键争议的探讨,之后讨论近些年对法国理论的顶礼膜拜,最后是对理论未来做些展望。第一章通过我的某种信条对本书涉及的主要话题、观点和内容做个概述。职业生涯与个人生活在这里相互融合,既涉及我在理论方面的工作,也涉及我的家庭生活,来证明这一系列的关注都与当代批评直接相关。例如,本章戏剧性地展现了近几十年来,金融化和自由市场政治经济如何发挥着越来越重要的作用,塑造着家庭、个人和社会。在这里,尽管我把亲近式批判定义为文化批判的辅助,但我认为两者都应该继续在如今的文学和文化批评中发挥中心作用。本章对当下版本的理论和后现代主义做了初步定义。

　　第二章涉及始于 20 世纪 70 年代、至今仍然存在的反理论现象,并对此做出批判分析。反理论战线林林总总，五花八门，充斥着对理论相互矛盾的定义和替代方式，但这一块内容却被当代批评史所忽视。我探究了对理论的六种典型控诉，在此基础上建立起我本人对理论的评判，并阐明我自己的理论观和原则。此外，我还揭示出，在"我爱文学"这个反理论的神圣誓言背后，其实质到底是什么。

新世纪伊始，许多人突然呼吁回归细读，放弃意识形态批评。这些呼吁冠以各种各样的名字，比如非批判式阅读、补偿式阅读、欣赏式阅读、浅表式阅读和宽容式阅读。第三章对这种把头埋进沙堆里的逃避式呼吁提出了反驳。本章提倡并定义了一种批判性阅读方式，即将意识形态批判、文本细读、文化批判（伴有亲近式批判）和快乐阅读融合在一起。在一个阶级对抗加剧、家庭颠覆性重组以及社会紧张局势与战争蔓延的时代，将细读与意识形态批判对立起来，必须在二者中选其一，本章不赞成这种做法。相反，在上述大背景下，它支持两者共存，外加其他选择，以应对批评和教育的需要。

第四章是一次对我颇具挑战的采访，采访者是一位杰出的中国教授，现在在南京大学教授美国文学与理论。他以旁观者视角，既带有怀疑也谙知内情，提出了一些涉猎广泛的问题：西方多元文化思潮如今的地位；新批评形式主义与文化研究的相关性；理论的当下发展态势；《诺顿文学理论与批评选集》（*Norton Anthology of Theory and Criticism*，2001，2010）第二版的变化①；如今讲授理论的理由。一至三章用论证的方式说明了我的立场，而四、五两章则是通过对话的方式显示出当下的发展趋势和出现的方法。在以上两种情况下，我提倡并表明，我们虽然仍然处于后现代时期，但是将理论、文化研究与文学批评结合在一起仍然具有一定的优势。

与标准的访谈不同，第五章呈现的是一次深入交谈，发起者是美国大学一位处于职业生涯鼎盛期的美国文学与文化批评家。他虽然并不

---

① 本书作者是《诺顿文学理论与批评选集》的主编。——译者注

认同理论,却对理论抱有开放和好奇的态度。这一章提供了一次全景式的对话:一方面,我们作为业内人士谈到教学与教材、学术方法和写作风格、文化研究方法和形式主义细读法、企业大学①,以及理论的诸多方面;另一方面,除了学术,我们还讨论了在 21 世纪初文化背景下的媒体、政治和经济学,以及批评在今日扮演的角色。

第六章提出了理论的未来这个问题,对这个问题的关注在后面几个章节中反复出现。此处第一次提到时,涉及的是有关法国理论的未来。这一章记载了一系列正在出版的法国理论家的遗作,它们虽然被人们忽视,却令人印象深刻。考虑到尚有未出版的音频、视频和书面资料,数量庞大,以及盗版材料(部分在网上),我们还谈到这些理论家出版物的未来和修订。通过检讨雅克·德里达(Jacques Derrida)最后一次研讨会的结集出版,可以证明这个问题的重要性。在这部作品中,德里达不仅向读者展现了自己有影响力的写作风格,以及自己细至极致的文本分析方式,还展现了自己对妙读和死后生命不灭所做的最后思考。在评价德里达的作品时,我揭示了解构主义通过一种反常的方式,在意识形态、文化和亲近相结合的表露中产生出批评作品。德里达的细读方式与众不同,与文本无意识这个生产概念有关,我敢打赌,在未来几年里,随着他遗留的四十多部收录研讨会内容的著作陆续出版,这种细读方式将继续引发理论家和反理论家的争论。

第七章把探究的对象延伸到当下法国理论的第二次浪潮、它的未来以及各种修正。这一章不再花费笔墨对其进行描述,而是关注一批法国理论家的大部头传记的出版。这一现象令人惊奇,涉及的理论家有巴特(Barthes)、布尔迪厄(Bourdieu)、德勒兹(Deleuze)、德里达、福

---

① 企业大学是"corporate university"的直译,原指美国 20 世纪 90 年代兴起的大公司(如迪士尼、波音、麦当劳等)创办的大学,由公司投资,宗旨是培养企业人才,宣传企业文化。后来该术语为批评理论界借用,指此时在高等教育界出现的以资本主义企业运作的方式办大学,把"顶尖企业"的要求移植到大学,来追求"一流大学"(university of excellence)的趋势,如讲究办学效益(投入产出比),突出竞争力和排名,攀比办学经费、科研项目、论文发表,强调优胜劣汰等。——译者注

柯(Foucault)、拉康(Lacan)和列维纳斯(Levinas)等。这一章重点介绍伯努瓦·皮特斯(Benoît Peeters)所写的《德里达传》(*Derrida*,2010年出版;2012年英译),这部传记里涉及大量未出版的德里达档案。特别值得注意的是,这部作品客观地记录了无数真实生活中的生动事件,其中包括不为人知的秘密。读者能够详细地了解德里达的政治生涯、他一生与法国教育机构棘手的关系,以及与同事尤其是阿尔都塞(Althusser)、布尔迪厄和福柯之间复杂的人际关系。我们可以了解到德里达的父母、兄弟姐妹、妻子、三个儿子(其中一个是私生子)以及他和哲学家希尔维娅·阿加辛斯基①长达十年的婚外情,德里达显然给她写有1 000封信。如果这部克制的传记有一个主题的话,那么就是德里达这个不循规蹈矩的人过着不检点的生活。值得强调的是,今天有名望的学术界知识分子的生活值得通过传记、自传和回忆录记录下来。人们包括学者都想要了解他们的真实生活,不再把它看成隐匿于学术著作背后的私密生活。在纪录片《德里达》(*Derrida*,2002)中,有人问德里达最想了解过去思想家的什么事情,他回答说想了解他们与性有关的生活。

如果从批评和理论转向生平写作令人惊奇的话,那么后现代主义这个具有时代特征的概念最近又重新回归,则完全让人意想不到。关于后现代主义人们已经写得够多了,尤其是在20世纪90年代,因此到世纪末时批评家们已经对其感到厌倦。第八章记录了2010年前后后现代主义开始回归,并对这种回归表示支持。这一章回顾并完善了七个案例,举出伊哈布·哈桑(Ihab Hassan)、琳达·哈琴(Linda Hutcheon)和查尔斯·詹克斯(charles Jencks)②等后现代主义的先驱

---

①　希尔维娅·阿加辛斯基(Sylviane Agacinski, 1945—   ):法国哲学家,女性主义学者,曾任教于巴黎高师,1994年嫁给后来的法国总理若斯潘(Lionel Jospin, 1937—   )(任期为1997—2002年),成为他的第二任妻子。之前和德里达有一私生子。参阅本书第七章"雅克·德里达的勃勃生机"。——译者注

②　此处原文为Christopher Jencks,疑误。——译者注

者,他们最近都回归到后现代讨论中。这一章中我的观点是保留后现代概念,但重新对其做历史阐释。

第九章具体谈论了 21 世纪的理论复兴,主要聚焦于六本堪称典范的书目(纯属个人喜好),探讨了它们的优点与不足。这些文本探讨了一些涉猎广泛的急迫议题,阐明了各种时下的批评方法,同时,它们还关注了新自由主义政治经济、身份政治和如今的企业大学。本章最后对文学、批评和文化理论的复兴做了精要的总结,此外还对理论与今天的企业大学的关系做了描述,这种关系既富有成效又令人烦恼。

第十章依照投资咨询信的形式,概述了理论光明的未来,强调了其诸多的长处和贡献。它区分了公司化的理论渗透①和理论市场,换句话说,就是一方面是制度化的理论课程、项目和课本,另一方面是理论风头、热点话题和工作就业。这一章将理论放进企业大学之中,描绘了这样的定位给文学和文化批评的未来造成的问题和带来的希望。

※ ※ ※

这本书中有些章节的最初版本早前在刊物上发表过:第一章发表于《明尼苏达评论》(*Minnesota Review*),第四章翻译成中文后发表于《外国文学研究》(*Foreign Literature Studies*)②,第五章发表于《交织》(*Symplokē*),第六章刊于《体裁》(*Genre*),第七章刊于《实质》(*SubStance*),第十章刊登于《工作和时日》(*Works and Days*)。感谢得到修订和重印的允许。我想向我的同行罗纳德·施莱弗尔(Ronald

---

① 原文为"Theory Incoporated",参见前注"corporate university",指批评理论原本的批判对象是资本主义文化逻辑,却因置身于大学中而不得不同时成为以资本运作方式办学的大学的一部分,批评理论涉及的教材、课程、研究成果等也成了"学术资本"的投注场所,导致批评理论在大学的"资本扩张",成为学生们追求投资回报而趋之若鹜的领域。一个评判武器最终沦为批判对象的工具,颇具讽刺意味。——译者注

② 发表在《外国文学研究》2009 年第 5 期,用英文发表,有部分改动,标题为"Theory Today and Tomorrow: An Interview with Vincent Leitch"。——译者注

Schleifer)、伊芙·班奈特（Eve Bannet）、丹尼尔·莫里斯（Daniel Morris）、朱刚，还有我的研究助理南希·埃尔·金迪（Nancy El Gendy）表示感谢，感谢他们对我的工作表现出的兴趣和给予的支持。特别感谢我的同事也是我的挚友杰弗里·威廉斯（Jeffrey Williams），他阅读了这些章节并提出了意见。

第一章
我的信仰和缘由

    尽管我在20世纪70年代获得了文学研究方向的美国博士学位，但是直到80年代，我才清晰地提出自己的观点和明确的批评立场。1987年我发表了一篇文章——《禁忌与批判：文学批评和伦理学》（"Taboo and Critique: Literary Criticism and Ethics"），在这篇文章中我概述了自己文化批评的方案，即将后结构主义与后马克思主义文化研究结合在一起。首先，我对美国新批评家们①宣扬的禁止外部批评的观念表示反对，我读书时的大多数教授也曾心照不宣地向我灌输这一观念。其次，通过纠正当时主要的批评家韦恩·布斯（Wayne Booth）（自由多元主义）、罗伯特·斯科尔斯（Robert Scholes）（结构主义）和J. 希利斯·米勒（J. Hillis Miller）（保守的解构主义）在20世纪80年代批评研究中出现的错误，我大致勾勒出自己的研究路径。新批评家专注于文学文本，将其当作自足的审美客体，并且明确禁止批评家将文学文本与社会、历史、心理、经济、政治或伦理联系起来。然而各类文化批评家，包括我自己，都对这样的联系表示接受和肯定。这不是一

---

    ① 新批评是英美现代文学批评中最有影响的流派之一，它于20世纪20年代在英国发端，30年代在美国形成，并于四五十年代在美国蔚成大势。50年代后期，新批评渐趋衰落，但新批评提倡和实践的立足文本的语义分析仍不失为文学批评的基本方法，对当今的文学批评尤其是诗歌批评产生了深远的影响。——译者注

条一帆风顺的批评道路。此外，当布斯、斯科尔斯和米勒都坚持认为文本细读应该先于道德批判时，他们便强行将批评探究纳入形式主义范式，使文学文本成为享有特权的审美客体，逐渐向社会热点外延。他们的做法属于逆时代潮流。

1987 年的这篇文章成为我的专著《文化批评、文学理论、后结构主义》(*Cultural Criticism*，*Literary Theory*，*Poststructuralism*，1992)的开篇，那是一种毫无畏惧的信仰。我在这本书中探讨了许多争论已久的文学话题，且与世纪之交由后结构主义引领的美国文化研究保持一致。从我的作品中可以明显看出，我已然是文化研究中的一员，而我之前一直认同后结构主义，尤其是耶鲁学派①的解构主义。然而，我的第一本书《解构主义批评》(*Deconstructive Criticism*，1983)却是按照以下这个脉络展开论述的：从法国结构主义和后结构主义谈到耶鲁学派的解构主义，再到《疆界 2》②小组(被视为解构主义的替代项目)，然后是米歇尔·福柯、吉尔·德勒兹和菲利克斯·加塔利(Félix Guattari)等人，他们的项目范围广，不愿意从属于任何流派。最后，戏访了耶鲁学派解构主义。我的后一本书《美国文学批评：从 20 世纪 30 年代至 80 年代》(*American Literary Criticism from the* 1930s *to the* 1980s，1988)则更清晰地反映了我的立场。这本书涵盖 13 个流派和思潮，从马克思主义和新批评主义入手，头一次为美国批评史开设了四个独立的篇章，专门探讨立场鲜明的社会批评，这些批评源于纽约知识分子群、女权主义、黑人美学和文化研究。这部著述有整整 500 页，条分缕析，既探讨了去历史、去政治、专注文学审美研究的形式主义流

---

① 所谓"耶鲁学派"，是指 20 世纪 70 年代至 80 年代初，在美国耶鲁大学任教并活跃在文学批评领域的几位有影响的教授，包括保罗·德·曼、哈罗德·布鲁姆、杰弗里·哈特曼和希利斯·米勒。——译者注

② 《疆界 2》(*Boundary* 2)：当代国际文学和文化研究界最有先锋特征的期刊，创刊于 1974 年，每年出版三期，早先的研究兴趣为后现代主义文学与文化现象，后逐步过渡到当代文学和文化研究领域，经常就某一理论问题或文化现象编辑出版专刊，并由杜克大学出版社出版"疆界 2"丛书。——译者注

派,也探讨了深化并拓展文化批评的反形式主义思潮。我的思路非常清晰。

1987年,我结束了17年的婚姻。同时,我离开了工作了13年的一所很小的南方私立文理大学,来到中西部一所规模很大的州立研究型大学。当一切尘埃落定,我最终沦为带着两个十几岁孩子的单身父亲。在接下来的十年里,我带着他们读完了高中和大学。那是一段艰难的岁月。在那个期间,我也近距离地亲身体验了后现代文化的经济门道和政治逻辑。

我支付了30 000美元的离婚诉讼费,濒临破产,在公寓里度过了18个月捉襟见肘的日子,最终成功买下了一套房子。这是一位房地产经纪人和他的银行经理以及评估员一起通过创造性融资搞定的。这看上去是自由市场新自由主义经济学的一个奇迹。为什么这么说呢?我租下房子,租期半年,缴纳的租金相当于5%的首付。我从当地银行申请到了次级可调利率贷款,又从房地产经纪人那里拿到了小额个人贷款。在18个月里,从濒临破产到拥有自己的住房,这一切似乎是个奇迹。我很幸运,那段时间利率没有猛增,房价也没有下跌。最终,我能够再次贷款,申请到了新的固定利率抵押贷款。但是,最终费用是在贷款本金的基础上又增加了几千美元的手续费,我背负的债务激增。

你或许可以想象,那段时间我长期缺乏安全感。定期查看利率时我心惊胆战。我目睹了房地产、估价行业以及银行业的道德相对主义("灵活性"),这令我感到惊奇。到了20世纪90年代末,总统克林顿让正在发生的变化常态化,他大胆地解除了对银行和投资的管制,推倒了大萧条时期罗斯福总统建立起的防火墙。一时间银行开始在各个地方开设分行。信贷越来越容易获得,住房拥有率提升,单亲家庭越来越常见。在女性主义后期,批评家们继续坚信个人与社会、政治、经济之间紧密相连。我的个人故事越来越像是对当代后现代主义政治、经济的介绍。

20世纪90年代初的一天,克林顿政府宣布开放学生贷款额度,我

3

极为高兴，如释重负，结果后来才发现，真正应该高兴的是银行家、政治家和高校管理者。我最大的孩子刚开始自己承担攻读文学学士和文学硕士期间的费用——尽管有奖学金、暑期兼职工资和助教金的支撑，她最终还是背负了 46 000 美元的贷款。我最小的孩子在本科期间的贷款数额很快累积达到 10 000 美元。我想不起我们这批 60 年代的大学生，有谁需要为自己的大学教育背负这么多的债务。然而，我的孩子和美国大多数人一样面临着 10 年、20 年或者 30 年的债务偿还期（我在 20 世纪 70 年代到北欧做富布赖特访问教授时，看到学生从国家助学金中获得额外帮助，从而免费接受大学教育）。我因此被误导，对克林顿总统表面上的慷慨喜出望外，没有从一开始就意识到，这只是将资金筹措的压力从国家机构转移到了个人身上，政府因此不用承担教育费用的支出。我没有认清这一私有化的举措，也没有谴责它，但由于越来越担心利率、信用评分、债务负担和孩子未来的财务压力，我确实立刻注意到了这一点。个人情绪和日常家人间的亲密关系向我们揭示着文化中到底在发生着什么，这里有政治意义，这就是亲近式批判，是我们这个时代所必备的生存技能。

　　我的孩子们搬来与我同住。与此同时，对许多北美大学教师都适用的全美退休制度在稳定了几十年之后开始改变了。20 世纪 70 年代，我第一次加入美国教师退休基金会①时，可以将钱（由我的大学支付，相当于年薪的 10%）分配到两个账户：(1) 教师退休年金保险协会传统（TIAA Traditional）（债券与抵押）（1918 年成立）和(2) 大学退休产权基金股票（CREF Stock）（1952 年成立）。当时大多数的新教职工将他们的资金按照对半或四六的比例投入其中，也有其他的投入比例。1987 年在新的大学获得教职后，我仍然使用之前工作时对资金的划分比例（这次学校支付的数额大约是我薪资的 15%）。但是从 1988 年开

4

---

　　① 美国教师退休基金会（TIAA-CREF）是一个为全美教师设立的退休养老基金体系，主要服务于教育事业和非营利性的组织，核心业务包括退休基金、养老基金和个人保险等。——译者注

始,在接下来的几十年里,美国教师退休基金会发生了越来越显著的变化。1988 年,美国教师退休基金会在之前两项业务的基础上新增了退休基金会货币市场账户。1990 年,它又增加了两个投资账户——退休基金会债券市场和退休基金会社会选择。20 世纪 90 年代这段时间,退休基金会提供了许多风险更高的业务:全球股票(1992)、股价指数、股本增长(同在 1994 年)、房地产(1995)和通胀挂钩债券(1997)。之后,在 2002 年,美国教师退休基金会为退休金的支付新设了 18 个独立的共同基金账户。2004 年又增添 7 个全新的生命周期基金①,到 2007 年再加 3 个此类账户。2006 年,美国教师退休基金会设立了 9 个其他的退休群体共同基金。如果你数一数就会发现,我和其他几百万的参与者现在面临的不再是最初的两个选择,而是退休教师基金会基金家族的 48 个选择。到 2014 年,基金种类数量已经增长到 77 个。在此期间,我们中的许多人,尤其是我自己,完全处于稀里糊涂的状态。

自那时起我一直在想,我和我的同事们是否对股票、债券、房地产、指标、评级机构等有足够的了解,从而能够选择很好的投资项目? 20 世纪 90 年代期间,不管是否愿意,我们都逐渐转变为个人投资者。那对我来说是个恼人的新负担。我之前没有读过投资账户招股说明书和季度报告,也不曾关注过投资新闻。20 世纪 90 年代末,当家里的电脑连上网络后,我就开始全天候地密切关注财政信息并进行研究。如果不是美国教师退休基金会对每季度交易数量有所限制,它早在 90 年代就把我变成日交易者了。这是我在主流的赌场资本主义②背景下的个人经历,这种新自由主义自由市场理念自 20 世纪 70 年代开始传播,一路高歌猛进,在 90 年代进入高潮。货币、抵押、工作、教育、退休和债务

---

① 生命周期基金是一种可以按照投资者各个生命阶段的风险收益特征,自动调整资产配置比例的基金品种。分为目标日期型基金和目标风险型基金。——译者注

② 赌场资本主义(casino capitalism)由英国著名政治经济学专家苏珊·斯特兰奇(Susan Strange)提出。她认为当代资本主义社会恰如一个巨大的赌场,充满了投机和风险。——译者注

近些年发生了很多变化，这些变化对家庭和日常生活产生了很大影响，让我对此三缄其口、避而不谈已经变得难上加难。我对此的看法是，这正是我们所需要的一种批评模式。它与许多批评家采用的客观推论式批评不同。行业里称之为"金融素养"，我更愿意把它叫作亲近式批判，这个称呼的意义更加广泛，也更贴近家庭生活。

　　我们这个时代在社会和经济上发生的转变对我产生了巨大的影响。这种影响首先在 20 世纪 80 年代末和 90 年代初体现在我和家人身上。我来自庞大的爱尔兰-意大利裔美国天主教家族，这个大家族的社交网络植根于长岛南海岸的艾斯利普和巴比伦小镇。我的上一代，家族中只发生过两次离异。到了我这一代，出现离异的数量已经达到几十次；另外，由于就业市场遍布全国，家族内部的流动性也大大增强。就个人而言，我的第一份工作是在南方，之后因为岗位的变动又去了中西部和西南部，因此我感觉自己就像是外来务工人员，一直过着流浪的生活——远离"家乡"40 年之久，而且还在继续。单亲家庭往往会离开大家族，深陷抵押贷款和学生债务的危机，越来越担心医疗费用和退休问题，对财务上的选择感到迷惑，这里形容的不仅是我的现实状况，也是数量急剧减少的中产阶级中许多其他人的情况。我必须要补充的是，我的两个孩子，一对姐弟，长久以来在"穷忙族"边缘挣扎，这是一个正在壮大的新兴底层阶级，他们没有退休账户，没有医疗保险，也没有自己的房子。关于家庭价值观就谈这么多。

　　我们身处的当代后现代社会动荡不安，我认为与之相对应的心理症状是一次次的惊恐爆发。我自己就曾亲身体验过。这与我青年时代冷战期间尤为典型的偏执妄想不同。惊恐发作的表现包括或多或少的持续性压力、焦虑、分心，还伴有工作过度、咖啡因和糖的摄入、动辄出现的过分选项、速度、多重任务、全天候工作现实、太多的新闻和媒体报道，缺少安静的时间和放松，更别奢望拥有闲暇时光。有的人面对这样的生活方式似乎乐在其中。正在成长的这一代似乎更加能够适应这样的节奏，他们疯狂地发着短信，同时以创纪录的数量吞下抗焦虑药丸。

在我看来，最适合这些时代的批评方式，显然是以政治经济尤其是以金融为中心的新意识形态和文化批判。它还需要处理由社会浪潮调动起来的情感、情绪和各种亲密关系。从 20 世纪 80 年代起，我越来越感觉到作为一名大学教授，我不仅需要讲授文本细读的各种规则，还需要传授文化批判的技巧。

计划之外的事件、意想不到的事情和各种各样的偶然机遇，在我的个人生活和职业生涯中起到决定性的作用。很早以前，我在做 19 世纪经济学理论这个课程项目时，我的纽约美国海事学院的经济学老师让我去查阅海尔布隆纳（Heilbronner）的《俗世哲学家》（*The Worldly Philosophers*）①。我向一位图书管理员咨询俗世哲学和一个叫海什么的作者的信息时，他却把我送到了海德格尔（Heidegger）的面前。这是一个决定性事件。我那时才 18 岁，刚刚进入文学、哲学和经济学的世界，毫无学习方向，也没有导师指引。两年间，我通过自学，沉浸于存在主义、垮掉派文学、左倾的凯恩斯经济学的世界，最终从这所军事学院毕业，得到了解放（不用再穿制服），开始主修文学专业。

就在我踏上自己全新道路之后的一个月，我读高三的弟弟在一场酒后驾车事故中身亡。这件事将我对上帝的愤怒转化为对不可知论和无神论的信仰。我身穿制服，接受了 11 年严格的冷战时期美国天主教教育，由于此时尚处于第二次梵蒂冈大公会议②宣扬自由化之前，我受的教育向我们传授的是可怕的中世纪教义，所以并没有让我对眼前的世界做好准备。长期以来，我都是世俗论者，这并不出人意料，我既相

---

①　罗伯特·L. 海尔布隆纳（Robert L. Heilbroner，1919—2005）：美国经济学家，经济思想史学者，毕业于哈佛大学，曾任美国经济学会副会长。《俗世哲学家》全名为《俗世哲学家：伟大的经济学思想家的生平、时代和思想》（*The Worldly Philosophers：The Lives，Times and Ideas of the Great Economic Thinkers*），是他就读博士期间的作品，初版于 1953 年，涉及众多知名经济学家，如亚当·斯密、马克思、凯恩斯等。——译者注

②　梵二会议是整个基督教历史上规模最大、参加人数最多、发表文件最多和涉及内容最广泛的一次会议。它带来许多重大的改变，从而掀起罗马天主教在当代世界的革新运动。——译者注

信宗教自由，也相信不信宗教的自由。我对基要主义说不出什么好话，它影响了我的家人，也在全球产生了广泛影响。我对新时代灵性①感到无所谓，甚至有点不知所措。我尊重各种解放神学②。但是总的来说，我对于宗教至今仍保持谨慎的态度。

　　我在文学研究上与周围的人相比落后了两年，因此必须拼命追赶。我进入为期三个学期的文学硕士班学习，以弥补不足，同时满足我的好奇心。毕业的那一周，我收到了征兵通知。那是圣诞节的前几天，我正在申请博士项目。很快，我在当地一所高中找到了一份为期半年的春季授课工作，一来是为了挣钱，二来是想避开征兵令。那是1968年，我明确决定如果要我应征入伍，我宁愿自我流放到加拿大或者瑞典。越南永久性地改变了我对美国帝国主义和民族主义的看法，告诉我有必要保持批判性的爱国主义。越南战争和"9·11"事件之后的伊拉克战争一样，是愚蠢的、不道德的、罪恶的。在本书后面的部分，我还会进一步谈到家庭、教育、宗教、政府以及其他涉及社会和意识形态领域的话题。

7　　　让我先跳到故事的后面和大家谈谈。1994年秋天，我偶然被要求对出版"诺顿文学理论与批评选集"这个提议进行评估。出版社找到我，我想可能是因为我之前写的几本书。我最终选择支持出版这样一本专门探讨理论的诺顿文集，但并不赞成那个具体的方案。我与原提议者观点不同，我大致建议了真正的文集应该是什么样式的，并列出了谁可以胜任这项工作（不是我）。几个月后，出版社的编辑来到我的办公室，问我对这项工作是否有兴趣。我有些犹豫，但是最终还是接受了，并确定了以下两项协定：一是我可以聘请一个编者团队；二是如果

---

　　　①　新时代灵性（New Age spirituality）：一场宗教运动，始于20世纪70年代的英国，此后传播到美国，世纪之交时逐渐没落。——译者注
　　　②　解放神学（liberation theology）：源于20世纪五六十年代的拉美激进天主教神学理论，把马克思主义的社会经济分析用于解释圣经，要求将天主教神学理论同社会现实相结合，不仅反思世界，更要改造世界，摆脱一切奴役，争取彻底解放。——译者注

觉得可以，每8年修订一次。我不想让出版这本文集变成我的一种生活方式或全职工作，并认为这种团体合作的方式，虽然在编写大型理论选集时从未尝试过，却是完成这次任务最合理的选择。那是1995年的夏天。很幸运，这对我来说是个恰当的时机，因为我刚刚完成《后现代主义——局部影响，全球流动》(*Postmodernism—Local Effects, Global Flows*, 1996)这本书的手稿。结果我的下一本书就是《诺顿文学理论与批评选集》(2001)，我担任主编，还精心挑选另外五名编者组成团队。我草拟了"前言"的开篇，由团队审核通过，为新一代的学生和教师这样定义"理论"：

> 如今，这个术语包括的重要作品不仅有传统意义的诗学、批评理论和美学，还有修辞学、传媒和话语理论、符号学、种族和族裔理论、社会性别理论，以及视觉文化与大众文化理论。新含义下的这个理论，话题广泛拓展，文本大大延伸，但是其主体所包含的意义还不止这些。它所要建立的一种质疑和分析的模式，已经超越了之前新批评对文学的"文学性"所进行的研究。由于后结构主义、文化研究和新社会运动，尤其是女权运动和民权运动的影响，理论现在表现出对各种体系、机构和准则的质疑；准备好采取批判立场并参与抵抗；对盲点、矛盾和扭曲（往往被发现是根深蒂固的）产生兴趣；习惯于将局部和个人的实践与大文化中的经济、政治、历史和道德力量相连。

这就是我的理解和信念，其形成来之不易。这不是我的老师教给我的理论，而是我在这本书里一直提倡的我们这个时代所必备的生存技能。

我承担这个选集编辑项目的动机很大程度上是因为对其具有一种使命感。我博士论文做的是诗歌史和诗学研究，拿到博士学位之后，便转向批评和理论方向。我刚开始研究的时候还没有这样一个专门的方向。我像许多同行一样，在接下来的十年里，通过自学、研究、教学，"重新改造"了自己，中间穿插短期的正式博士后教育：由国家人文基金会资助参加暑期研讨班(1976)，批评理论学院(1978)①，富布赖特-海斯理论讲座基金(1979)，国际符号学和结构研究所(1981)，巴黎的法语联盟②(1982)。20 世纪 70 年代我刚刚成为教授的时候，还读完了一个用法语教授的学士学位的全部课程。在形式主义的风头过后，理论的第一波浪潮袭来之时，理论在北美至关重要，让人兴奋，使生活充满意义，而不是上一个时代说教似的东西，眼光狭隘，死气沉沉。我皈依了理论。

　　对我来说，《诺顿文学理论与批评选集》(第二版，2010)在当时和当下都是为了完成以下几项使命：为了尊重理论，为它树个丰碑；为了巩固当代理论取得的诸多成果；为了在文化战争中捍卫理论，这些文化战争由反理论的右翼分子在 20 世纪 80 年代中期挑起并延续至今；最重要的是为了向美国和其他国家(这本书有接近一半的销量来自国外)的学生和教师介绍一本内容涵盖丰富、发人深思、易于理解的教科书，既具学术性又具前沿性，因为这本书是从 21 世纪文化批判的角度构建的(请原谅我的推销)。我认为自己既是专业的理论家又是理论的推广者。我不必向我那些传授圣道的同事们道歉。使命仍在继续。

　　这里有一段背景故事需要说明。前中央情报局特工菲利普·阿吉(Philip Agee)在 20 世纪 70 年代的一个深夜访谈节目中谈到，20 世纪五六十年代的情报局是如何在天主教学院招聘学员的。听到这些，我十分震惊并且极度愤怒。为什么是天主教学院？原来中央情报局喜欢

---

　　① 批评理论学院(School of Criticism and Theory)：据说是美国研习与讲授批评理论最好的场所。1976 年在加利福尼亚大学尔湾分校正式成立，讲习班每年举办一期，学员来自世界各地，每期平均 85 人。欧美一流的批评理论家在那里讲学，中国学者较为熟悉的有德里达、德·曼、波逊、托多罗夫、萨义德、詹明信、巴特勒、怀特、伊格尔顿、伊瑟尔、莫伊等。批评理论学院源自 20 世纪 40 年代后期建于俄亥俄州肯庸学院的肯庸人文学院(Kenyon School of Letters)。肯庸人文学院建立的目的是向美国高校推广英美新批评，在 50 年代终止。1966 年"理论意识"在美国兴起之后，美国批评界拟恢复"肯庸"传统，遂成立批评理论学院。——译者注
　　② 法语联盟(Alliance Française)创建于 1883 年的法国，是一个语言文化推广机构，致力于传播法语及法国文化。——译者注

在那里招聘是因为天主教徒能够理解等级制度，严守纪律，承担责任。"他妈的"，我脱口而出。从幼儿园到十年级（5 到 16 岁），我都在天主教学校读书。每天穿着制服，排着队去上课，每周六做忏悔，每周日早上九点穿着制服参加弥撒。他们教导我要顺从权威，忘记个人，还有数不清的各种规矩（法西斯主义的先决条件）。现在作为理论家，我教导人们要对权威保持怀疑，文化批评要带自信，以及亲近式批判。

9

　　写完《后现代主义——局部影响，全球流动》这本书之后，我又写了《理论重要》（*Theory Matters*，2003）和《与理论同行》（*Living with Theory*，2008）。这三本书都将文化批评的实践根植于理论之中。后面这部作品（《与理论同行》）的主线是我正在进行的一个研究项目，描绘并评价后现代文化。我理解的后现代性既不是一个哲学，也不是一场运动或一种风格，而是从 20 世纪 70 年代开始，直到今天仍然在变化的一个新时期。我将在第八章详谈这个话题。我的工作紧随弗雷德里克·詹明信（Fredric Jameson）、大卫·哈维（David Harvey）以及英国新时代计划（Hall and Jacques）①，却也并非对他们没有批判，时间可以追溯到 20 世纪 90 年代初，并且一直延续到新世纪。我的经验和观察可以肯定，我们仍然处于后现代文化之中，一个完全不同的后福利国家时期，给它贴上后工业化、后福特主义、消费社会、当代资本主义和全球化等标签，或多或少有些帮助。

　　对我来说，后现代文化最显著的特点是杂乱无章。想想美国教师退休基金会的例子。一方面，金融消费者面临着铺天盖地的投资产品选择，针对并考验着他们的风险承受力、时间周期和选择偏好。另一方面，谁拥有时间、具备专业知识能够做出明智的选择？我感到困惑、焦虑、不知所措。我找寻针对白痴和傻瓜的指南，还需要是最新版本，因为变化发生的速度是如此之快。这是我们这个时代的症状类型。我喝

_____

　　① 见本书参考书目中 Hall & Jacques，eds. *New Times：The Changing Face of Politics in the* 1990s。——译者注

葡萄酒（来自我的意大利传统），看好每瓶不超过 20 美元味道纯正的霞多丽和西拉，但对其品牌数量之多感到困惑。这种数量上的激增可以追溯到从 20 世纪 70 年代开始的葡萄酒革命。《葡萄酒观察家》（1976年创办）如今每年要对 20 000 款葡萄酒进行品评。我曾在书店（例如自行取阅区）、超市（谷物区）和鞋店（满墙的运动鞋）有过相似的经历。商品和选择的快速增多，加上需求利基和领域的分化，展现出的大局图虽然可知却不可把握。因此绘图的重要性不言而喻。理论没有逃脱后现代混乱无序的影响，我在绘制图 1 时就表达了这一观点，也在本书中进行了探讨。

最后一个意想不到的转折事件可以解释我的信仰以及缘由。我在拿到博士学位的那一年根本找不到工作，美国的文学就业市场早在几年前就已经崩溃（确切来说是从 1970 年开始，延续至今）。所以我最终在佛罗里达大学人文系临时受聘授课一年。在那里，我遇见了格雷戈瑞·乌尔默①，他是新来的比较文学博士，刚刚得到了一份终身聘用的全职工作。在那一年，发生了两件决定性的事件。第一，乌尔默向我介绍了法国理论。这令我感到震撼，也帮助我越过自己的新批评学术背景，跳出原来的思想框架。第二，他们要求我在秋季、冬季和春季学期承担人文学科 211、221、231 多个部分的授课。课程内容由系里设定，自选空间很少。我比学生先一步学习，然后教授古代和中世纪、文艺复兴和启蒙运动以及现代西方的人文知识。课程大纲把艺术史、文学、哲学、宗教和音乐设计在一起教授（音乐课由一位音乐学家做几次大班讲座）。一个典型的模块包括帕特农神庙、柏拉图（Plato）的《理想国》（*Republic*）、索福克勒斯（Sophocles）的《安提戈涅》（*Antigone*）、亚里士多德（Aristotle）的《诗学》（*Poetics*），或者是抽象表现主义、存在主义、垮掉派文学和波普爵士乐。尽管这里涉及的都是旧式的知识史而不是

①　格雷戈瑞·乌尔默（Gregory Ulmer, 1944—　）：美国佛罗里达大学英语系教授，兼任瑞士欧洲研究生院电子语言与网络媒体教授。——译者注

社会史，却能让我接触大的图景。它在我内心激起了共鸣。无论早晚，我已经本能地专注于广泛的比较历史研究。

这个课程也将我引入艺术史之门（尤其是建筑、雕塑和绘画）。通过这些材料，我对当代绘画、现代博物馆、美术馆、文艺期刊和书籍、地方艺术场景都产生了兴趣，它们陪伴我的终生。我第一次思考后现代主义的时候，很自然就想到了绘画、文学、哲学和流行艺术（我是 60 年代的孩子）。我将后现代主义解释为一段时期，而不仅仅是一个哲学派别或一种风格，这样做真正的好处之一就是必须对政治经济、社会以及高雅和低俗的艺术都有所研究。我发现，后现代融合、多元文化论以及保守思潮的回潮，都可以在这个时期的食物、葡萄酒、流行时尚、电影、音乐、艺术、哲学、宗教、文学和理论中得到体现。从很早开始，通过一次次意外事件，或者纯粹是盲目的，我似乎就一直在为从事文化批评和批判工作做着准备。我们这个时代需要我这么做。

第二章
反理论

在北美和英国，一眼就可以辨认出的当代反理论派系有十几种甚至更多。这是个奇怪的群体。他们之中有传统的文学批评家、美学家、形式主义批评家、政界保守分子、民族分离主义者，部分文学文体学家、语文学家以及阐释学家，某些新实用主义者、为中低口味文学辩护者、从事文学创作的作家、捍卫常识和平实风格者，另外还有一些坚定的左派分子。许多反理论派系以及对理论提出批评的特立独行的批评家们最突出的特点，就是呼吁回归对经典文学进行细读，提倡批评文章的写作要清晰明了，避免语言晦涩和使用专业术语，要求通过缜密的论证来解决分歧，而非陈述个人观念。反理论批评家常常向当代理论发难，抱怨其倒向社会建构主义（科学真理和客观性的对立面），埋怨多元文化论把批评重点放在种族、阶级、性别分析上。从理论家的角度，他们将反理论家叫作"我爱文学群体"。我会在本章中对这个意蕴深厚的指责加以剖析。反理论者之所以尚能容忍理论，就是把理论视为服务文学文本鉴赏的"侍女"。他们认为，无论在任何情况下，理论都不应该成为一个自足、独立的领域，也不应该是一个全新的学科。只有文学本身才具备这样的性质。

《理论的帝国：异议者选集》（*Theory's Empire：An Anthology of*

Dissent)由达芬尼·帕泰(Daphne Patai)①和威尔·H. 柯罗尔(Will H. Corral)主编,2005 年出版,收集了 48 篇文章,前后时间相隔三十多年,现在仍然是当代反理论论述的"圣经"。这本书就像个"大杂烩",汇集了诸如雷纳·韦勒克(René Wellek)、M. H. 艾布拉姆斯(M. H. Abrams)、玛乔丽·帕洛夫(Marjorie Perloff)、茨维坦·托多罗夫(Tzvetan Todorov)、丹尼斯·多诺霍(Denis Donoghue)等名人的选文。他们的文章被汇集到一起,向理论兴师问罪,捍卫文学巨作和文学分析的经典,支持现实主义语言常识化理论,斥责当代理论把文学研究政治化的倾向。这本书总的观点十分保守,其特点就是往回看,留恋昔日的好时光和之前的研究方法(现代与后现代之别)。正如书名要表达的那样,这部"大块头"一样的书所持的这个观点颇具争议性:在后现代主义时代,理论已经控制了文学研究,在这个过程中建造起一个永存的帝国,编造出一套正统的观念。因此,在书中,这些理论的批评者集结起来,俨然成了与帝国抗衡的反帝异议者。这是很明显的自我吹捧和夜郎自大。

在这一章,我将会介绍六个非常出色的反理论家以及他们的观点,并就此提出我自己的评价。然后再纵观全书,探讨一下两位主编对反对理论主张所做的总结。我的第一个观点是:我们不是一定要在支持还是反对理论之间做选择;我的第二个观点是:对当代理论进行综述,如果不介绍其众多的攻击者,这样的介绍是不完整的。这个观点自始至终体现在本章中,第三章也涉及这一点。反理论现象是理论史上非常发人深省的组成部分。将其简单地归为"文化战争"或"古今之争的再次上演",尽管颇具争议性,却是目光短浅的。从反理论现象中,我们可以获得很多对当代文学研究、企业大学和文化政治学的理解。

---

① 达芬尼·帕泰:美国学者、作家,马萨诸塞大学安姆斯特分校语言、文学与文化系教授。——译者注

约翰·埃利斯(John Ellis)在他的著作《文学迷失：社会议题和人文堕落》(*Literary Lost*： *Social Agenda and the Corruption of the Humanities*，1997)中，专设一章"理论应该受到指责吗？"，把20世纪后30年的理论汇集在"种族、性别、阶级理论"的旗帜下。埃利斯从20世纪80年代开始，成为一位最耀眼、最活跃的反理论家。他明确的立场是战后欧美形式主义文体学，这种立场体现在韦勒克和奥斯汀·沃伦(Austin Warren)合著的《文学理论》(*Theory of Literature*，1949)这部里程碑式的著作中。作为理论史家，他觉得从20世纪50年代之后，便没有什么值得赞许的了。就与理论相关的一些重要议题而言，例如作者意图的本质、文学质量、历史背景，20世纪中叶的理论家据说更加复杂，更有说服力，知识面更广，也更加致力于分析，注重独立性和原创性，远比他们如今忘恩负义的继承者优秀。对埃利斯来说，当代的种族-性别-阶级理论则头脑简单、缺乏内涵、教条武断、墨守成规。此外，如今批评家真正关切的话题，也是批评史上长期争论不休的问题，并没有得到严谨细致的探讨。如今，没什么创新可言，一切都被稀释淡化了。论证和逻辑的标准已经下降。约翰·埃利斯的任务是从**坏的理论中挽救真正的理论**："现在被看作理论的东西并不是理论应有的样子，只是后者退化、堕落的影子。"(106)从历史的角度来看，一直让人感到格外不安的是理论和理论行话正在变得越来越流行："随着理论变得越来越流行，文学研究领域形成了一个理论邪教，其头目们成了理论富豪，是熟练老道的专业精英，经过了精心培养，带有精致儒雅的光环。在这样的氛围中，只有最新的理论才算数，早期的任何东西都是呆板、过时的。因此，持续忽视先前的理论并不是意外，而是现在理论新发展

的基本特征。"(104－105)①

　　将所有 20 世纪 50 年代之后的理论都归结到种族-性别-阶级的范畴之下，这很明显存在问题。某种意义上这样的归结适用于民族志诗学、女性主义、新历史主义、酷儿理论、马克思主义、后殖民主义理论或是文化研究，尽管这么做有贬损和同质化之嫌，但它无法对心理分析、阐释学、结构主义、解构、读者反应理论或后结构主义进行描述。理论不是同一种东西。② 因此埃利斯对"政治正确"的指控，其实是一种轻蔑且随意的诽谤。同时，埃利斯对于真正的理论和理论家的定义既狭隘又武断。真正的"理论家不会成群结队，他们是个人，准备通过努力思考去解决特定的问题。他们从事的工作是孤独的，从来都不追逐时尚，总是与正统观念保持距离……真正的理论家对于论证和反驳的概念乐在其中，这是理论分析的关键所在，但是种族-性别-阶级学者很明显有意回避别人批评的本质"(105－106)。这一观点提出了一个文化史伟人与孤独天才论，该理论不仅忽视了历史背景，也低估了前辈的贡献。很讽刺的是，这一点对埃利斯钟爱的形式主义也完全不适用，这些形式主义者结伙结伴，从属于占统治地位的正统观念，是其时髦的成员。埃利斯谴责 20 世纪 50 年代之后发生的一切，他那时还是个大学生。他将自己定位为愤愤不平的保守派捍卫者，脾气暴躁。

　　由于新范式的提倡者常常忽视之前与之竞争的范式，在这种情况

14

---

　　①　文化战争开始于 20 世纪 80 年代的美国，并一直延续至今，约翰·埃利斯便是作为文化战争的领军人物出现在大众视野中的。早前，他是西方人文传统的捍卫者和理论的批评者。1993 年，他与别人一同成立了"文学学者、批评家和作家协会"(ALSCW)，是"全国学者协会"(NAS)(创建于 1987 年)的下级学会，两者都是保守机构，从事的是反自由的活动。ALSCW 过去和现在的主要目标都是努力创建一个新的机构去替代美国现代语言协会(MLA，1883 年建立)。拥有 30 000 名会员的美国现代语言协会接纳理论，许多反理论者因此对其充满敌意。在 1994—2007 年这最初的几年里，ALSCW 收到三十多次资助，这些资助来自著名的右翼基金会，主要包括布兰德利、奥林和斯凯夫基金会，金额达 100 万美元(www. mediatransparency. org)。ALSCW 和 NAS 都建有网站，设有数据档案。

　　②　想要了解目前理论的六种不同的定义，参阅拙著《与理论同行》(*Living with Theory*)第一章"理论终结"("Theory Ends")。

下，埃利斯错误地期待后形式主义者们能够仔细地研究形式主义传统，而不是粗鲁地摒弃它。比如，毕业于耶鲁大学的理论家哈罗德·布鲁姆(Harold Bloom)、斯坦利·费希(Stanley Fish)、斯蒂芬·格林布拉特(Stephen Greenblatt)都接受过一流的形式主义者的教育，但是离开他们之后就几乎不曾回头，也不曾有过理性的争辩。他们是一群败家子(J. Williams)。想法上的改变往往很突然，它不需要恭恭敬敬、墨守成规。埃利斯是个差劲的史学家。而且，他的反理论抨击忽视了更大的社会变化，比如当代大学的企业化，以及后者对产量和创新的要求，更遑论它因此对精英明星体系的培育。不考虑大学角色的历史转变，不论这种转变是好是坏，在这种情况下，对当代理论发挥的作用做出判断没有多大意义。埃利斯的解读不注重细枝末节，把多元文化论、自由多样性管理以及提出这些思想的理论家统统斥之为灾难，这个结论并不出人意料。

　　表达最清晰也是最早的当代反理论论述之一，就是 M. H. 艾布拉姆斯的短文《解构的天使》("The Deconstructive Angel")。这篇让人印象深刻的文章最初宣读于 20 世纪 70 年代美国现代语言协会年度大会的一个分论坛上。出席论坛的有艾布拉姆斯(杰出的文学史家)、韦恩·布斯(芝加哥学派批评多元论的提倡者)以及 J. 希利斯·米勒(最主要的解构主义批评家)。促成该论坛的原委，是米勒之前对艾布拉姆斯的《自然的超自然主义》(*Natural Supernaturalism*)做过尖锐评论。米勒认为这本书就是"现代人文学术宏伟传统"(6)的一个例证，于是他继而以德里达和德·曼解构主义的名义批判了这个传统。韦恩·布斯希望对立双方能够就他们的分歧进行公开辩论。艾布拉姆斯在论坛中将自己描述为传统的西方文化史学家和多元批评家，也就是能够接受语言阐释和历史解释中的不同流派。在讲话中，他首先对德里达和米勒的语言理论和阐释理论进行了公正而令人信服的陈述。之后，他睿智地提出了自己的想法加以平衡。

　　论坛包含三个演讲，米勒的演讲排在最后，在他之前是艾布拉姆斯

15

做演讲,在演讲结束之前艾布拉姆斯用非常诙谐的方式对米勒的演讲进行了预测:

> 我要大胆预测一下米勒接下来会讲些什么。他肯定有明确的主题要说,会非常熟练地利用语言资源,清晰而有力地表达自己的观点。他在演讲的时候会自信地认为我们会差不多明白他的意思,因为他认为我们已经掌握了这种话语的构成规范……通过直接推理可以发现,他所说的体现的是一种思维主体或自我,以及一种独特的、持续的精神气质……(209)

将这段对米勒嘲弄式表扬中的每个话语特征都挑出来,就构成了艾布拉姆斯主张的语言应该清楚易懂、讲求实效的论述,与解构主义违反常理的话语理论截然不同。在艾布拉姆斯看来,说话者和作家利用语言的规范和惯例,包括专业的语言,去表达或多或少明确的想法和感受。这些表述可以十分精彩,也可以不甚精彩;可以是清晰的,也可以是模糊的。这些表述由个体的人做出,我们观众(读者)会来决定它们的意义。这些个人具备感知意识,拥有不同的身份和一定的目的。他们不仅能够发起演讲,也能够互相理解。

解构主义对于语言的解释则强调其潜在的不确定性,这种一词多义现象在文学文本和哲学文本中体现得尤为明显。这让我们想到《芬尼根的守灵夜》①。词语意义的内涵总是先于后来的词典编纂者给出的规整的意义外延。由修辞构成的语法(比喻是无法消除的),造成了语言的滑动和不确定性。由互文造成的无数前文本枝节穿透文本(历史集合体),无法说得清。另外,作者意图并不是通过推断就能够确定下来的,而总是有意无意带有某种既有的喜好和偏见,且是事后回溯的

---

① 《芬尼根的守灵夜》(*Finnegans Wake*)是爱尔兰作家詹姆斯·乔伊斯创作的作品。该小说彻底背离了传统的小说情节和人物构造的方式,语言也具有明显的含混和暧昧的风格。乔伊斯在书中编造了大量的词语,潜藏了许多历史和文化的背景以及哲学的意蕴,甚至大量运用双关语。——译者注

16

产物。艾布拉姆斯对米勒解构主义理论的结局有如下的描述，夸张还不止一点点："结局就是，任何文本，不论是其中的部分，还是完整的文本，都没有什么特定的意义，我们也不能通过一个人写的任何东西去判断他表达的任何意思。"（206）解构主义批评的这种怀疑论削弱了客观的文学阐释和历史阐释的依据，而后者正是艾布拉姆斯要支持和维护的，是他关注的重点。

这场论战对反理论现象有什么影响呢？从早前一直到现在，40年的时间，"理论"往往只意味着解构，即德里达和他的追随者，先是在耶鲁大学，随后传到其他地方。从20世纪90年代开始，"理论之后"和"后理论"这两个常用短语不断出现在各种书籍和文章的标题中，既表示"20世纪80年代解构主义取得完胜之后"，也表示"20世纪90年代解构主义被取代之后"，这源自后殖民主义和族裔理论的逐步成功，新历史主义的传播，以及酷儿理论和文化研究的出现。有的时候"后理论"和"理论之后"的含义更大，指的是"法国理论"之后的理论。但实际上，法国理论之后出现的是更多的理论，并且它们通常受到解构主义的影响。解构主义对于"二元对立"的批判饱受诟病，却也声名远扬，随处可见，这一点证明了这一独特理论的生命力。我注意到，直到今日，许多批评探究仍然在审视传统的二元等级对立概念，比如自然/文化，阳刚/阴柔，人类/动物，自我/他者，有意识/无意识，正常/反常。这些相对的概念在主要的西方文学和哲学话语中反复出现，也是当代人们关切的话题。我的观点是：根本没有"理论之后"或"解构主义之后"。有的只是对理论终止的一厢情愿，也就是希望解构主义和后结构主义彻底消失，以及消除它们的影响。在《理论的帝国》的两位主编看来，艾布拉姆斯的文章进一步促进了这一目标的达成，真是谢天谢地。

《双重媒介：批评家和社会》（*Double Agent：The Critic and Society*，1992）这本书，辑录了莫里斯·迪克斯坦（Morris Dickstein）的文章《"实用"批评的兴衰：从 I. A. 理查兹到巴特与德里达》（"The Rise and Fall of 'Practical' Criticism：From I. A. Richards to Barthes and

Derrida")。迪克斯坦是第四代纽约知识分子①,他从一个任性的外行
的角度,一个非专业的独立文学批评家(实际上他是位杰出的教授)的   17
立场去论证自己的观点。他的演讲对象是正在减少的受过良好教育的
公众,目的是捍卫清晰的风格和常识。迪克斯坦对文学批评的专业化
感到不悦,这并不奇怪;他批评其使用晦涩的行话,指责其于事无补,偏
执地坚持脱离公共领域,其形形色色的形式主义方法显得死气沉沉,不
负责任。此外,他还谴责了最近批评家们精致的利己主义,要知识分子
小聪明,自我沉醉,以及文学批评教学中文学批评水准的降低。莫里
斯·迪克斯坦认同伟大的经典文学家。对他来说,真正的文学尽管在
形式上是虚构的,也使用了一些人为的手法,却是意蕴隽永、生气勃发
的,并且来源于生活经验。尽管批评分析必须要照顾到艺术的形式技
巧特征,但是它最主要的关注点应该是情感和哲学问题,也就是人们真
正关切的问题:"对批评家的考验并不见于他对艺术的观点,肯定也不
见于他对批评的看法,而只见于他与作品接触的深刻程度和熟悉程
度——不是孤零零的作品,还包括其丰富的指涉、丰满的神韵、复杂的
意蕴和饱满的感情。"(64)迪克斯坦批评的对象明显是形式主义理论,
不论是 20 世纪 20 年代 I. A. 理查兹引领的精彩的技法分析,还是 20
世纪后期罗兰·巴特与雅克·德里达所倡导,也是大家公认的睿智的
后结构主义解码分析。

　　在迪克斯坦的观点中,理论有很重要的第二层含义,即预设,尤其
是不接受新事物的预设。也就是说,莫里斯·迪克斯坦将自己定位为
独立的现代主义批评家,只依赖自己由教育而形成的感悟能力。他不
经意地让我们知道他在耶鲁大学和剑桥大学学习过,与批评方法和批
评思潮毫无干系。他将自己描述为最后一批独立者中的一员,让自己
回到 19 世纪末,回到亨利·詹姆斯(Henry James)和 D. H. 劳伦斯

————————

　　① "纽约知识分子"是 20 世纪 30 年代至 80 年代美国极具影响力的文化批评家
群体,他们致力于评价和审视美国文化和政治生产的发展,其中心议题是对大众文化
的反思与争辩,这贯穿于他们的文化批评中。——译者注

(D. H. Lawrence)的时代,那时英美形式主义还没有诞生,文学批评也没有彻底学术化、专业化,一切尚未堕落。对于现代学术期刊发表文章的做法,迪克斯坦表露出复杂的情感:一方面,这种学术杂志以清晰明了的方式向公众表达论述;但另一方面,这种表述模式倾向性明显,有失儒雅,选边站队,支持一方,打击一方。莫里斯·迪克斯坦对 20 世纪理论进行回顾时,并没有提及精神分析、女性主义、民族志诗学或后殖民主义理论。这不足为怪,一个自我孤立的鉴赏家产生这样的遗漏已经说明了问题。我们这里看到的这种自由主义表述清晰,令人动容,但是有些守旧和保守,对后现代状况和现代主义盛期的发展趋势心怀不满。迪克斯坦低估了技法分析的重要性,通过遗漏又贬低了文化批评的地位,钟情于以历史和个人情感为根据的文学鉴赏。尽管如此,他做得最好的一点是敏锐地捕捉到理查兹和巴特在理论创建上的才华。迪克斯坦在反理论上的强大地位是独一无二的。

尤金·古德哈特(Eugene Goodheart)在《文化战争的受害者》("Casualties of the Culture Wars")一文中清晰而明确地表明捍卫审美批评,反对意识形态批判。[①] 他的终极目标是让这两个文化战争中的敌对阵营握手言和。古德哈特表现得像一位资深的政治家。对他来说,文学批评的主要任务就是在历史语境中对文学作品进行解释和评价。他是批评多元论者,能够接受其他的批评方法和视角。审美批评的任务就是欣赏和鉴别,不仅涉及技巧和内容,还涉及个人经历和情感。批评家具备训练有素的鉴赏力,业余爱好者别介入。学术研究是正确批评的必要条件。古德哈特认为文艺美学的鲜明特点包括以下几类(尽管他本人并没有对它如此包装过):(1) 恰当华丽的语言,具有才思和才智;(2) 想象力和美,愉悦和力量,尤其熟悉来自艺术的崇高;(3) 冷静客观,自由自在,妙不可言。他对待美学的特殊之处在于能够

---

① 尤金·古德哈特辑录在《理论的帝国》中的文章摘取并融合了自己之前的两部作品:一部是《文学研究有没有未来》(*Does Literary Studies Have a Future*),另一部是《话语时代的评判》("Criticism in the Age of Discourse")。

包容其中存在的杂质和纠葛。对倡导纯粹美学和为艺术而艺术及其导致的神秘色彩，他保持着警觉。从夏夫兹伯里（Shaftesbury）、爱迪生（Addison）、荷加斯（Hogarth）到康德（Kant）、席勒（Schiller）、阿诺德（Arnold），无一不认为政治和道德在审美中扮演各种角色，但是，古德哈特始终坚持包容与众不同的审美体验。为此，对于同时期的另外一些人转向如情感理论、新形式主义和回归文学本身，他选择加入其中。

古德哈特认为，自20世纪70年代以来，美国批评和理论最典型的特征是从形式主义转向意识形态批判。他提供的是一幅赤裸裸的摩尼教图景①。他悲伤地宣称："意识形态批评正支配一切。"（510）因此《理论的帝国》一书的主编把他当作反理论者。意识形态批评怀疑一切事物背后都有利益操纵。在古德哈特看来，这种看法有很多错误，把批评的任务看作揭露隐藏的利益。这种怀疑论阐释学讲究道德正义，主张道德还原，拒绝辩论（包括论证、证据和逻辑），公然放弃并强烈谴责审美。它践行糟糕的行文风格，完全不考虑语言的优雅和意义的明晰。意识形态批评对文学的敏感性和艺术品位完全不感兴趣，只是对此一味怀疑。它忽视思想的开放性和客观性，让信念取代知识。最终，"剩下的只是努力去揭露他人所谓的虚幻之处，没有什么比这个更具冒犯性了"（510）。在古德哈特看来，谁是意识形态批评的践行者呢？是一群散漫的、更不用说喜爱暴力的与理论有关联的流派和思潮：马克思主义、结构主义、女性主义、后结构主义、解构主义、新历史主义、后殖民主义理论和文化研究。古德哈特用让人难以置信的粗大画笔，描绘出一幅幅漫画。

尤金·古德哈特将自己定位为一个自由的中间派，他反对左翼和右翼文化阵营的极端主义。一个问题是，他并没有详述右翼表现出的问题。另一个问题是，除了利益（隐藏的、掩饰的或公开的），他没有给

19

---

① 摩尼教：3世纪时波斯人摩尼（Manes）创立，糅合古波斯祆教和基督教、佛教思想，将一切现象归纳为善与恶，认为世界受恶魔纷扰，导致明暗相交，善恶混淆，故教导世人努力向善。——译者注

意识形态下任何定义。这个让人尊敬的概念仍然有很多其他的含义，比如经济基础/上层建筑这个社会的辩证模型。如果想要了解古德哈特最终激烈的反理论立场，不妨思考一下这段表述中的意思："如果能够意识到自身存在的局限，能够区别什么需要去神秘化，什么不需要，意识形态批评可以成为非常有价值的活动。在当代学术实践中，它已经成为一种帝国痴迷，带来灾难性后果。"(510－511)这里将理论比喻为帝国王朝。古德哈特这个摩尼教徒，在许多段落中表露出自己努力想要在左翼和右翼、意识形态和审美、批判和批评（这些都是他提出的二元对立）之间取得平衡。"批评家不需要对伦理、政治、宗教或历史问题避而不谈，不谈确实也做不到。关键是以何种方式谈论或创作作品，给予那些被视作审美特质的东西何种关注。审美反应凸显出作品，并且不允许其受到其他话语的贬低。"(513)这是古德哈特最温和的提议。他对此表现出很高的积极性，因为他预见到审美批评不会再回到从前，不会不受到意识形态批评的影响。与许多其他的反理论者一样，他在这里说话的语气充满着悲伤与愤怒。但是，古德哈特仍然寻求平衡和折中。对文学的热爱永远摆在首要位置，这是最重要的一点。此外当然还有对理论进行的批评。这两点无疑是《理论的帝国》的主编将他列入书中的主要原因。

马克·鲍尔莱恩(Mark Bauerlein)①是中年一代里批评理论最犀利者之一，他是引人注目的文化战士、英语教授、人文学科的捍卫者。2001年，《党派评论》(*Partisan Review*)杂志刊登了鲍尔莱恩的文章《社会建构主义：学术作坊的哲学》("Social Constructionism: Philosophy for the Academic Workplace")。他在文章中不满地指出，社会建构主义已经成为当代人文学科，尤其是文学理论中占据支配地位的认识方法。他给社会建构主义下了一个简洁的定义："它是一个简

---

① 马克·鲍尔莱恩是美国亚特兰大埃默里大学教授，兼美国国家艺术基金会美国文化和社会研究项目负责人。他认为数码时代正使美国的年轻一代成为知识最贫乏的一代，写有《最愚蠢的一代》，曾为此惹怒美国年轻人。——译者注

单的信念体系,建立在一个基础命题之上,即知识本身从来不是真实的,而是与某种文化、处境、语言、意识形态或某种其他社会条件相联系,产生相对的真实。"(341)当代理论中能够体现这一有害立场的关键术语包括反基础论、偶然性和情境论,还有许多理论家追随弗雷德里克·詹明信的著名格言"永远历史化"而提出的口号。站在这种相对主义对立面的是真理、客观、知识和事实,所有这些都需要经过确认、验证和论证,社会建构主义对以上这些概念和过程不屑一顾。① 社会建构主义是一种信念体系,不是认识方法。鲍尔莱恩的试金石是科学和逻辑。社会建构主义胡搅蛮缠拒绝辩论(逻辑、证据、证明),表明自己是一种教条、一种教义,充满了党派路线和党派偏见。鲍尔莱恩挑选出的具有代表性的理论家(建构主义者)包括米歇尔·福柯、理查德·罗蒂(Richard Rorty)、特里·伊格尔顿、斯坦利·费希、伊芙·塞吉维克(Eve Sedgwick)和保罗·劳特(Paul Lauter)。这些社会建构主义者致力于建立社会正义的道德规范,而不是接受真正的认识论,经得起哲学的审视。他们并不将自己的概念称为看法、假设或推测。他们其实应该这样去称呼。他们在论证中运用的是心理学而不是认识论,是从个人的偏好出发。因此,指出社会建构主义犯了属性谬误或是相对主义的一种形式,是毫无用处的。

鲍尔莱恩问道:为什么社会建构主义在人文学科中能够如此成功?他提供了一个颇有说服力的假设:

> 社会建构主义产生的不是某个哲学流派,也不是某种政治立场,而是某种制度化的东西,确切地说,是信奉者大量生产的研究成果、会议讲话和课堂报告。对于许多进入人文学科领域担任老师或研究者的人来说,社会建构主义已经成为一种

① 对比一下阿曼达·安德森(Amanda Anderson),她检验了理论家论证的实质,尤其是女性主义者、后结构主义者和实用主义者,采用康德和哈贝马斯的视角,后者促进了批判性反思。2008年,爱德森担任批评理论学院的院长,这个令人尊敬的暑期研习班自1976年开班以来,已经培训了2 000名理论家。

获取解放且有用的工作手段，一种增加教授们成果产出的立
场。（348）

鲍尔莱恩进一步解释道，如今的美国大学终身教职制度要求人文学科
的新科教员在三年半的聘期内完成一本书的手稿。对高速产出的这种
要求意味着长期的项目规划和严谨的研究方法已经不再有用。人文学
科的教员让快速出版著作成为评判能否获得终身教职（"终生保障"）的
主要标准，鲍尔莱恩为这个时代感到遗憾。结果，新科"大学教员不会
使用实证研究的方法，因为他们知道这种方法需要验证有关文化的命
题，利用各种各样的信息来源确认事实，查阅原始文献，汇编足够多的
证据来归纳出结论，而这一切需要耗费很多的时间"（350）。事实、客观
和真理于是就被弃之不顾了。简言之，社会建构主义之所以能够获得
成功，是因为"它是急功近利的学术研究观，是被枪顶着头的教授们的
共识。人文学科一采用这样的成果评价模型，实证做法和渊博学识便
成为制度中的死胡同，而建构主义此时就成为生存最合适的方法"
（353）。

鲍尔莱恩在这里将自己表现为当下这个时代的批评者，同时又是
以前某个未明确说明的时代的怀旧者，留恋那个相对优雅、慎独的时
代。他扮演的角色是保守的传统人文学科的捍卫者，维护基于推理方
法得出的先验真理。这是一种"永恒"的理想，却产生于现代主义时期。
他对所有当代的理论和后现代现象都怀有敌意，正如他所列的社会建
构主义者所暗示的那样（反对后结构主义、新实用主义、后马克思主义、
读者反应理论、性别和酷儿理论，以及文化研究）。然而他也是一位具
有非凡洞察力的批评家（不属于任何派别），他批评当代企业化的研究
型大学——沉迷于追求产出率、产出速度和短期任务制。他介绍了自
己的达尔文学说——终究还是一种历史和意识形态的评判模式——社
会建构主义作为一种假设和直觉，是对野蛮的产出要求做出的恰当回
应。科学的方法需要这种谦虚的姿态。

但是，鲍尔莱恩忘记的是，研究和出版的绩效大跃进是由冷战早期

盛行的形式主义推动的，尤其是新批评。它成功的专著撰写准则直到今天仍然适用：第一章描述某种批评途径或批评方法，接下来的四五章是对单个文本的细读。产出率并不源于社会建构主义，而是源自商业管理模式，这种模式建立于 20 世纪 50 年代和 60 年代，支撑着研究型大学，并随着近几十年来企业化大学的出现而走向顶峰。

大学的企业化与当代资本主义主导下的自由经济范式有关，尽管这应该是鲍尔莱恩批评的靶子，却并不是。产出率的需求来自何方？和《理论的帝国》中大多数的反理论者一样，鲍尔莱恩不是社会批评家，他也并不想成为社会批评家。但是，社会潮流却以既非常鲜明也非常低调的方式体现在鲍尔莱恩以及其他反理论者的论证中。对马克·鲍尔莱恩而言，牛顿定律就是真理的标准——在任何时代、任何地点都是正确的。这类知识不是相对的社会建构。如今的人文学科毫无疑问处于守势，经历着生存危机，它需要跟上科学真理。这就是鲍尔莱恩的主要观点，有人可能会说，这恰好是反人文主义的信念，真是讽刺。无论如何，他非常巧妙地处理科学和文化之间的冲突。

近几十年来文化研究占据着主导地位，由于这一点，斯蒂芬·亚当·施瓦兹（Stephen Adam Schwartz）发表了题为"每个人都是超人：文化研究的未来"（"Everyman as Übermensch: The Future of Cultural Studies"）的文章，做了范围广泛的批评，这既与我的论述相关，又与时下的潮流吻合，在此用作对反理论情绪和论点进行批评性梳理的结语，十分合适。该文最初于 2000 年发表在《实质》①上，这是一本北美杂志，探讨当代法国文学与文化。施瓦兹的文章专门针对美国英语系对文化研究所进行的理论建构和批评实践。他本人是法国语言和文学教授，对法国理论颇有兴趣，却是不偏不倚的局外人。文化研究有什么问题？该文章大部分内容都对文化研究的特点和错误进行了冷静的解读

---

①　《实质》，全名"*SubStance: A Review of Theory and Literary Criticism*"，文学与文化学术刊物，偏法国文学，1971 年创刊，每年出三期，美国威斯康星大学出版社出版。——译者注

和评判，列出了文化研究的诸多毛病，一句好话都没说。文化研究反学
科，反方法论。唉！它抛弃了审美价值和审美卓越，反而去推广流行文
化，使文学经典数量爆棚。社会机构支持规范，监管异常，它却对此持
怀疑态度。文化研究相信社会建构主义，总是将学问和利益、权力纠缠
在一起。它使事实沦落为纯粹的价值和一己之见。在这样错误的视角
下，没有中立的认知空间。文化研究将所有的现实都视作社会建构，尤
其是科学、文学和真理。它的兴致在于去神秘化这个事业，而不是鉴赏
审美。它相信文化相对论。它坚持不懈地反对所有的等级划分。最重
要的是，文化研究坚持错误观念，把文化与个人对政治的理解纠缠在
一起。

施瓦兹认为，当代文化研究提出的文化理念将主导叙述（master
narratives）与其他特定的概念对立起来，动辄就是霸权和反霸权两股
力量在争斗，不用想也知道，文化研究总是站在属民、亚文化和多元文
化这些少数群体一边。它经常赞扬抵抗、越界和差异。从这个意义上
说，这使施瓦兹想起了现代主义这个先锋，尤其是超现实主义：两者最
终都以徒劳无益、内容贫乏的政治立场而收场，徒有审美先锋那么一点
吸引力。施瓦兹认为，文化研究的文化概念最显著的特征，就是其赖以
立足的基础，即"**个体**以及他或她的偏好"，这一点颇令人感到惊奇。
"换句话说，个体——充满着各种利益、欲望和信念——是排在第一位
的，而文化不仅是派生物，地位次要，而且危害巨大，因此最终是不必要
的。个人偏好，即**个人**的选择，居然是隐藏在所有集体共享范畴背后的
力量。"（373）对个人主义的这一指控导致施瓦兹为文化研究展现出其
背后不言而喻的虚幻性。他展示了一个反等级划分、强求一致的文化
研究，将其描绘为众多声音组成的复调，内部不相连贯，界限模糊，却又
相互平等，同样有效。文化研究"植根于最纯粹的个人唯意志论中，到
头来以认识论和政治上的无政府状态而告终"（376）。在他最后的论证
中，施瓦兹笔调一转，总结道：文化研究毕竟促进了现代西方平等思想
和自我表现思想，是我们这个时代另一种看似激进的个人主义表现

形式。

斯蒂芬·亚当·施瓦兹本人的立场到底是什么,需要通过猜想才能知道。他对此守口如瓶。他对文化研究的描述颇具戏剧性,却也相当公正,当然他论及文化研究中的文化和无政府主义时除外。在施瓦兹看来,文化研究展现了一种特殊的左翼无政府思想,而不是经过伪装的右翼意志论:它将团体置于个人之上,不就是种族-阶级-性别分析的结果嘛。此外,文化在文化研究理论中不可能可有可无或地位次要,而是不可避免。文化对个人有不可消除的塑造作用。我们出生于文化之中,带有它的规范、惯例和偏见。我们或多或少可以知道,施瓦兹想要尊重等级制度,保留文学经典,贬低流行文化。他批评的是社会建构主义,信仰的显然是客观、真理和公正这些经典的准则。所有这些显然足以使他成为当代理论帝国的反对者,一个坚定的逆理论而行者。

从漫长的批评和理论发展史的角度看,从高尔吉亚(Gorgias)、柏拉图到贝尔·胡克斯(bell hooks)和朱迪斯·巴特勒(Judith Butler),将理论和当代文化研究或法国理论等同起来,或是和任何一种流派或方法等同起来,都是错误的。理论的全景图,尤其是在我们这个时代,比上述的所有一切还要更加广阔。这是一个理论丰富的时代,门类多样,学说复杂。反理论家犯的一个主要错误就是无视这幅广阔的大图景,对最近理论和批评的复兴视而不见。这种无视解释了如下现象:为什么始于当代文化战争期间的反理论运动有时会使理论家通过比较联想起以往的古今之争。争论的焦点是:现代人总会胜出,能够融合和转化古代的传统,有时还十分彻底。

《理论的帝国》一书的主编帕泰和柯罗尔教授在他们的反理论选集的最后加上了一段文字(这是他们故事的道德结尾),摘录自韦恩·布斯的《批评的理解:多元主义的力量与局限》(*Critical Understanding: The Powers and Limits of Pluralism*, 1979),两页篇幅,标题是"给多元主义者的希波克拉底誓言①"("A Hippocratic Oath for the Pluralist")。
文章提出了五个基本规则，以确保批评的公正性，并降低已经发表的批
评和理论所带来的危害。给批评家的五个警告是：阅读文本之后再下
笔；理解文本之后再批判；对文本和批判保持怀疑；为研究项目花费必
要的时间；进行自我批评。以下是布斯在结尾时给学界的文学批评同
仁所做的布道：

> 贯彻这五条简单的条例，我们就可以迅速重振我们的批评经
> 验：我们只需要写作和阅读大约四分之一的批评文字；我们会
> 体会到一种全新的感觉，我们的批评理智并不依赖于"涵盖"
> 尽可能多的著述；我们会找到闲暇时间，从我们之前阅读过的
> 文本中，找到那些能够契合且能开拓自身兴趣、增加快乐和收
> 获的文章，全身心地投入进去。(689)

这段话的主旨是，批评和理论的重建依赖于花费更多的时间去阅读，少
做批评著述，需要少写不少，少写四分之三才行。问题是我们正淹没在
学术出版中，带来的主要后果就是快速阅读、快速写作、浅尝辄止。目
前的体制缺少闲暇时间去拓展兴趣、增加阅读，批评中鲜有真正的乐趣
和收获。韦恩·布斯的吁求把我们带到另一个更加简单的时代，希望
有一个不同的高等教育体系，一个更好的社会，正如许多反理论所期望
的那样。然而，《理论的帝国》的主编却这样解释这一誓言："理论的传
播使这一呼吁在当下比当初发出的时候更有必要。"(687)这个评论没
有抓住重点，不管人们对它如何评价，它确实将莫须有的罪行归咎于理
论，很明显这不是布斯耐心的多元主义的典范，也不是他为人所知的偏
爱理论的态度，而是恰恰相反。

如果能够概括的话，我自己反对当代理论的论点可以归结为六点

---

①　希波克拉底誓言(the Oath of Medicine)：古希腊医学家希波克拉底为行医者制
定的职业道德，成为从医人员入学第一课的重要内容，从业后要求宣誓遵守。——译
者注

抱怨。太多理论家的写作风格缺少清晰度和简明性，更缺少优雅。另一个相关的问题是，它相对缺乏对形式技巧、文体学和美学的关注，我的意思并不是要理论严格按照形式主义的清单亦步亦趋。有些理论家正直、虔诚到无法容忍他人的地步，在这种情况下他们的语气会严重偏离正常。我对快乐阅读没有意见，这是一种能够增益人生的"非学术"批评模式，却遭到许多理论家的贬低和忽视。学术理论家们倾向于尽可能快地将所有理论简化为公式化的途径和方法，我能够理解这种功利主义的倾向，但还是对此深表担忧。追求市场新潮也是一大问题，即不管是什么，理论家总是追随最新的理论潮流。某些理论家语不惊人死不休，对说服力倒不那么在乎，其实不应该在这两个价值观念中非此即彼。最后但同样重要的一点是，如今，太多的理论家对企业化大学形成的影响未给予足够的认识：它对产出率的要求，它所造成的出版物的泛滥，一周工作 55 小时的现实，对廉价辅助劳动力的依赖，它所造成的学生债务的激增，以及它对研究创新和研究资助的痴迷。但是，纵观全局，这些抱怨并不能构成对理论的反对。

在《理论的帝国》长达 15 页的引言中，两位主编强烈的反理论态度给读者留下了深刻的印象。该引言缺少许多撰稿者表现出的那种细微严谨，也缺乏韦恩·布斯多元论呼吁中的那种精致细密。对于理论没有一句好话。控诉书滔滔不绝地谈论理论的罪恶和过失。主编们自称的自己的观点绝对是 20 世纪 50 年代理论的翻版，即形式主义批评、文体学和专注于文学（而非文化）的美学。这便是为"理论"寻找到的替代品。文学被想当然地挪用而未加界定。之前所有的形式主义分析经过整理被糅合到一起，如愿以偿地成为一种同质化的新的批评模式。没有突出或暗示它们之间有什么区别，比如，许多形式主义批评家之间，众多形式主义团体［例如，莫斯科、列宁格勒和布拉格学派，美国新批评家和芝加哥批评家，肯尼斯·伯克（Kenneth Burke）、克林斯·布鲁克斯(Cleanth Brooks)和莫瑞·克里格(Murray Krieger)]之间的异同。①
书中没有记录形式主义的任何错误,涉及的文体学家、美学家和形式主义者之间发生的争论也没有记载。各种形式主义受到过无数的批评,对此它也没有给予任何的关注。两位主编对形式主义的拥护失之浅薄,缺乏新意,难以自圆其说。

引言在结束的部分为 48 位反理论撰稿者编造了一种共同情怀,这种情怀即便不是社会构建所致,也是一种令人难以置信的信条:"所有撰稿者都拥有对文学的热爱,为它所带来的欢愉而感到愉悦,尊重它能够给人类丰富多样的经验以难忘的表述,并怀有一种强烈的意识,那就是我们必须承担起责任,把它完好无损地传递给后代。"(14)尽管我想不出会有任何一位理论家对这一情感表示异议,但是对于"人类经验"这个概念,其理解肯定会因人而异。比如,这一概念包不包括和种族、阶级、性别、族裔以及主体建构相关的经验? 显然是不能包括,抑或这些东西从属于文学乐趣。禁忌在这里悄然而至。批评的工作是服务文学,是阅读"作为文学的文学"(6)。关于人类经验就谈到这里。昔日美国形式主义有过"释义谬误"说②,而"人类经验"就是其翻版,未经论证,武断教条。它将"理论"(简化为意识形态批判)描述为"文本骚扰"和政治寓言(8)。但是考虑到近几十年众多的理论流派、思潮和学科分支,"理论"("Theory")在这里做了大写,这个两位主编眼里的鬼怪,成了他者化、替罪羊和政治化的一个鲜明例证。它成了一个华而不实、千篇一律的寓言怪物:大坏蛋"T"。

两位主编有很强烈的政治倾向,但隐而不露。左派批评家也做有

---

① 可以参阅拙著《20 世纪 30 年代以来的美国文学批评》(*American Literary Criticism Since the 1930s*),请重点关注第二、三、九章,里面详细区分了六种以上的形式主义批评模式。

② 在英美新批评看来,诗是一个有机整体,I. A. 理查兹在《文学批评原理》里称其为"某种经验的错综复杂而又辩证有序的调和"。"调和"指的是诗歌中的意向、情感、思想、内涵、外延等有机地交织在一起,保持一种动态的平衡。因此,新批评反对对诗意做表面的陈述,称这种做法为"释义谬误"(heresy of paraphrase)。——译者注

大量反理论著述，但《理论的帝国》无一辑录，甚至没有提及。弗雷德里克·詹明信早前对于结构主义的评判在书中未见踪影，爱德华·萨义德对解构主义的抨击，以及玛丽·路易斯·普拉特（Mary Louise Pratt）对读者反应理论的批判也都如此，这三位是 20 世纪 70 年代著名的理论家。[①] 无论是早期还是晚期，都还有无数其他的资源可供引用，包括近期发表的许多著述。[②] 但是只有右翼和中立的反理论者出现在了《理论的帝国》中。两位主编试图让文学研究非政治化，但与许多其他的反理论者类似的做法一样，都以惨败收场。

　　我认为，文学批评不论是实践还是理论，不论是发表在刊物上还是讲授于课堂里，都应该使用技法和审美进行技术分析，同时使用意识形态和文化批判，后者包括植根于个人经历的亲近式批判。这些方法和途径并不是相互排斥的，也不应该相互排斥。形形色色的反理论项目目的都是净化或重建文学研究的章法，却有重蹈形式主义禁止关注"外部"（也就是政治、经济、历史、社会学、心理学、道德、神学、传记和读者反应）做法之嫌。因此，许多人类经验和大部分的世界都被封闭起来或边缘化。批评逐渐变得极度空洞，曲高和寡，也无疑让我们这个时代的文学进一步变得僵化和陈旧。如果事情真的发展到这一步，在假设的情况下，我可能在策略上会选择中庸的自由中间派立场，即把文学作品作为批评的核心，把外部事物保留在其边缘，而反对极端保守派的做法，即放大文学作品，视世间的"环境"为非法。但我为什么非要做出选择呢？还有，我的学生们也应该被迫服从，把批评视角强制一分为二吗？许多形式主义者和美学家反理论的否定之路（via negativa）[③]就是一种对世界的断然放弃，一种宗教狂热失去之后的取代。这是对文学

28

---

　　① 　拙著《20 世纪 30 年代以来的美国文学批评》探讨了这些批评，以及主要的理论家和流派的批评观点和基本原则。

　　② 　有关左派对于当代理论涉猎广泛的评判，参阅蒂莫西·布伦南（Timothy Brennan）和迈克尔·贝鲁比（Michael Bérubé）描述的不同案例。

　　③ 　字面意思是"否定的方式"，也称否定神学，即从"不是什么"的角度谈论上帝和神。——译者注

的神学化，也是对陪伴祭祀的批评的神学化。别把我算在内。但是，如果要对当代自由市场社会和企业化教育特有的产出加速进行批判，那就算上我一个。我支持每周工作 30 个小时这个昔日的目标。但是反理论者拒绝谈论这类话题。我的观点是：对适合文学批评家讨论的世俗话题进行限制，这不仅目光短浅、愚蠢无比，而且还是独裁专制。

我意识到，两次世界大战期间，尤其是 20 世纪 30 年代，形式主义美学制定了一个策略，目的是保护艺术和文学免受法西斯主义的审查员、焚书者以及刽子手的迫害。它提供庇护，寻求自由，虔诚地渴望获得自治。然而为艺术而艺术所承载的政治理念会随着环境和形势的变化而变化。考虑到特定的情况，它可以变得教条、反人道、反动，正如当代反理论家们不时存在这么做的风险。

在结束本章的时候，我加上了一个尾声，还要做一次告白。《理论的帝国》的主编在引言部分控告了六部近来出版的理论选集。其中包括我担任主编、和另外五位副主编一起编写的《诺顿文学理论与批评选集》。所以我成了被告。《理论的帝国》的两位主编指责主要的理论选集存在各种各样的缺陷，比如：目标不切实际；鼓吹为理论而理论，取代对文学的热爱；提倡意识形态批判；有意忽视主要的反理论者。

我必须要补充一句，《诺顿文学理论与批评选集》并没有得到《理论的帝国》的青睐而受到特殊对待，它只是作为许多同类选集中的一个而被点名。它代表了一种趋势。既然如此，我不知道我是应该为逃脱了针对我个人的抨击而如释重负，还是该为诺顿项目的特色没有受到关注而生气恼怒。但是，主编们对一个更大的问题进行了谴责。他们给它取了绰号——"大写的"理论（big "T" Theory）。

身为反理论者，《理论的帝国》的主编对小写的理论没有意见，因为小写的理论代表的是学习文学的方法和鉴赏文学的途径，或是文本阅读方法和阐释工具，又或是理性反思和论证。但是如果把理论狭隘地等同或局限于结构主义、解构主义和后结构主义，即法国理论的范畴，他们就会有所抱怨，这也可以理解。理论还有更多更广阔的东西可以谈,尤其是从许多当代相互论争的流派、方法和分支说起的话,而这大多为两位主编所忽视。对他们来说,真正的问题就是这个"大写的"理论。

那么我来提供一些背景介绍,用另一种方式将这个问题放进语境中加以思考。许多新的研究领域诞生于20世纪后期,也就是后现代早期。有些发展成新兴独立学科,研究归属于不同的院系;而有些则发展成跨学科项目(并不是完全有经费的系科);还有一些成为传统学科的分支学科。新兴的人文系科、项目和学科分支(所在的位置和地位依不同机构而定)举例如下:非裔美国人研究、美国研究、创意写作、电影与媒体、语言学、符号学、修辞与写作、女性研究。自然科学中也有类似的例子,例如生物化学、计算机科学、免疫学、纳米技术。在社会科学中,人们开辟了新的领域,如认知研究、计量经济学和性别研究等。理论在这个划时代的转变中处于什么位置? 它又是如何被定义的?

一方面,理论在近期已经变成了一门交叉学科,融合了文学批评、语言学、哲学、历史、人类学、社会学、心理分析和政治学。在当代理论选集中可以捕捉到理论鲜明的后现代特征。另一方面,理论仍然归在传统学科部门,例如英语系和比较文学系,是其中的一个学科分支。在以英语为母语的世界中,理论并没有被设为独立的系,只有少数几个半自主的理论研究项目。换句话说,在大部分的行政管辖里,理论仍然受到文学的支配,尽管它保持了一种独立意识,独立于提供服务功能的传统批评,尤其是特别狭隘的文本解释和单一的审美评价。同时,批评阅读的模式成倍增加,在遭到排斥的少数民族、流行文化和媒体的压力下,经典文学的价值已经被相对化。因此,反理论家是以后现代之前的学科和旧秩序的名义,来界定理论的作用,将其称为文学的婢女(文学在这里被严格定义为经典的纯文学)。因此,可恶的是理论(大写的),表现为推测猜想、多元文化主义、民粹主义式的文化研究、意识形态批判、反人文主义、知识先驱思想、学术名人文化,或者最糟糕

30

的是，作为交叉学科却参与到明显的跨学科研究之中。这就是充满
雄心壮志的"大写的"理论。对《理论的帝国》谦逊的主编而言，这是
一种堕落，令人惋惜。他们痛斥这个自我封闭、充满行话、晦涩难懂
的（大写的）理论世界，呼吁回归对文学的热爱，认为这才是该做的
事情：

> 我们认为，从哈泽德·亚当斯（Hazard Adams）《柏拉图以来
> 的批评理论》（*Critical Theory since Plato*，1971）第一版的问
> 世，到《诺顿文学理论与批评选集》（2001）的出版，这中间的
> 30 年有很多东西丧失了，丧失的不仅是真正阐释了文学文本
> 的理论和批评，也是对为学术话语做出实际贡献的批评应有
> 的欣赏。这段时期也见证了无数书籍中理论原则的传播，这
> 些书籍旨在让读者轻松地进入理论的（大写的）神秘世界，然
> 而根本没有鼓励人们去热爱文学。（6）

传达给"大写"理论的信息非常明确：回到你该去的地方，即文学鉴赏。
把重要的事情放在首位，扭转悲哀的衰退局面，恢复经典的地位。回归
队伍，宣告你对文学的热爱。我爱文学。我说，我爱文学。

　　为了捍卫理论，我已经对这些观点做过多次回应，比如在我的宣
言《与理论同行》这本书中。① 所以，在此我不会再重复劳动了。在我
看来，《理论的帝国》的主编代表了一股保守的逆潮流——有政治倾
向，属中偏右阵营，经过回顾召唤他们拿起武器——以保卫形式主义

---

① 也可参阅《诺顿文学理论与批评选集》第二版，里面辑录了著名的反理论文
章，以及提倡形式主义和审美的经典及当代文章。备选目录中列有"反理论"类别，包
含九篇选文。范围非常广泛，代表了来自左派、右派和中间派的批评视角（人文、科学、
美学、形式主义和认识论）。

和唯美主义的文学批评模式，免受无数的批评和理论异端的伤害。①
他们为一种真正纯洁的信仰代言，并且以它的名义发表谴责。许多　　31
反理论者对当代后现代社会持批评态度，指责它混乱不堪、选择泛
滥、斑驳混杂（交融、拼凑、杂合），尽管他们不会承认。核心传统支离
破碎。反理论家的一个问题是，我自己是个理论家（大写的理论），但
我热爱文学，我这么说的时候，无疑代表了大多数的理论家。另一个
更大的问题是，我们理论家（大写的理论）坚持检验"我爱文学"中的
"我"是怎么起作用的，谁来定义"文学"，在过去和现在，某些关键的
效忠誓言和相关的谴责产生于哪里，为什么会产生。批评性的质询
会造成混乱。众所周知，它可以被指控为败坏社会，尤其是毒害大学
生，许多反理论就是如此指控的。最后，我想说，有许多方式可以热
爱文学。抨击理论于事无补。

---

①　由文学学者、批评家和作家协会（ALSCW）主办的文学网络博客"阀"（Valve）
承办了一场图书活动——圆桌图书评论、闲聊和促销——活动围绕的就是《理论的帝
国》。编辑过的活动手册由 24 位学者提供稿件，帕泰和柯罗尔撰写简短的后记，可以
从客厅出版社（Parlor Press）获得免费的 PDF 文档，或者购买由约翰·霍尔博（John
Holbo）编写的书。自 2012 年 3 月以来，"阀"不再更新。

第三章
批判性阅读的任务

在当代，大学里批判性阅读的模式和规范迅速传播，促进了各方面持续的交汇与融合。早前开创性的兼容并蓄的例子是马克思主义女性解构后殖民文化批评，这是一种混合的批评方式，自 20 世纪 70 年代后就和佳亚特里·C. 斯皮瓦克（Gayatri Chakravorty Spivak）的名字联系在一起。与此同时，各种各样反理论的抵制力量回潮，要求回归对普通读者的关照，回归文本细读和鉴赏性审美批评。这些呼吁在 21 世纪势头更猛，其中大多数可以说是目光短浅。站在这些观点的对立面，我想给如今开展和研习批判性阅读的一个小项目下个明确的定义，并为其进行辩护。这一方法将文本细读、意识形态批判、文化批判与亲近式批判和快乐阅读结合在一起。在辩护的过程中，我不追求独创性，而是关注平衡度、广度和关联性。

最近有些文章的言论令人惴惴不安，正是它们激发了我必须要做这样一个陈述的决心，这些文章提倡采用非评判式、修补性、鉴赏性、浅表式、宽容式的新文本细读法。这是原话，我没有做任何改动。这些阅读方法共同表达了对意识形态批判和文化批判的厌恶和越来越大的反感，同时期盼具有活力的新的批评方式的诞生。它们提倡快乐阅读和文本细读，我对此表示赞同。我不赞同的是它们排斥意识形态批判和文化批判，或是降低其重要性。这种倾向令人烦恼，也不合时宜，尤其是我们还处在新自由主义时代,经济大萧条仍在继续。

　　本章一开始我会对快乐阅读以及反对批判的观点进行探讨,然后转向对文本细读、意识形态批判和文化批判进行论述。我在第一章中已经谈论过亲近式批判,本章会再次提及。本章最后我会进行总结评论,并为建立在更宽泛意义上的批判性阅读做辩护。

快乐阅读

34

　　谈到快乐阅读,不得不提及两个著名的民族志研究[①],它们阐明了支撑休闲阅读的复杂系统,这个系统包括阐释公约、批评立场和制度矩阵(Leitch,2008)。这两个研究尤其要提到珍妮斯·拉德威(Janice Radway)对传奇小说读者的研究,以及亨利·詹金斯(Henry Jenkins)对抱团紧密的电视粉丝群的研究。尽管人们对于快乐阅读有许多不同的看法,但是这种阅读绝不是简单闲散、不加批判的,事实上恰恰相反。

　　然而,批评家们,尤其是专业学者,常常将快乐阅读归到欣赏性阅读、主观性阅读以及非批判性反应的范围中(Jacobs)。促使他们这样进行分类的,是一种有启迪意义的两级对立体系和一种情感结构。

阅读的极

批判的/非批判的

学术的/大众的

客观的/主观的

怀疑的/信任的

专业的/业余的

----

　　① 民族志研究(ethnography):这里指的是使用民族志研究的一些方法,如置身其中,联系实际,发自内心,但同时保持批判距离等,是一种经验性研究,常常被人类学和文化研究借用。——译者注

深层／表层

慢速／快速

沉重的／轻松的

费力的／愉悦的

缜密的／印象式的

不带情感的／兴趣盎然的

教诲的／娱乐的

精细的／粗糙的

博学的／天真的

根据传统的学术观点，快乐阅读是一种非批判、轻松、天真、印象式的主观阅读法。它的明显特点是快速推进、粗放、娱乐性和业余性。严肃阅读则与之相反，它是具有批判性、精细缜密、客观缓慢、带有怀疑精神的深度阅读。它与任务和启迪相连，与休闲和娱乐无关。长期以来，学术禁忌巧妙地将轻松、非批判性的快乐阅读与博学审慎的批判性阅读隔离开来。两者永远不能共存。

35 　　这一标准的描述包含了刻板印象、稻草人谬误①以及诸如"幼稚""轻松"这样意蕴深厚的词汇。这套引发一连串对立的价值标准，表面上看是衍生于启蒙时代的古典语文学、官方的圣经阐释学，尤其是在大学和专业兴起过程中得到巩固的现代文学批评。但是，当代后现代阅读法有效地瓦解了这些存在已久的对立（Towheed，Crane，Halsey）。下面让我用一个例子来加以说明，即拉德威的《阅读浪漫小说》（*Reading the Romance*）。

　　珍妮斯·拉德威研究了 42 名阅读浪漫小说的中下阶层妇女，她们居住在美国中西部的某个郊区（Radway），一家书店和一本通讯把她们联系在一起。拉德威对这个阅读群体的细致描述，颠覆了批判性阅读

---

　　①　稻草人谬误（strawmen fallacy）：指在论辩中有意歪曲论敌的立场以便更容易地攻击之，或回避论敌较强的论证而攻击其较弱的论证。——译者注

和非批判性阅读的标准两分法。她详细描述了这些读者的阅读方式：她们阅读得很快，常常直接跳到书的最后，不在意风格，忽视批评距离，认同人物角色（尤其是女主角），对情节关注最多。她们喜欢详细解释男主角的行为动机。她们拥有一致的评判标准：男主角不能有暴力，女主角不能柔弱，不能出现淫秽内容，不能有不圆满或不确定的结局。她们是群如饥似渴的读者，偶尔会反复阅读中意的作品，尤其是在情绪低落的时候。对于这群异性恋读者来说，浪漫小说具有补偿意义，在一个要么工作太多，要么没有工作的世界中，它演示了理想的伴侣关系，与现实生活中伴侣往往心不在焉的情况相反。虽然这只是一个爱好阅读的局部阐释群体，一群欣赏流行文学的快速阅读者，但是她们也十分专注，沉浸在当代浪漫小说的传统之中，知晓那套复杂通用的情感和社会标准。她们并不只是关注审美和表面细节的非批判性读者。

　　几十年来，学术性的文化研究得到传播，已经给予流行文化及其爱好者充分的尊重，承认不同的阐释群体具有其复杂性（Machor and Goldstein）。但是，谈到浪漫小说和其他类型的"低俗文学"时，学者们仍然先入为主地将它们视作肤浅、主观、不精细、带偏好的文本，认为这些都属于非批判性叙事。因此，让我们继续推进快乐阅读，但是不要带有轻蔑。

反对批判

36

　　如今越来越多的批评家对学术性批评阅读，尤其是批判，感到不满，这促使他们发表一系列的文章，呼吁寻找其他阅读方式。首当其冲的就是苏珊·桑塔格[①]，她的著名观点是反对阐释，主张依赖感觉和非

[①] 桑塔格（Susan Sontag，1933—2004）：美国作家、艺术评论家，主要著作有《反对阐释》《激进意志的风格》《论摄影》等。除了创作小说外，她还写有大量的社会和文化批评，涉及摄影、艺术、文学等，被誉为"美国公众的良心"。在文化界，桑塔格和西蒙·波伏娃、汉娜·阿伦特被并称为西方当代最重要的女知识分子。——译者注

功利性的即时性阅读反应(Sontag)。她构想的阅读模型始于原初的仪式活动和神奇体验，继而是意识负担。在此过程中，所有的批判都被弃之门外。这是一种纯粹形式下的现象学。伊芙·科索夫斯基·塞吉维克①在职业生涯后期极力推崇修补性阅读(reparative reading)，反对所谓的偏执性阅读(paranoid reading)。她修正了保罗·利科②的著名论述并抱怨道，许多当代的阅读行为都带有怀疑阐释学的成分，特别是马克思主义批评、精神分析学、尼采式的谱系学、女性主义和新历史主义。在现象学、美学和新批评形式主义中，她发现了修补性阅读所包含的希望、愉悦和偶然性，而相比之下，上述所谓的"霸权"偏执型的学术阅读模式，体现的则是所谓焦虑的犬儒主义、对痛苦的回避和非神秘决定论。在这里，快乐阅读、文学鉴赏以及文本细读明确地取代了意识形态批判和文化批判。批判的魅力胜过清醒的认识。解脱近在咫尺。

在新世纪，越来越多的批评家，比如塞吉维克，对批判感到不满，提议寻找新的阅读方式。马克·埃德蒙森(Mark Edmundson)提倡暂停"读书"，他在这里的意思是：不要用例如马克思、弗洛伊德或福柯的专业术语去套文学文本，希望学生和批评家直接接触并且敏锐感知作者的人生观，了解他认为应该如何生活、要做些什么。之后才是阐释和批评。对文本抱有欣赏的态度，怀有存在主义的开放性心态，都是值得赞赏的目标。但是，这里存在对阅读任务排序和优先权的篡改，引领人们向往旧时的简单朴素。在阅读的过程中，批评和阐释并不只是简单地服务于个人反应，也不应该是这样。

另一个替代方案是芮塔·菲尔斯基(Rita Felski)提出的新现象学。菲尔斯基发现了批判距离、批评冷静和批评怀疑带来的问题，并认

---

① 塞吉维克(Eve Kosofsky Sedgwick, 1950—2009)：美国文学批评家，研究领域是性别和酷儿理论，代表作有《男人之间》和《衣柜认识论》。——译者注

② 保罗·利科(Paul Ricoeur, 1913—2005)：法国哲学家、当代最重要的解释学家之一，著有《时间与记述》《作为他者的自身》等。2004年11月美国国会图书馆授予其克鲁格人文与社会科学终身成就奖。——译者注

为这些是当代大学文学批评专业的特征。她突出强调了个人情感的介入,将普通阅读和学术阅读区分开来,而这就回答了"为什么文本重要"这个根本性的问题。"批判需要辅之以宽宏,悲观需要辅之以希望,否定美学需要辅之以对艺术的持续思考,思考其交际、表达和揭示世界的方方面面。"(33)这一段话表露出"非此即彼"的思路,令人印象深刻却站不住脚,显然选择"同时/而且"更有意义。在这里机械地列举二元对立让人感到震惊,也没有任何说服力。尽管如此,菲尔斯基还是委婉地呼吁保持平衡,这在方向上是正确的,仍然坚持要进行批评。①

迈克尔·沃纳(Michael Warner)认同"非批判性阅读",认为学术界的批判性阅读过于专业、陈旧。"批判性阅读是历史上的另类人所进行的虚伪的劳动。"(36)据说,批判性阅读强调现代开明读者的个性,看重批判距离、抽身而退、抵制否认。此外,沃纳还指出,它把学习、隐私和做笔记作为前提,外加编了页码的著作,与今天页面连续滚动的互联网完全不同。沃纳所说的非批判性读者(尤其是他文学课堂上的大学本科生)突破了学术性的条条框框。他们认同人物角色,尊重作者,寻找内容信息,快速阅读,随着情节时而放声大笑,时而悲伤哭泣。在这种情况下,任何类型的批判性阅读都会显得故弄玄虚、陈旧过时,已经濒临穷途末路。沃纳的问题是他对他的学生读者们采用的细读和批判性阅读方式没有认可,也没有加以检验。他假定学生们都是单纯幼稚的,完全不会接触批判性怀疑,不会抵制。在我看来,他把非批判性阅

---

① 对比一下凯瑟琳·贝尔西(Catherine Belsey)的观点:她谴责当下的学术批评虚伪而教条,呼吁回归审美愉悦和文本分析。贝尔西独树一帜的看法建立在拉康独特的快乐理论之上,这个理论认为文学(例如语言)代表着不可企及的"失落客体"(原始的非语言"实在"生活)。贝尔西的动机是从直言不讳的先锋立场出发,寻找令人惊叹的新事物。这就解释了她为什么将今天学院派女性主义和后殖民主义文化批判描绘成"墨守成规"和"正统",认为他们是在向皈依者布道(27)。

想要在细读和意识形态批判之间保持一种自觉而中立的平衡,可以了解一下韦恩斯坦(Weinstein)和卢比(Looby)的研究,他们在由不同人写成的18篇论文编撰而成的论文集里,一开始就承认"审美和意识形态之间有千丝万缕的联系,必须认可其批评的价值,即保持它们的能动关系不断产生互动"(7)。

38　读和批判性阅读对立起来，走回到程式化的老路。沃纳严厉地将专业程度较高的批判性阅读描绘成一种意识形态、一种亚文化、一种自私自利的苦行，是非批判性阅读的死对头，但他恰好运用了自己所抱怨的批判性阅读的方法和技巧，这真是讽刺。

　　这里简单介绍了非批判性阅读的几种模式，其典型特征就是疏于思考，分量太轻，只懂民族志似的习俗分析和快乐阅读实践。它们提供的描述过于夸张，缺少平衡，远离批判，①学生的智力被幼稚化了。

细　读

　　近来，"细读"的呼声越来越高，在我看来却是空洞无力的。为什么呢？首先，这种阅读法有众多各不相同的模式。在没有确指的情况下，"回归细读"这句口号在我看来既没有经过检验，又缺乏任何诚意。如果你想知道我指的细读模式是什么，我简单地罗列出以下六种众所周知的不同案例作为回答：克林斯·布鲁克斯（Cleanth Brooks）在《精致的瓮》（*The Well Wrought Urn*）中体现的形式主义［例如，他在第一章中谈论约翰·多恩（John Donne）的"宣布成圣"］；马丁·海德格尔（Martin Heidegger）在《语言》（"language"）一文中［这篇论文谈论格奥尔格·特拉克尔（Georg Trakl）的诗《冬夜》（"Winter Evening"）］提出的本体论现象学；埃里希·奥尔巴赫（Erich Auerbach）在《摹仿论》（*Mimesis*）第一章"奥德修斯的伤疤"（"Odysseus' Scar"）中谈论的语文学，这一章对比了《荷马史诗》和《旧约》；罗曼·雅各布森（Roman

---

　　①　对比一下布鲁诺·拉图尔（Bruno Latour）的观点，他担心反进化论者、否认气候变化者以及反对科学者投机取巧地使用批评，这个担心是正当的。但是，他并没有摒弃批评。还可参见雅克·朗西埃（Jacques Rancière）对左翼和右翼批判的批评，两者都将普通民众视作低能儿。朗西埃在提出自己的批评时，为他长久以来坚持的人人平等的原则做了辩护。

Jakobson)和克洛德·列维-斯特劳斯(Claude Lévi-Strauss)著名的结构主义代表作《夏尔·波德莱尔的〈猫〉》("Charles Baudelaire's 'Les Chats'");雅克·德里达在《论柏拉图的药房》("Plato's Pharmacy")中展示的解构主义;罗兰·巴特(Roland Barthes)在《S/Z》[该作品详细分析了巴尔扎克的小说《萨拉辛》(*Sarrasine*)]中提出的后结构主义符号学。我不再进一步罗列更多细致且不同的细读模式,其实这反倒很简单(Caws;Lentricchia;DuBois),我想仔细研究一下克林斯·布鲁克斯形式主义细读风格的主要程式和前提——这种风格长期以来都是北美大学批判性阅读的标准。① 这与拉德威传奇小说读者之间形成鲜明对比,颇有意义。

39

　　这里是形式主义细读的十条关键规则,来自克林斯·布鲁克斯提出的新批评模式。

　　1. 选一篇简短的经典文学文本,最好是首抒情诗。

　　2. 坚持客观性,避免个人的情绪反应。

　　3. 排除历史探究,主张文体和审美分析。

　　4. 多次进行回顾性阅读。

　　5. 预先假定文本是错综复杂、紧凑统一的。

　　6. 暂时放下不协调和冲突,追求整体的统一。

　　7. 展现矛盾、讽刺和含混,以解决各种不和谐。

　　8. 将文本视作不带个人色彩的剧本,是制作精良、具有独立审美性的物体。

　　9. 聚焦于意象模式、隐喻语言和文学性,不要,坚决不要

---

　　① 弗兰克·莫莱蒂(Franco Moretti)在《图表、地图和树》(*Graphs, Maps, Trees*)以及其他著述中都提倡过"远距离阅读"(distant reading)(明确表示反对细读),这种阅读方式要求对漫长的历史时期中小说子样式的销售数字进行数据统计分析。尽管我对这种定量式的历史批评模式有些小小的意见,但我觉得它自有其价值;不过它否定细读和批判,追求虽有说明意义却过于简单化的图表和地图,我对此则持批评态度,觉得实在没有必要。莫莱蒂是斯坦福文学实验室的负责人,这个中心专注于对文学做定量分析。想了解远距离阅读的例子,请搜索它的在线系列文章。

将重点放在心理、道德、社会或是政治经济上。

　　10. 努力成为**这样的**理想的读者。

有了这些标准，我们就可以明白，为什么大多数的新批评家可能会认为约翰·多恩是比沃尔特·惠特曼（Walt Whitman）更出色的诗人。但是，我不想老调重弹这一冷战早期非常有影响的唯美主义阅读形态，也不想再深谈其相对优势和劣势。我也无意抨击布鲁克斯。这个程序手册以及这些评价标准让我感兴趣，是因为它们与拉德威的传奇小说读者所认同的批评原则截然不同。传奇小说读者可以完全不赞同里面的任何一条批评前提，而新批评形式主义者也可以不遵从早前为传奇小说读者确定的十条规则。我本可以在这里继续对之前提到的诸多细读模式做个对比，探讨它们之间的差别、重叠的部分以及偏好。但是我不打算这样做。我的目的不仅是要质疑与批判性阅读和非批判性阅读差异相关的标准价值体系，还要指出含糊地要求“回归细读”所体现的学术偏执以及诚意缺失。关于这种学术偏执还有很多可以谈论。

　　当代许多对于细读的鼓吹是在20世纪80年代和90年代的文化战争期间首次提出的，在新世纪不断升温，在我看来，鼓吹这些要么是为了恢复伟大的文学文本典范，要么是为了消除理论的“胜利”，要么就是为了让我们这些学者远离文化研究和文化批判，或者三者兼而有之（例证可以参看第二章与帕泰和柯罗尔相关的探讨）。此外，有些吁求是反学术的，有些反知识分子，还有一些则是蓄意张扬貌似先锋。在新、旧细读运动的背后，隐藏有一系列的愿望和诅咒。这里举几个例子来阐明我的观点。首先是希望恢复普通读者的这个愿望（Teres；Gioia①；NEA），在我看来，普通读者是个迷人却神秘的角

① 达纳·乔欧亚（全名 Michael Dana Gioia, 1950— ）：美国诗人，曾任美国国家艺术基金会主席（2003—2009），写有批评文集《正在消失的墨水：印刷文化末期的诗歌》（*Disappearing Ink：Poetry at the End of Print Culture*, 2004）。——译者注

色。[①] 其次是渴望回归早前的审美分析和评价,这些分析和评价常常伴有诅咒,诅咒的对象是当代身份政治、意识形态批判以及病毒式传播的流行文化(Ellis)。正在进行的去审美化改革,想要将文学转变为一种传媒商品,剥夺其光辉,使它和娱乐生产、娱乐分配、娱乐消费的商业循环纠缠在一起,人们对这一改革存在着普遍的不满和抵制。企业大学中对研究产出率的需求越来越高,人们对此感到既矛盾又沮丧。据说,理论、文化研究和批判之所以能够成功,其背后正是这种"要么发表,要么灭亡"的要求,这也解释了为什么相互竞争的阐释群体会迅速增多(Bauerlein)。我需要重申,"细读"这个口号承载了许多学术偏执。想要理解它,需要考虑环境和动机,而这些都带有价值取向,并且存在争议,常常晦涩难懂,这一点并不出人意料。[②] 我做出的所有评论都不是为了否认细读的价值,实际上,我强烈支持细读,并且在我自己的教学与研究中也会加以实践。

41

---

① 哈维·特雷斯(Harvey Teres)认为,普通读者不是学者,不论是高雅还是低俗的艺术形式,他们都能从欣赏它的工艺和美丽中获得审美愉悦(2)。但是,这里的普通和阅读都是没有实际意义的比喻概念。达纳·乔欧亚则对普通读者做了让人困惑的精英式描绘(他的用语):这是一个不同寻常的富裕群体,占总人口的 2%,是"我们文化中的知识阶层"[《诗歌重要吗?》(*Can Poetry Matter?*),xviii, 16]。美国国家艺术基金会(National Endowment for the Arts)在 2009 年发布的文学阅读报告中,将普通阅读视作 1.3 亿美国成年人使用的一种中立技巧,这令人难以置信。尽管收集了大量数据,但报告没有关注立场、兴趣、解释方式、目标或是批评。普通的文学阅读被描绘为一种虚无缥缈的统计幻想。

② 简·盖洛普(Jane Gallop)呼吁:在如今新历史主义和文化研究当道的时代,让细读回归到文学研究的中心位置。在呼吁时,她把自己的动机和身处的环境表达得非常明确。正是细读使文学研究成为有别于历史学和社会学的专业学科。抛弃细读相当于"学科自杀"("Historicization," 184)。此外,细读促进了"反独裁主义教学法"("Historicization," 185),授予了学生权利。然而,盖洛普对细读的定义是狭隘的。该定义下的细读在 20 世纪末把美国新批评和德·曼的解构主义混杂在一起,不理会这么混杂带来的问题。它既关注语言而不理会思想或释义,又关注奇特的文本细节而排除前提预设("Close Reading," 16)。人文学科面临实实在且日益增长的威胁,盖洛普在面对这些威胁时,提出要回归细读,很显然这是种无奈的防御,缩进堡垒以求自保。

意识形态批判

　　众所周知，大多数当代版本的意识形态概念都是以最近完善的马克思主义理论的两个前提为基础的。和形式主义细读一样，这个概念已经被证实是一种非常有用的探索方式，可用于批判性阅读和课堂教学。我们不应该摒弃它。它的第一个前提是，人类历史的发展跌宕起伏，经历了一系列生产方式的演变，从游牧部落、宗族社会、专制社会、奴隶制社会，再到封建主义、资本主义、社会主义和共产主义。阶级对抗通常受到压制，却标志着新一种社会形态的形成。西方资本主义从1500 年前后产生至今，已经经历了不同的阶段；20 世纪 70 年代起，后工业化自由市场新自由主义，或者说当代资本主义，占据了优势地位，并在 20 世纪 90 年代走向全球；近几年，面对严重的经济危机，资本主义不断强化。前提二，社会经济要素构成了社会的经济基础，而文化领域的要素则构成其上层建筑，两者通过连续的水平反馈环作为媒介，相互联系。值得注意的是，上层建筑包括家庭、宗教、政治、法律、教育、工会、科学技术和文化（Althusser）。（阿尔都塞的这个对体系的解释为学生以及文化分析家提供了非常有用的清单。）必须要说明的是，这里的"文化"指的是手工艺、体育运动、高雅和低俗艺术，包括文学（R. Williams）。上层建筑的每一个领域或多或少是相对独立的，但都与社会整体相联系，联系的方式各不相同。（整体化在这里意味着将你自己与社会这个大世界及其制度联系在一起。）在这个语境下，意识形态由社会中占统治地位的团体的想法、信仰、价值观和世界观构成，通过上层建筑中的各种机构得以传播，传播范围包括文学和流行文化。意识形态通常被认为是常识或共同的信仰（"人人都知道的事"）。大学本科生却常常把意识形态误以为仅仅指"个人"观点，实际上恰恰相反。这种为了迎合既定的极端个人主义而做出的下意识逆转，恰好是课堂上

42

值得讨论的话题,可以从个人主义是一种意识形态这个说法开始。

以对当代电影和历史文献进行意识形态批判为例,这两种批判能够引起大量关于艺术、文化和社会的探讨。为什么要放弃它呢？这是一种强大而基本的批判性阅读方式。可以考虑将重点放在家庭上,它的定义和主要表现形式,它与工作和宗教的关系,以及它的长处和缺陷。在当代话语中,老师同时兼任批评家,他可以有意识地运用这种启发式教育方法,提出一系列紧迫的问题。比如,基于文化资料的记载,在愈演愈烈的后工业资本主义环境中,北美家庭的情况如何？有没有什么明显的变化？这些家庭是以何种方式与早前的家庭形式以及新兴的家庭形式产生联系的？如今是什么增强了家庭关系,又是什么使家庭分裂？有没有理想家庭？最近国内的小说和电视剧中,是如何刻画个人主义和家庭团结之间的关系的？与传统的一夫一妻制、连续单配偶关系、单亲家庭、同居伴侣关系、独居或社区生活相比,大家庭以及核心家庭是如何被描绘的？不论将家庭视作意识形态单元多么令人沮丧,但如果你是家长,需要教育你的孩子努力工作、自力更生、严格守时的重要性,你就会意识到自己是一个代言人,是一种渠道,是无数超越个人的准则和价值观的载体,这些准则和价值观在社会上以及个人间传播,也包括你自己在内。社会话语就是这样一种渠道,文学也是。这一点不能否认,也不该否认。我们应该在一个旨在清除意识形态批判的项目中放弃这种思想吗？答案是绝对不可以。

近几十年来,意识形态批判带有一些随之而来的概念,并因此得以加强,最为显著的概念是霸权/反霸权、商品化、乌托邦,以及路易·阿尔都塞、弗雷德里克·詹明信和斯拉沃热·齐泽克等人讨论的"想象"（the imaginary）。和细读一样,意识形态批判也有许多不同的概念（伊格尔顿找到六个以上）。这些最新概念的传播和从 20 世纪 70 年代开始崛起并取得完胜的自由市场原教旨主义正好一致。"这绝非偶然。"这句耳熟能详的短语使人想起意识形态批判长期恪守的法则——"经济基础决定上层建筑"。金融和媒体的瞬时流动，使得资本主义越来越全球化，同时也使这种瞬时流动更加顺畅；在这种情况下，霸权、商品化、创建更加美好的世界，以及我们想象中自己与现实的关系等，诸如此类的概念变得具有启发性，同时也不可回避。因此我无法设想，现如今在文学、流行文化或社会话语中教授或使用批判性阅读时，可以不使用意识形态批判，不论是狭义的还是增义的，这都可能是一种渎职行为。这对任何形式的细读来说都是如此。这些阅读模式并不相互排斥。

文化批判

从历史的角度来看，我认为文化批判与意识形态批判是可以分开的，尽管其他的批评家和学者们并不这么认为（例如，Ebert；Best；Marcus）。这两个概念存在一些混淆。后现代的种族-阶级-性别分析带有文化批判的特征，种族和性别是在 20 世纪 60 年代以后加入进来的，之前现代阶级分析就已经存在，可以追溯到两次世界大战时期，如果不是更早的话。20 世纪最后的 20 年间，与 20 世纪 60 年代各种新的社会运动有关的文化批判，在源于民权运动和女性运动的"种族"和"性别"之外，加入了"性向"和"民族"，后者来自同志运动（LGBTQ）和当下依然持续发展的反（新）殖民主义运动。尽管如此，在英语国家，许多批评家将源于种族和民族研究、后殖民主义研究和酷儿理论的批判性阅读，与马克思主义批评理论和精神分析批评理论融合在一起。他们通常把这种后现代混合体称为文化批判，有时叫作意识形态批判，或症候式阅读(symptomatic reading)。① 文化批判是如今占据主导的术语,其特点是灵活和开放。

举个例子,在众多文化批判模式中最突出的就是福柯式分析。米歇尔·福柯明确地将批判描述成对统治秩序、规范和各种机构(所谓的知识权力网络)的质疑,尤其是法律、道德和科学机构(Foucault)。他是在脱离镇压和自我形成的环境下做出这些描述的。朱迪斯·巴特勒干脆将福柯式的文化批判定义为将伦理、审美和政治实践集于一身,并在自己早期讨论性别去神秘化的著述中充分利用(Butler)。就在最近,迈克尔·哈特(Michael Hardt)有意识地在巴特勒的福柯式批判之外,增加了对政治行动主义模式的关注,这是他从福柯后期的演讲中推断出来的(Hardt)。他提倡一种富有战斗性的福柯式批判,这种批判"拥有力量来抗争给予我们的生活,并创造新的生活,反抗这个世界,争取另一个新世界。这种战斗精神除了具有批判能力,能够限制我们被控制的程度和方式外,还开辟了一种新的治理形式"(34)。

文化批判,无论是福柯式的还是其他形式的批判,都内含一种平等的伦理政治,包含着和解放、自由以及更好生活相关的乌托邦概念(Wiegman)。哈特和巴特勒可以为此作证。文化批判的反对者往往嘲

45

---

① "症候式阅读"在其大多数变体中指的都是意识形态批判和文化批判的融合。例如,史蒂芬·贝斯特(Stephen Best)和莎伦·马库斯(Sharon Marcus)对许多所谓"浅读"的正面例子和类型进行了调查,他们把这些与"症候式阅读"这个怪物对立起来,将"症候式阅读"与马克思主义(詹明信的那种)、精神分析、当代文化批判联系在一起。克里斯托·巴托洛维奇(Crystal Bartolovich)尖锐地批评这个浅读项目,捍卫詹明信式的马克思主义意识形态批判。

提摩太·贝维斯(Timothy Bewes)发表过一篇相关文章,提倡进行非评价性、宽容的"事件性"阅读,反对那种情绪化的、基于身份的"怀疑式"阅读。他在这篇文章中对比了阿尔都塞和詹明信两人的"症候式阅读"版本(8)。他把大多数理论等同于板着面孔训人,并且对其进行了严厉的批评,同时宣扬一个独一无二的审美现象学项目,该项目源自对立场和自我的放弃。这个激进的细读——或称之为不阅读——项目所走的否定之路放大了文本的词汇,却抹杀了阅读主体的言语。它呼吁读者的死亡。和21世纪许多其他的新现象学一样,这个项目表明,它对现象学最伟大的先驱日内瓦学派一无所知。另参阅阿姆斯特朗(Armstrong),他将阅读现象学和当代神经科学做了初步融合。

笑它为"受虐主题"，似乎性别歧视、种族主义、殖民主义、强制性异性恋，以及它们共同产生的支配和敌意已经不再是问题。真希望会如此。在我看来，放弃文化批判实在是不负责任和目光短浅。

值得强调的是，福柯并没有谈论阶级、经济基础/上层建筑或意识形态。福柯没有使用阿尔都塞的意识形态国家机器，而是用"规训"（disciplines）来记录现代社会机制如何繁衍出富有成效、温顺服从的机构。"规训"包括监视、对象化模式、数据和规范表格、记录、等级制度、检查和操练。文化批判的实践者往往和福柯一样，都是后马克思主义者，即使仅仅因为他们不相信无产阶级最终能够战胜资产阶级（如可参见 Boltanski）。我们这里举的例子是阿尔奇·邦克（Archie Bunker）现象①，或者叫保守分子或堪萨斯现象。今天谁还会认真对待北美产业工人的革命激进思想？告别这个工人阶级意味着和一些正统的马克思主义学说分手。对许多批评家来说，父权和种族压迫看上去至少和阶级斗争一样，既历史久远也难以对付。严格来说，有许多文化批判的实践者并不会进行意识形态批判，这并不令人吃惊。我不是他们中的一员。相反，我发现意识形态批判和文化批判其实相辅相成，少了哪个都不可以。这是近几十年来一个至关重要的教训，在此期间，文化批判和企业大学以及资本主义全球化同时兴起。在这个背景下，批判在突出存在的问题的同时，也给出了替代方案，所以它很有用。

我将亲近式批判看作文化批判以及意识形态批判的一个分支，认为它值得单独拿出来进行考察。我所说的亲近式批判，指的是对个人情感和生活经历进行分析，与日常的各种社会、政治、经济势力以及对抗有关。例如，如今因为背负债务而产生的越来越多的焦虑，或是因为需要完成多重任务而产生的惊恐发作，又或是由在雇员、资源和商品中

---

① 阿尔奇·邦克：美国 20 世纪 70 年代电视连续剧《全家福》（*All in the Family*）中的男主人公，蓝领工人，思想保守，满脑子陈规陋习，家庭的独裁者，习惯于坐在安乐椅上发号施令，导致一连串的荒诞事件，是美国电视剧中著名的偏执狂。——译者注

越来越普遍的一次性使用现象而带来的不安全感。这些大大小小的灾难，影响着我和我的家庭，还有我的朋友以及同事们，这些我已经在第一章中详细陈述过。这些情感无论怎样因人而异，都是大家共有的，它们向我们揭示着社会上到底在发生着什么（Freedman，Frey，Zauhar）。它们将情绪自我和周围更广阔的机构、规训以及变化中的规范联系在一起。这是将阅读时刻历史化的一种方式。它还与快乐阅读相结合，十分有效。[①] 亲近式批判是意识形态批判和文化批判的个性化融合和延伸，是我们这个时代非常重要的一个生存技巧。

批判性阅读的任务

最近的批评家纷纷提倡采用各种阅读方法，如修补性阅读、鉴赏性阅读、非批判性阅读、宽容式阅读、浅层阅读以及回归型细读，其实他们都受到误导，提出的方法缺少平衡，都有所偏颇。我的观点是，鼓励提倡快乐阅读，与此同时，应该将多层面的批判连同细读也包括在内。对阅读方式做这样的扩展是一种赋权，虽然可以说是一种主张，但绝不是教条（Graff）。我发现，批判式探索可以将教条的原则转变为实用的方法。对我来说，提倡和教授快乐阅读意味着纠正人们对这种阅读的错误认识，即这是一种不需要思考、非常简单、没有价值的阅读方法。其实恰恰相反。研究表明，个人的"轻松阅读"使用了一套非常复杂的阐释规则。如果要说今天主要的文学教材能够说明什么的话，那就是在我的课堂上，和许多其他课堂一样，细读包括文体分析，属于形式主义阅读模式，源头在于对技巧进行审美鉴赏。新批评的影响仍然存在。我自己的口头禅是：技巧是对真诚的检验，尤其是对文学专业、修辞学

---

① 艾伦·雅各布斯（Alan Jacobs）为快乐阅读进行了辩护，细致入微，慷慨陈词，但他忽略了对批判的考虑，仅在文章的倒数第二段中提过一句（149 - 150）。

专业以及文化研究专业的学生来说更是如此。我推荐在单元和课程中讲解叙事理论、韵律学、修辞史和文体学。除了文本分析和批判性评价之外，我还会特别重视弘扬审美美感，不论何种类型的美感，只要是其中的佼佼者，我都不会吝啬赞美之言。意识形态批评中最吸引我的是对历史上的生产方式（例如后现代性的全球化）和各种社会机构（例如宗教、教育、家庭）进行系统化关注，加上关注所讨论时期中的社会经济和政治流变、框架以及产生的对抗。考虑到如今资本主义的控制正越来越强，因此不再重视意识形态批判非常不合时宜，放弃意识形态批判则更糟糕。和许多其他批评家一样，我发现不论是在课堂上，还是在对种族、性别、性存在和民族的复杂性进行质疑的过程中，采用文化批判都一直颇有收获。举个例子，白性、女性、酷儿性、民族认同和社会阶级如何在 20 世纪 20 年代的美国文学文本中发挥作用？涉及的文本包括：海明威（Hemingway）的《太阳照常升起》（*The Sun Also Rises*）、菲茨杰拉德（Fitzgerald）的《了不起的盖茨比》（*The Great Gatsby*）、拉森（Larsen）的《流沙》（*Quicksand*）、奥尼尔（O'Neill）的《上帝的儿女都有翅膀》（*All God's Chillun Got Wings*）、艾略特（Eliot）的《荒原》（*The Waste Land*）以及休斯（Hughes）的《疲惫的布鲁斯》（*The Weary Blues*）。你可以围绕以上那个问题开设一门课程，我曾经就这么做过。在亲近式批判、细读、意识形态批判和文化批判中，不应该进行单一或非此即彼的选择。但是在最近要求重新进行批判性阅读的呼声里，有太多人采用这样的选择。

　　我意识到自己避开了和当下批判性阅读有关的一大堆关键话题。例如，我想当然地认为培养读写能力的基础设施和体系全部在位。这里我指的不仅是中小学、学术能力评估测试（SAT）、美国大学入学考试（ACT）以及其他的入学考试、学院和大学，还有出版社、书店（包括亚马逊实体书店）、图书馆、家庭阅读传统、经文研究以及个人经验和社会生存技能。此外，我不确定在我的陈述中该在哪个部分明确地插入各种自主阅读练习，包括消费者报告、贷款文件、操作指南、自助手册、节食书籍、维基百科的文章、博客等。但是很显然，这种阅读涉及将阐释模式灵活地加以综合使用。① 下面这一点自然是不言而喻，但或许是我强调的还不够：阅读需要个人介入，带有个人兴趣，有时迷人，有时冒险，能够改变人的生活，无论变好还是变坏。阅读可以是充满危险，抑或是拯救生命，又或者两者兼具。这属于批评领域，之前的阅读理论家称之为"反应"，通常将其视为非批判性阅读或宗派自白中一个截然不同的子类别，比粗浅的浏览更高一层。幸好几十年前，现象学家和读者反应批评家纠正了这个误解（Bleich）。如今，新现象学家和其他人正在重新思考阅读中个人承担的风险和取得的回报，这种重新思考不无裨益。亲近式批判和快乐阅读一样，也在其中扮演了角色。但是这种重新思考不应该与批判相对立，或是贬低批判的价值。

　　我还没有评价我最喜爱的一种阅读模式，就是深度阅读（excessive reading），一种独特、具有创造性的聪敏阅读法，做法奇特，一般与肯尼斯·伯克（Kenneth Burke）、哈罗德·布鲁姆、雅克·德里达、朱迪斯·巴特勒和斯拉沃热·齐泽克等人的名字联系在一起（我在第六章会把德里达视为深度阅读者加以探讨）。这些独特的读者们采用的阅读策略不仅为人们所效仿，还被概括进了各种指南中。这些指南对教授学生学习文学、媒体和文化大有裨益。这些杰出人物提出了许多问题，涉及过度阅读、阅读不足和误读；涉及意义、含糊和一词多义；涉及将作品放进语境中进行思考和解释的无数种方法（Davis）。这些思考很有成效。无论作为群体还是个人，这些批评家

---

　　① 对比一下："想要具备文化素养，就需要知道和书建立亲密关系的一些主要因素：缓慢、仔细、通常为线性的阅读体验，依赖于将注意力、时间和金钱投入文字中（也就是说，排除略读、借阅或谷歌查询这类阅读）。同时，互联网的阅读习惯正在形成一系列不同的标准：与文字、声音、图像和设计建立快速、分散、链接和多重的联系。"（Juhasz）需要对互联网阅读的协议和规范进行民族志式的研究（对比 Radway）。尤哈斯在这里做了简化，她在自己激进的二元论述中，使用了一连串同样陈旧的两级对立。此外，她将识字阅读描绘成比互联网阅读更昂贵的一种投资。但是，她的这一观察在我看来有些狭隘肤浅。想要了解更加审慎的解释，可参阅巴伦（Baron）的相关论述。

都不可能绕开批评，例如意识形态批判和文化批判。他们对创造性和大胆革新的重视，与大男子气概的超资本主义价值观和市场先锋精神相一致。深度阅读也与现代主义及后现代主义写作的要求极其吻合，使文章具有争议性，后者备受推崇，往往超过了更为保守的古典启蒙价值观，即清晰、简明、优雅，更不用说平衡和真实。只要这些"离经叛道"的批评家们积累起文化资本，他们就获得了一些额外的价值，值得在课堂上进行讨论，值得批评探究，尤其是评估当代学术明星取得名人地位背后的各种因素。

49

我预见到对我的批判性阅读主张的一些批评。比如，人们可能会指责这个主张将批评简化为一种公式。人们会说它没有谈到比例原则，没有解决细读和批判之间的平衡问题。它促进了多元文化的多样性、批评性融合和对资本主义的批评，都是一些自由主义价值观。罪名全部成立。确实，我主张的名义就是赋权，建议学生和实践者使用清单、启发式方案和尝试——确认这个做法。我的方法在谈及其中几个特定的批评方法和途径时，故意没有提到分段或比例，因为最终的决策总归取决于个案。鉴于种族主义、性别歧视和异性恋霸权在我们身处的世界如此猖獗，有极大的毁灭性，那么毫无疑问，我对忽视肤色和性别的意识形态仍然保持批评态度。如果你愿意，可以给这种态度贴上信仰的标签，但是总比保持沉默不做回应要强。资本主义有各种各样的缺陷，比如长期的经济不平等，这不仅在我们平时的生活里，还在文学、社会话语和媒体中都可以找到证据。我们在批评中可以指出它的缺陷，讨论它的长处。考虑到实用性、灵活性和普适性，我提倡进行开放式的批评融合。我反对简单化归约式的批评方法，比如单一的形式主义细读，排外的"为艺术而艺术"的唯美主义，排除自我的、精神化的非阅读现象学，或是脱离了批判的以读者为中心的存在现象学。在媒体的推动下，经济和政治因素不断渗透进生活，重构着生活的方方面面；在这样一个时代，上述那些批评主张从现代主义先锋思潮倒退，幻想着重振文学的自主性。这类思潮的目的是复旧，守住昔日的余晖，留住文学的纯净。别指望我会加入。

　　不论我们将意识形态批判、细读、亲近式批判和文化批判视作启发方式，还是个人信条，我都相信文学和文化分析家、老师和学生都有责任将它们结合起来，有大量的工作需要承担。这种阐释学和教父阐释的四个层次①不同，不需要遵从任何的等级制度和次序，其融合式的批评有利于在我们身处的时代生存下去。

----

　　① 教父阐释的四个层次：中世纪教父神学对《圣经》阐释所遵循的四种不同的方法，即字面或历史阐释、精神阐释、道德阐释、神秘阐释。——译者注

第四章
理论的今天与明天

(访谈)

下面是朱刚对我的采访,他是南京大学教授,研究领域是美国文学和批评理论,目前担任全国美国文学研究会秘书长。采访中他表达了中国主流文学研究界的一些关注。

朱刚:中国学术界探讨的所谓"当代西方批评理论"肇始于20世纪60年代,虽然对文学进行"理论"研究可以追溯到更早的时期,比如之前的形式主义、心理分析、神话批评等。20世纪60年代在中国和西方知识发展史上是一个转折点,您认为60年代的知识氛围与其后出现的批评理论之间有什么明显的联系?

里奇:20世纪60年代是美国文化的一个转折点,有多种原因。顺便说一下,这里说的"60年代"指的是1964年至1975年,即《民权法案》通过的1964年至美国从越南完全撤出作战部队的1975年,在这12年时间里发生了很多事件,对文学和文化理论产生了积极的影响。事情很复杂,但有一些主要的标志性事件。

我首先想到的是新的社会思潮和文化批判的兴起,比如女性权利、非裔力量、少数裔权利、大学生权利、同性恋权利、第三世界争取国家主权的独立运动等。这些社会团体和政治组织内部常常派系纷争,有些主张融入主流,有些则主张另立门户保持独立,但对外都争取别人承认自己的权利。典型的一点是,他们都主张经济的重新分配居于第二位,可以暂时放一放。争取政治权利和实现经济再分配孰轻孰重,批评界和政治界至今对此仍然争论不休。

女权运动产生出女性主义理论、女性历史、女性文学选集,对诸如日记和书信这样的女性文学体裁进行重新评价,以及对小说创新史进行重新梳理。20 世纪 60 年代之后挖掘出数百部遭到"遗忘"的女性小说。有人很快提出新的方式来重新理解女性:伊莱恩·肖瓦尔特(Elaine Showalter)写的《她们自己的文学》(*A Literature of Their Own*,1977)把英国女性小说家描绘为一种亚文化,桑德拉·吉尔伯特和苏珊·古芭(Sandra Gilbert and Susan Gubar)合写的《阁楼上的疯女人》(*The Madwoman in the Attic*,1979)认为父权社会对女性诗人和小说家造成心理伤害(最让人记忆深刻的就是"外界恐惧症"),而朱迪思·菲特利(Judith Fetterley)写的《抗拒性读者》(*The Resisting Reader*,1979)主张对以从华盛顿·欧文(Washington Irving)至诺曼·梅勒(Norman Mailer)为代表的美国文学经典中的厌女倾向进行文化批判。

接下来的几十年其他领域也发生着相似的变化,非洲裔美国文学、美洲原住民文学、西班牙裔美国文学、亚裔美国文学,加上同性恋文学和酷儿文学,都进一步得到彰显。新的课程、教材、研究方向、刊物、学术出版社出版的系列著作以及专业学术团体纷纷涌现,这些都是 60 年代留下的精神财富。我想,中国学者对此都不陌生,但今天仍然值得去回忆一下。文化批判起着越来越核心的作用。经典在扩容,单数的文学也随之成为复数。我在一篇会议论文中对"文学"的重新界定和重新组合做过描述,这篇论文的题目是"文学的全球化"("Globalization of Literatures"),在北京会议上首次宣读,后来收录在《文学经典的建构、解构和重构》(*The Construction，Deconstruction，and Reconstruction of the literary Canon*，陶东风主编，北京：北京大学出版社，2007)第 176—191 页。这篇论文成为《与理论同行》的最后一章。

53　　换句更笼统的话说，启蒙人文主义的普适性——西方白人男性人文主义——已经在很大范围里为差异观所取代，如种族与族裔差异，性别与性存在(sexuality)差异，少数族裔与多民族差异等。这标志了后现代多元文化思潮的到来，时至今日，其仍然是各方争斗的场所。

　　我在 20 世纪 60 年代学习的文学与学到的批评方法，主要是现代主义文艺美学和形式主义批评方法，这些在 15 年之内被完全颠覆了。但是，形式主义严谨的文本细读方法显示出了不起的生命力，文学经典也同样还在发挥着影响力。试图恢复旧日传统的主张在新世纪仍然不绝于耳。

　　20 世纪 60 年代还产生出其他一些新的文学和文化理论。我之前没有提到的还有 60 年代和 70 年代出现的美国帝国与后殖民理论，以及随大众传媒和大众文化普及而出现的文化研究。我也没有提及 70 年代出现的自由市场资本主义理论，具有政治组织形式的基督教基要主义，以及很多的反动回潮现象。我对这些现象的看法是：60 年代的影响，从广义上看，一直持续到眼下的 21 世纪。

　　朱刚：为什么诸如种族、族裔、性别等文化议题在近几十年成为文学研究的主要论题？难道没有比后殖民和同性恋更紧迫的议题需要我们去研讨吗？

　　里奇：20 世纪 60 年代以后美国社会和美国大学对女性和"有色"族群敞开了大门，男女同性恋也在立法、政治以及社会文化等领域成功获得一些公平待遇和平等权利，但美国人的称霸欲望和冒险行径依然在不断消耗着我们的资源，也持续引起知识界的愤慨，尤其是出身于其他民族及具有全球视野的知识分子。于是学术研究和教学反映了这些群体和激进思潮的主张。美国主流白人人口数量在持续下降，无论本土人士如何幻想，无法否认的事实是，美国已经是一个多元文化的社会。英国、法国、德国也都面临相似的问题。

20世纪60年代以后，"不发表就滚蛋"的科研奖惩制度不仅在主　54
要的研究型大学实施，而且其他本科院校和硕士院校也跟着实施。博士生们越来越急于找到用于学位论文和会议论文的"热门题目"，以便在竞争激烈的就业市场上更有竞争力。因此，种族、阶级、性别等研究，加上后殖民和酷儿理论，都十分吻合这个职业潮流，有利于成果发表和职称晋升。此外，消费资本主义离不开更大、更好、更新，社会上和学术界都对"新"趋之若鹜。在美国大学中，包括在文学院系中，市场时尚依旧引领潮流。多元文化理论满足了这种需求。

朱刚：您一直在鼓励现今的文学批评往文化研究方向发展，但文化研究其实已经遇到了麻烦，如英国伯明翰大学的当代文化研究中心①已经被校方关闭，中国大学中也有人对文学研究的文化性倾向比较抵

---

① 当代文化研究中心（Center for Contemporary Cultural Studies at University of Birmingham，简称CCCS）始于20世纪50年代英国的文化研究，后者以1964年伯明翰大学当代文化研究中心的成立为标志而达到鼎盛期。1972年CCCS脱离英语系独立设系，专注于文化研究，同时"中心"自行装订的研究成果《文化研究论文集》（Stenciled *Working Papers in Cultural Studies*）逐渐引起欧美学术界注意，影响日增。如果说60年代是文化革命的高潮，也是英国文化研究的开端，80年代则是文化研究轰轰烈烈大行其道的十年。为了更好地争取研究岗位和科研经费，CCCS转为研究教学并重的文化研究系，同时招收研究生和本科生。1984年文化研究学会（Cultural Studies Association）在英国成立，同时文化研究开始在欧洲普及，在美国文化研究也方兴未艾。进入90年代，文化研究似乎已经成为主流学科：鼓噪冒进少了，深思熟虑多了，看上去更加沉稳了。当然这种"沉稳"也带有些许无奈：80年代保守势力急剧增强，到了90年代已经形成了一个十分右倾的大文化氛围，和60年代的"反叛"形成鲜明的对比。今非昔比，左翼倾向浓厚的传统文化研究也渐渐失去了往日的气候。最终，CCCS不得不面临被强行关闭：2002年暑假结束前一周，伯明翰大学校方决定重组文化研究与社会学系，全系14位教师需要自己到别的系科联系"另谋高就"，保留下来的岗位只有3.5个。就学科声望来说，CCCS的社会学研究方向一直在英国名列前茅，社会学和文化研究两个本科方向招生很好，录取比例最低也有1∶10，却被校方以学科"优化组合"的名义大大缩减了规模，并且此举得到了学校教师工会的认可。——译者注

触，一些批评家提倡回到文学本身。

里奇：文化研究在不同的国家有不同的发展历史，表现出不同的发展面貌。美国的文化研究有别于澳大利亚、英国、加拿大等国的文化研究（见 Groden；Turner）。21世纪初美国文化研究呈现出至少五种不同的形态：一种方法或手段，一个学科分支，一个新的学科（有时单独成系），一种主导研究范式，或者是一种学术思潮。美国的这种情形与英国很不一样。

伴随着过去30年美国开展的各种文化战争，有人开始呼吁恢复教授文学经典，研读文学巨著，放弃"政治正确"（种族-阶级-性别分析），以及重新回到文学。持续的论战导致对"文学本身"的诉求。这个特定的短语使得20世纪中叶冷战初期的新批评在美国得以重新复活，后者反对三种谬误而因此声名狼藉，这三种谬误就是意图谬误（反对生平研究）、情感谬误（反对读者反应研究）和解释谬误（反对研究世俗主题）。信奉了新批评，你就被告知或被要求专注于作品而非其作者的生平（作者的意图），也不要理会读者的反应（阅读情感），同样不要去引申文本的意义。最后一点指的是，文学作品是自足的"文学客体"，不应当归结到哲学、神学、法律、科学、心理学、政治学等中，也不应当与它们展开竞争。文学的"文学性"是它特有的审美特征，对形式主义者来说，这使其有别于其他学科，值得拥有自己的学术建制，在大学中应该确保自己的立身之地。此外，形式主义者吁求的文学自足主张源自康德的反实用主义这个启蒙传统，20世纪30年代曾有人为之辩护，批评当时对艺术进行拙劣的政治化。时至今日，形式主义批评仍然维护保守的政治主张，反对降低艺术的审美性。尽管如此，"文学本身"携带的含义很丰富，我的建议是谨慎一些。

因此，与其把当下文学研究中的文化倾向视为威胁，我倒认为它是一种解救，不仅有助于摆脱教条的形式主义，而且有助于挽救文学免遭大众文化的侵蚀，后者的兴起使文学黯然失色。文化研究冲破形式主义的束缚，推动各种后形式主义批评方法的产生和蓬勃发展。如分析一部作品或一种现象时,文化批评家的做法是考察其文化发展轨迹(生产,分配,消费),使研究纳入生平与历史维面,以及读者反应与体制分析。这种方法既赫然打破了新批评的谬误,又可以包含其细读方法。文学形式主义之外还有多种其他的细读方式。值得一提的是,20 世纪 60 年代后期形式主义细读法已经变得一味重复,方法老套,活力匮乏。这一点基于我本人的亲身经历。形式主义之后,批评理论和文化研究为学术研究和学术发表开辟出新的前沿课题,对教学当然也是如此,更贴近生活,令人兴奋。

当然,美国也有十多个招人眼球的反理论流派,还有一些为此喋喋不休的孤家寡人。也许中国的情况也是如此。

朱刚:批评理论使文学研究发生了什么变化? 只读文学作品,不去阅读批评理论或进行理论思考,难道不行吗? 我们能回到过去的时光,批评家只管批评,不受理论思考的影响吗? 批评理论是否只是类似象牙塔的一种装饰,对普通读者来说可望而不可即? 抑或批评理论主要是为了展示深度,只是硕博士论文的必备之物?

里奇:这涉及如何界定"理论"和它的方方面面。"理论"反映了当代流派与思潮的广阔领域,也代表了原则、步骤、方法,加上与此相关的自我反思。除此之外,它为现在与过去读者和批评家使用的一些有用的手法、术语、概念赋予了名称,更重要的是,它还代表了专业常识,即每一位专业人士都知晓的东西,不需要再费口舌去说明。从这个重要的意义上说,我们大家都知晓理论。理论有时指的是后结构主义理论,常常被别称为"盛期理论"或"法国理论"。更加复杂的是,从历史意义上说,理论代表了一个新的话语或领域———一种后现代现象———汇聚融合了各种现代学科和学科分支,构成一个庞杂的复合体,包含有文学批评、语言学、人类学、心理学、哲学、社会学、历史学以及政治经济学。

56

如它的批评者指出的那样，大多数当代批评理论与立场认识论①、社会建构论、文化相对论以及大众文化有关联，所以它在很大程度上是一个后现代组合。

现在来直接回答你刚刚提出的问题：文学批评在多种意义上与批评理论相互纠缠在一起。我的看法是，没有理论就无法想象批评。即使一个非学术读者也得依赖理论——无论有意还是无意。他相信自己知道文学是什么，人物做出决定的理由，男人、女人、孩子所属何处，如何理解人、社会、世界，优劣文学作品和优秀表现风格的构成要素，文类的规则，等等。对读者而言，无法回避文学理论。要回到前理论，或结束理论，埋葬理论，都是一厢情愿，只是发发怨气，并不现实。这种想法把理论看作 20 世纪 60 年代各种新社会运动的政治延续，或看作法国（后）结构主义，或看作这样的跨学科领域，野心勃勃，难以驾驭，这样的理解都过于狭隘。这些都是通常人们对理论的疑虑，是美国文化战争中人们熟悉的敌人。但是，理论远远不止这些。

在今日的美国大学里，理论在大多数文学分支与断代研究中，都起到促进的作用，代表的是创新与前沿。理论是发表、就业、晋升的敲门砖。尤其自 20 世纪 70 年代以来，理论成了文学研究赖以生存的空气，研究型大学据此维系其职业，延续其使命。反理论这个与理论相对立的产业现在应运而生，就毫不奇怪了。易言之，学者们和研究项目都要依据与理论的关系来界定自己。我必须要说明，的确也有不少理论很糟糕（理解错误，固执己见，论证薄弱，教条武断，眼光狭隘，机械呆板，晦涩难懂，玩弄术语，敏感性差，装腔作势，欺世盗名，自我陶醉，等等）。

朱刚：德里达是解构之父，其他后结构文学观都使用他的学说。但我们知道，德里达在去世前十来年变化很大。您对德里达非常了解，我

---

① 立场认识论（standpoint epistemology）：一种哲学观点，认为人的认知受到其在社会中所处位置的影响。——译者注

们说的这种变化您是如何看待的？抑或是，德里达并没有变，而是我们对他有不同的解读？

里奇：德里达自 20 世纪 60 年代中叶起，在 40 年的学术生涯中发表过大量著述。所有这些著述都与康德和黑格尔不一样，都不是系统的哲学著作。大多数著述是对特定境况的反应，常常具有偶然性，话题也有些随意，内容散漫且庞杂。

从 80 年代后期开始，德里达第一次转向伦理和政治话题，以前他从未讨论得如此充分，说得如此直白。可以猜测一下他这么做的动机。如自 70 年代初开始，他便饱受压力，要他讨论政治。1987 年保罗·德·曼（Paul de Man）被人揭露在二战时期与德国法西斯有牵连，解构主义也因此备受质疑。① 提醒一下：德·曼是当时美国解构学派的主要代表，也是德里达在耶鲁大学的同事和好友。德里达常常正面引用的马丁·海德格尔也和纳粹有明显的牵连。当时还有什么历史背景？1989 年开始，苏维埃社会主义共和国联盟很快垮台，导致 20 世纪 90 年代激进的自由市场资本主义思潮泛滥。德里达思想左倾，觉察到美国的新自由主义对法国和欧盟构成了威胁，所以开始在著述中论及这

---

① 1987 年《纽约时报》披露了美国解构主义代表人物保罗·德·曼 1940—1942 年在比利时刊物上发表的 130 来篇文章，涉嫌为纳粹的屠犹政策辩解，而且他年轻时不检点的私生活也渐为人知，加上海德格尔早年的纳粹党员身份曝光，以及 70 年代中期德·曼把德国接受美学代表人物姚斯引进耶鲁大学访学，而姚斯随后也被发现曾参加过党卫军，这些事件严重损害了解构主义的声誉，也让美国第二代解构批评的代表人物芭芭拉·约翰逊（Barbara Johnson）和非裔批评家小亨利·路易·盖茨（Henry Louis Gates, Jr.）等德·曼的学生们十分尴尬。尽管约翰逊撰文为德·曼做过辩护，提出"好人/坏人"两分法"过于简单化"，主张应当对德·曼进行具体的历史分析，把他的著作"放到不同的历史环境下去重新阅读"（Barbara Johnson, "The Surprise of Otherness: A Note on the Wartime Writings of Paul de Man", in Peter Collier & Helga Geyer-Ryan eds., *Literary Theory Today*, Ithaca & New York: Cornell UP, 1990, 13），但解构主义因此受到伤害已不可避免，美国社会对解构思维的疑虑已经无法消除。而此前的一年，德·曼在耶鲁大学英语系的同事、美国解构主义的另一位代表人物希利斯·米勒当选美国现代语言协会（MLA）会长，他所做的会长发言标题就是"理论的完胜"（"The Triumph of Theory"）。数年之内变化如此之大，德·曼的政治污点无疑起了推波助澜的作用。——译者注

些及其他相关事件，直到去世。与当时的其他理论家一样，他成了一位有政治关怀的公共知识分子。

58　　　德里达曾在 20 年的时间里，每年春季都要在加州大学尔湾分校教几周课。我的一位朋友史蒂文·梅劳克斯（Steven Mailloux）当时也在那里任教，他在 2004 年 3 月告诉我德里达病了，那年春天不能来上课，而且预后不好。我很难过，不由自主地开始写一篇回顾文章，并打算开设一门论晚年德里达的研究生讨论课。5 月，我在巴黎待了几个星期，搜集晚年德里达的有关资料。到了 10 月初，经过八个月的工作，我把那篇回顾文章寄给《批评探索》（*Critical Inquiry*），仅仅过了几天，德里达就去世了。该刊物的编辑采纳了我的标题"晚年德里达"①，并以此为主题组织了一期特刊（后来又以此出了专集），均由芝加哥大学出版社于 2007 年出版。在这篇论文中，我总结了德里达晚年的政治思想，并对其做了批评。

　　　十年之后回头看，我认为德里达晚年论及政治的著述《马克思的幽灵》（*Specters of Marx*，1993）尤其有新意，还有《论无赖》（*Rogues*，2003），以及信息量丰富的访谈录《明天会怎样？》（*For What Tomorrow*，2001）和在《恐怖时代的哲学》（*Philosophy in a Time of Terror*，2003）中收录的颇具争议的访谈。

　　　说到社会对德里达的接受和他丰富的批评遗产，它们从一开始便在美国引发了广泛的讨论和争议。他的著述对美国解构理论中的温和派和左派产生过积极的影响，对希利斯·米勒和斯皮瓦克等的学术生涯也产生过这样的影响。他影响过非裔美国文学理论和美国原住民文学理论［亨利·路易斯·盖茨（Henry Louis Gates）和杰拉德·维兹诺（Gerald Vizenor）］，还有女性主义、后殖民理论、心理分析、酷儿理论，主要表现在芭芭拉·约翰逊、霍米·巴巴、伊芙·塞吉维克以及朱迪斯·巴特勒等人的著作中。他的解构主义为诸如乔纳森·卡勒

----

①　英语"late"兼含"晚年""后期""已故"等义。——译者注

(Jonathan Culler)的结构主义和符号学提供了支撑,还对肖莎娜·费尔曼(Shoshana Felman)的话语行为理论提供过帮助。除了文学研究,德里达的解构主义还影响过美国的哲学研究、神学研究、法学研究、文化研究等诸领域,且卓有成效。我还必须加一句:"晚年德里达"还对文学人物极感兴趣,在生命的最后 15 年间发表了六部文学批评论著,尽管他的文学阐释中我最喜爱的还是早期的那部《论播撒》(*Dissemination*),尤其是他在那里对柏拉图对话所做的深入广泛的批评。

59

朱刚:您 1988 年出版专著《美国文学批评:从 20 世纪 30 年代至 80 年代》。2010 年该书出了新版。您在修订这本书的时候,对之前的章节做了哪些改变或修正? 根据近年来出现的批评理论,您又增补了哪些内容?

里奇:1988 年第一版中,我写了 13 章,涵盖了主要的流派和思潮(马克思主义,新批评,芝加哥学派,纽约知识群,神话批评,现象学和存在主义,阐释学,读者反应批评,结构主义与符号学,后结构主义与解构主义,女性主义,黑人美学,以及文化研究)。顺便说一下,我没有把心理分析看作上述那样的流派或思潮:它自 20 世纪 20 年代以后便影响广泛,经久不衰。所以我把心理分析写入其他流派和思潮中,实际上写它的篇幅加起来要大于所有其他流派。无论如何,我在第二版中增加了一章,在其中讨论了新历史主义、后殖民主义、酷儿理论、族裔批评(尤其是墨西哥裔美国人、美国原住民、亚裔美国人),以及文化研究。之前的章节也进行了更新,变化最大的是重新梳理了冷战时代,把它的结束时间定在苏联垮台时的 1989—1991 年。

我在第二版中提出的一个新论点是,21 世纪已经无法再用流派和思潮来划分批评理论了;其实之前的几个世纪也不能这么来划分。20 世纪 90 年代之后,文学批评和理论一直在分化,分解成一个个"研究"领域(数量达几十个),如跨大西洋研究、白色研究、身体研究、通俗文化

研究、叙事研究、动物研究、行为研究等。大多数此类研究分支都可以
归在文化研究这个非常宽泛的标签之下。所以我的第二个论点是，这
60 一研究领域已经变得十分庞杂，难以梳理。我认为应该从整体上加以
梳理和表述，才能够恰当地得出最近几十年的文学理论微观史。这会
是一种撰写批评理论历史的新模式。

在讲述1988年至2010年期间的美国文学批评史时，我发现正如
世纪之交出现的新的批评流派和理论思潮，以及涌现出的诸多新的研
究领域一样，一系列相关的事件也同样意义深远。我想到保罗·德·
曼光环的破灭，围绕后现代主义与全球化展开的论战，文化战争以及公
共知识分子的重新出现，加上企业化的"一流大学"的兴起，以及随之而
来的大规模教授岗位实施聘用制和学生举债现象蔓延。

朱刚：您是《诺顿文学理论与批评选集》的主编，在编写这部著作时
您采取的原则是什么？有什么想法？

里奇：第二版修订的过程耗时两年，我和其他五位编委经历了六个
有重合的阶段或来回。没人谈起过这个过程，所以我想简单介绍一下，
以便说明编写的原则和想法等。首先是数字。书中辑录的学者比第一
版的148人减少了20人，对收录的12位学者的选文做了少许改动，还
对另外的15篇选文做了替换或加强。举几个例子。我们从德里达《论
柏拉图的药房》冗长的选文中删去了10页，另从他的《马克思的幽灵》
中选了10页加入；我们加强了皮埃尔·布尔迪厄的选文，从他论各种
文学体裁社会地位的《艺术的规则》(*Rules of Art*)中节选了一部分，作
为对《区分》(*Distinction*)的补充。除了介绍爱德华·萨义德的《东方
主义》(*Orientalism*)外，我们还节选了他的《文化与帝国主义》(*Culture
and Imperialism*)中的一段，选文从大英帝国关系的视角对简·奥斯
汀(Jane Austen)的小说做出典型的后殖民主义解读。接下来第四轮
修订时，我们挑选了一批新的学者和选文——共15位，包括弗兰克·
莫莱蒂、朱迪斯·哈伯斯塔姆、保罗·吉尔罗伊、丽莎·洛、安德鲁·罗

斯、凯瑟琳·海尔斯,以及斯拉沃热·齐泽克①。第五轮修订涉及"重新审视",即做一些临时的删减和恢复,是终审。例如,我们发现理论与 61 批评选集中不应该排除马修·阿诺德(Matthew Arnold)的《批评在当下的作用》("Function of Criticism at the Present Time"),之前我们觉得是可以舍弃的。

顺便说一下,《诺顿》是唯一由编委会集体编辑的理论选集。大多数这种选集由一个人编辑完成。我们的集体成员包含两代人,没有党争之见,力争能够广泛代表在美国和英国任教的文学教授的兴趣。出版商——W. W. 诺顿(公司为雇员所拥有,受到保护,不可被收购)——详细调查了 2001 版选集的 200 位使用者,提供了大量修改建议,也代表了理论教师的广泛关注。第二版关注新的主题,如伦理学与文学批评、全球化、新历史主义、反理论。对柏拉图、奥古斯丁(Augustine)、杜·贝莱(du Bellay)②、西德尼(Sidney)、维柯(Vico)、康德、本雅明(Benjamin)等人,我们替换了新的译文或经典文选新的版本。最后一轮第六轮修订中辑选了四位有代表性的当代非西方批评文本,即阿拉伯文(阿多尼斯)、中文(李泽厚)、印地文(那拉斯姆亥阿)以及日文(柄谷行人)③。

回到你刚刚提出的那个问题,用批评术语而非叙事回顾的语言来

---

① 莫莱蒂(Franco Moretti, 1950—):意大利马克思主义批评家;哈伯斯塔姆(Judith Halberstam, 1961—):美国哥伦比亚大学性别研究教授;吉尔罗伊(Paul Gilroy, 1956—):英国英王学院英美文学和历史学家;洛(Lisa Lowe, 1955—):耶鲁大学华裔美国文学教授;罗斯(Andrew Ross, 1956—):纽约大学社会与文化分析教授;海尔斯(N. Katherine Hayles, 1943—):杜克大学后现代文学批评家;齐泽克(Slavoj Žižek, 1949—):斯洛文尼亚卢布尔雅那大学社会和哲学高级研究员,拉康精神分析学者,现任伦敦大学伯贝克学院人文研究所所长。——译者注

② 杜·贝莱(Joachim du Bellay, 1522—1560):法国七星社成员,诗人,批评家。——译者注

③ 阿里·艾哈迈德·萨义德·伊斯比尔(Ali Ahmad Said Esber, 1930—):叙利亚诗人,批评家,翻译家,笔名阿多尼斯(Adonis);那拉斯姆亥阿(C. D. Narasimhaiah, 1921—2005):印度作家,文学批评家;柄谷行人(Karantani Kōjin, 1941—):日本批评家,比较文学学者。——译者注

说，我们对选文的挑选标准包括下面几点：重要性，影响力，独特性，敏锐性，针对性，可读性，可教性，长度，共鸣度。这些原则是我编辑的准则，从早期计划阶段就确定好了。在对批评经典和理论前沿文本进行取舍时，我们立下了这些标准。另一个原则是，我们倾向于选择内容完整或意义明确的文本（论文，章节，诗歌，序言，信函），而非意义不连贯的文字。此外，六位编委中至少需要有半数同意，选文才能入选。当然，我们直接的读者——文学方向的本科生和研究生——决定了我们对可读性和可教性的理解。最后一点也很重要：把"共鸣性"作为一个标准，意思是我们力图创造出一幅幅拼接图案，而非一串串互不相关的珠子。我们旨在按主题进行归类，例如伦理、文学批评、全球化理论、新历史主义等。关键是关注观点，使之相互联系，不论是在卷首注释中，还是在备选内容目录中。

62   **朱刚**：西方批评界的一些关注已经成为世界性的关注，例如后殖民或环境议题。在您看来，另外一种情况也在发生吗？发展中国家遇到的议题也成为西方文学批评关注的对象吗？

　　里奇：这个问题的表述方式有点问题。西方-非西方这对概念引出些麻烦。这个西方世界——如美国、英国、法国、德国——居住有大量非西方"第三世界"人口，二战以后发达国家内部越来越如此，这些人口所关心的议题已经渗透进西方发达社会的主流文化与政治日程中。当代西方社会中的非西方群体最明显的关注包括：第二语言的地位，宗教信仰，服饰穿戴，少数裔文学，以及主张分离/融合的各种思想。其他的议题还包括：移民族群的代沟，非歧视性公共教育，种族主义，公民身份，平权。还包括什么？最明显的有经济机会与经济正义，即资源的公平分配（食品、住房、衣物、水、收入、能源、信用等）。

　　只要原住民群体（例如美洲原住民有550个部落）仍然生活在西方内部，属于其非西方保留地，他们就构成发展中民族栖息在发达民族内部这种特殊的情况。

　　还不止这些。在文学层面,近年来由全球化语言构成的诗学在西方发达国家内部普及,但同时这种普及也携带有发展中国家的不同世界,把这些世界带进西方大学的文学课程设置中。我指的是英语文学、法语文学、西班牙语文学中,出现非洲、亚洲、拉美、中东的语境和关注,成为教学的中心。另一方面,这些内容看似外部侵入的病毒,却同时受到主导力量的制衡。我们在这里碰到的是文化的相互融合,其结果喜忧参半。今日很多英语系教授英语文学,同时也教授国别文学(美国文学、爱尔兰文学、英国文学等)。法语系和西班牙语系也出现相似的情况。

　　朱刚:您在最近的著述中谈到自己的生活经历,使您个人之所以投身批评理论看上去十分自然,甚至不可避免。和您年龄相仿的许多知名批评理论家都有类似的经历,他们个人生活的社会和历史背景与批评理论十分契合。但是,现在年青一代的生活经历和社会环境与你们这一代很不一样,批评理论的必然性今日似乎并不存在。这一点涉及批评理论的正当性。因此,您相信"理论依然重要"的理由是什么?

　　里奇:我把理论写作与生活写作融合到一起,这一点源自好几个因素:女性主义,20 世纪 90 年代开始的学术回忆录热潮,以及文化研究对日常生活所给予的重视。贝尔·胡克斯把文本细读和意识形态批判、文化批判、理论个人化糅合在一起,构成现在声称的亲近式批判。她的榜样大家都知道,我就属于她那一代人。

　　出生在什么时代很重要,文学艺术中这一点尤其如此。出生在第二次世界大战和越南战争期间的人被称为婴儿潮早期的一代人,成年于 20 世纪 60 年代。我们体验到从形式主义批评到后结构主义直至 20 世纪最后数十年流行的文化研究,这段时期的标志是通俗文化大行其道,文学经典扩容,文学批评流派层出不穷。接着出现了反攻倒算,攻击社会新思潮、世俗思想及福利社会，其巅峰就是"世界新秩序"①粉墨登场，表明激进的自由市场资本主义的回归以及美利坚军事帝国的复活，尤其是"9·11"之后。媒体铺天盖地，每天24小时每周7天喋喋不休，不断放大着所有这些事件，尤其是2008年开始的经济大衰退。毫无疑问，这形成了一代人的独特体验。

当然，我虽然认为每一代人、每一个知识群体的经历都与众不同，但同时也有共通的东西在延续着。传统在继续，不仅表现在留存里，也表现在主流中。教育是主因。我前辈的一代教授们，以及比我年轻两代的教授们，都有很多相似之处。我们之间的差异尽管感觉相当明显，却并不那么严重。我们有相同的文化遗产，还有相似的职业和文化无意识。

除此之外，还有一些事情需要思考。美国大学中的大多数文学系开设三门标准的**理论**课程，一百年来一直如此："批评理论史"，"现代批评理论"，"批评理论入门"。理论史从柏拉图、亚里士多德一直讲到马克思和尼采；"现代"通常指20世纪和当下的21世纪（从弗洛伊德、索绪尔、艾略特、巴赫金到法农、福柯、萨义德、詹明信直至胡克斯、巴特勒、齐泽克）；而理论入门常常讲授关键概念和术语，如文类、作者、阐释、经典、话语、表征、现代性、主体性、叙事性等。我在读本科时上过"批评理论史"和"现代批评理论"课程，但我的学校当时不开理论入门课，学生们通过必修的文学概况课、文类课和文学断代史课、名家名著课来了解批评理论的基本术语和概念。总之，我要说的是，批评理论贯穿在文学课程的教学中，不管有没有正式开设理论课程。无法逃避理论，这一点至今都没有改变。

未来也许会有变化，但变化的也只是理论课程和对理论问题的讨论是必修还是选修，当然还有学生是喜欢还是不喜欢。要使批评理论

---

① "世界新秩序"：这里指的是20世纪90年代初期戈尔巴乔夫和老布什使用的概念，尤其指1991年海湾战争前后的国际政治格局，表现的是以老布什为代表的美国一家独大的狂妄与沾沾自喜。——译者注

加深大学生和大学教授对生活的体验，激发他们的思想，使他们喜欢，必须让批评理论讨论的话题、谈及的人物、阅读的文本、牵涉的思潮与师生个人产生关联性。关于这一点我毫不怀疑。但即使批评理论的热度下降，囿于职业小圈子中，它也不无益处。

批评理论在今日有自己的市场，你的问题已经说明了这一点。"投资者关注的是资源投向何处"，这就是我们今天说话和思维的方式，强调的是短期投资和丰厚回报。所以我可以继续这么说：批评理论市场行情看好，不论是今天还是未来。批评理论提供的是文化和职业发展的资本，也提供了个人发展的资本。

朱刚：您教授批评理论和文学课程多年，学习理论与阅读文学有什么关联，尤其对本科文学课而言？世界已今非昔比，您如何让学生们相信，批评理论仍然具有价值？

里奇：近来我开了一门课，研讨 20 世纪最后数十年的文化理论。选修人数很多，学生们显然对此非常感兴趣。我的做法是集中探讨我认为对学生的生活会产生影响的那些重大思想——复杂、影响大的著作（当下著名经典）。这是使批评理论对学生产生价值的一种做法，可以拓宽他们的眼界，打破他们的定势思维，让他们直面紧迫的批评议题和问题，和经典著述产生互动。

此课程主要针对大学本科文学专业中上水平的学生，除了 15 位本科生，还有 5 位研究生也修读此课。讨论的内容包括贝尔·胡克斯的《反抗的文化》(*Outlaw Culture*)，弗朗茨·法农（Frantz Fanon）的《大地上的受苦者》(*The Wretched of the Earth*)，爱德华·萨义德的《东方主义》(*Orientalism*)，米歇尔·福柯的《规训与惩罚》(*Discipline and Punish*)和《性史》(*History of Sexuality*)（第一卷），朱迪斯·巴特勒的《性别麻烦》(*Gender Trouble*)，弗雷德里克·詹明信的《后现代主义，或晚期资本主义的文化逻辑》(*Postmodernism, or the Cultural Logic of Late Capitalism*)，以及迈克尔·哈特与安东尼奥·奈格里

(Antonio Negri)合著的《帝国》(*Empire*)。我要求学生们撰写评论性文章,轮流主持对这些著作的讨论。由于今日美国大学文学研究的主要范式是集中讨论文化理论的核心文本,我的这门课得以让学生熟悉当下教师和学者们最为关注的具体话题、概念和问题。课程还让学生享受到阅读体验,值得他们回味。学生们对此课写了很高的课程评价。

近期我第二轮教授这门课,放弃了福柯的第二本书(《性史》)和巴特勒的书,加入了詹明信的《政治无意识》(*The Political Unconscious*)、齐泽克的《意识形态的崇高客体》(*The Sublime Object of Ideology*)和哈伯斯塔姆的《女性的男性气质》(*Female Masculinity*)。纯粹是为了试验。此外,我总是让学生提出建议,并从中收获很多。

除了教授文学文本和文学史之外——这些是我的日常工作——我们文学教师、批评家、理论家对学生,既包括本科生也包括研究生,还负有其他的责任。我们必须告诉他们所学学科的概念、分类、关注对象以及这些东西的发展历史和结构,加上不同时期的主导方法和理论思想。我们还需要教会学生不仅能够辨识和应用这些相互论争的批评方法,还要能对这些方法做出评价和批评,无论这些方法是形式主义、解构主义、文化研究,还是马克思主义、心理分析、女性主义、后殖民主义等。此外,我们还有责任让学生意识到过去几十年中学科分支和新的研究领域发生的重要拓展。学生们尤其是研究生们会不停提出"发生了什么?"和"最新的进展是什么?"的问题,老师有责任培养学生的批评家职业素养,既满足他们对所学领域的好奇,也激发他们做进一步思考。

第五章
理论的十字路口

（一次谈话）

这次是一次深入的交谈，由丹尼尔·莫里斯提议，他是普渡大学的英语教授，研究领域是现代美国文学与文化。

莫里斯：您 2008 年出版了布莱克维尔宣言《与理论同行》(*Living with Theory*)，书名起得很狡猾，好像带有勉强接受的意味，仿佛在说"好吧，我是个搞文学的旧派人物，现在我投降了，我会学着将一些零碎的理论运用到对经典大师的阅读中"。或许，它指的是一种病毒，一种病痛："糟糕！我染上了理论病，但是我正学着如何和它共处。"又或许是下面这个版本，我猜测的里奇式版本：您知道理论已经通过某种方式改变、充实了你的日常生活，赋予其行动的能力。可以回顾一下您是如何与理论"同行"的吗？您可以关掉"理论的头脑"，或者用给这次谈话做商业广告的方式说，"就这样做了"①吗？因为您在书里提到过，即便做出穿西装、打领带去上课这种决定，对您来说都是一种有意义、带理论性质的姿态，这能让您加以伪装，不被看成是具有颠覆性的"危险教授"。您"与理论同行"感受如何？这肯定对您产生诸多影响，比如影响您在早晨读报的方式、吃的食物、看电视的方式、开的车以及人际关系。我猜测这种与理论同行的状态可以形容为带着点患病毒性疾病的味道！

里奇：让我通过几种间接的方式来回答这些问题。当弗雷德里克·詹明信在他的代表作《后现代主义，或当代资本主义的文化逻辑》中谈论后现代文化的特点时，他提到了建筑、电影、音乐、食物、文学、艺术、哲学，当然还有政治经济。他认为，后现代美学的核心是多种元素的混杂，并且从20世纪50年代以来，众多不同的文化领域，不论是高雅文化还是通俗文化，都呈现出这一特点。这里我举几个例子。在20世纪70年代的洛杉矶，沃尔夫冈·普克（Wolfgang Puck）②将亚洲人吃虾的方式用于意大利比萨饼中，这就类似于同时期的说唱歌手所做的节录，随意地将多种曲风混合、匹配在一起，而许多顶尖的语言诗人此时也做着这种尝试。新表现主义画家也是如此，尤其是大卫·萨利（David Salle），他把从色情杂志、通俗文化、后期取自贵族室内装饰的多种图像拼贴在一起，置于同一张没有纹理、没有光泽的帆布上，让这

①　"Just Do It"是美国耐克公司的广告语，出自 W＋K 广告公司创始人丹·维登。维登的灵感源自当时颇为轰动的一个公共事件。1976 年美国最高法院决定恢复死刑，1977 年 1 月 17 日处决的杀人犯加里·吉尔莫是美国十年来处决的第一名重犯。执行枪决时行刑人员问他有什么遗言，他只说了句："动手吧。"（"Let's do it."）耐克想挤进新兴的女性运动市场，但当时美国社会对女性的期待是家庭主妇，女性主流也是这种思维。耐克想用广告来激励女性摆脱社会俗见，投入男性主导的运动领域。维登的广告迅速提升了耐克的品牌知名度和业绩，这句广告语也被评为 20 世纪最优秀的广告语之一。——译者注
②　沃尔夫冈·普克：奥地利裔美国名厨，连续二十多年担任奥斯卡颁奖典礼后的"奥斯卡州长晚宴"主厨。他将亚洲风味引入欧陆菜系，创造了不少菜品，风靡全美。——译者注

些混合的元素之间相互碰撞。而科学领域内相似的例子就是基因剪接和 DNA 重组。作为主导当代艺术的新类型，元素混合（assemblage）的兴起证实了各种界线的内部瓦解和相互糅合，形成后现代时期的典型表现。这个时期，文学和文化批评家开始谈论互文性、阶层秩序的解构、阐释群体、多元主体立场、众声喧哗（heteroglossia）和杂糅（hybridity）。我们给这些贴上"理论"的标签，它们实则是后现代的产物。的确，它像病毒一样已经疯狂传播。如今典型的网络 2.0 页面混合了报纸、视频、广播、平面设计和广告的各种格式。不管是不是理论，这种融合都正在发生。因此，我的观点是，后现代时期分化、混杂的特点可能见诸文化的方方面面。这里还有一些其他例子：摇滚歌剧、频道间快速浏览、混合家庭、先锋集团①提供的 157 份共同基金、马修·巴尼②的《悬丝》（Cremaster Cycle）。我们需要解释这些现象。而理论本身就是一种融合，因此可以行之有效地对此做出解释。

我还可以从更偏向于历史主义者的角度来阐释我的观点。现代性的典型特征是艺术、科学、宗教和政治上的自足自立，但都已经在我们周围轰然倒塌，不论这种倒塌是好是坏。现在，艺术自足看上去像是历史上的先锋派的梦想，离我们非常遥远。幻想中的政教分离也是一样。哪种批评理论可以最好地回应这种新巴洛克式的历史突变？我认为应该是文化研究。它自身就是一个大杂烩，由后现代里的学科交叉，由社会学、人类学、历史学、马克思主义、媒体研究、性别研究、通俗文化研究等组成，可以加以自由组合。这种理论对它所处的时代做出了反应。

我再从最后一个角度来解释这个问题。"日常生活"是文化研究和

69

---

①　先锋集团：美国先锋集团（Vanguard Group）是世界上最大的不收费基金家族、世界上第二大基金管理公司。先锋集团于 1974 年由约翰·鲍格尔（John Bogle）创立，其前身威灵顿基金则早在 1929 年就诞生了。——译者注

②　马修·巴尼（Matthew Barney，1967—　）：20 世纪 90 年代美国艺术家，其作品混合表演、摄影、录像、电影等形式，视觉构图和色调时髦。电影短片《悬丝》系列是巴尼 1994 年开始拍摄的代表作。该系列没有完整的故事和对话，只有一些怪诞的情节片段、意象、声音，以及臆想的化妆、道具、场景和人物造型。——译者注

理论的基本概念，要求对每天发生的事情、民间的和司空见惯的事情进行批评探究和调查。没有任何限制。现在，如果你给它加上一条古代哲学的告诫——自我反省，那么你最终运用的批评方法和理论就会延伸到你个人的日常生活——吃饭、穿衣、阅读、出入、工作、维系关系、看电视、管理财务、运动、睡觉等。这种版本的"理论"，这种自我反思式的当代文化研究，是后现代卓越的混合物，它将"不加反省的生活没有价值"①这个古老的观念发挥到了极致，并将其表现得淋漓尽致（将家庭和公共两个领域挤压为一体的佳例）。它将亲近式的个人批评和文化与意识形态批判混合在一起，植根于分析和思考。我认为，在我们所处的时代和环境中，这就是"与理论同行"牵涉的方面。"与理论同行"的民间版就是"自己动手"，指的是每天 24 小时每周 7 天的"社会生存技能"。

莫里斯：我希望接下来提的这个问题听起来不会太"新批评"，但我注意到，作为一个理论家，您在自己的著述中常常涉及歧义、悖论和矛盾，而且是有意识而为之。比如我想到您对企业大学现状做出的重要评论。您自己是杰出的讲席教授，地位类似于"婆罗门"②，从事的是斯坦利·阿罗诺维兹③口中"美国最后的好工作"。但是，您来自工人阶级家庭，身处的环境中许多教授正遭到精简，他们由正式聘用转为临时聘用，工作条件一落千丈，这一切就发生在您身边。您形容当下的学术形势是后现代"分化"状况的反映，然而您主要的学术贡献却以非常清晰的图式呈现出来，您是卓越的组织者，不会盲从从亚里士多德到齐泽克常常是迥乎不同的文本。您对消费社会的批评很深刻，在这个社会

---

① "不加反省的生活没有价值"：苏格拉底的名言。柏拉图在《申辩篇》中记载，苏格拉底在审判中宁死不屈，是因为不愿过"未加反省的生活"。——译者注

② "婆罗门"：印度种姓制度中四大等级中最高的等级。——译者注

③ 阿罗诺维兹（Stanley Aronowitz, 1933—　）：纽约城市大学研究生中心杰出教授，研究领域为社会学与城市教育，曾任批评理论的重要刊物《社会文本》（*Social Text*）的首任主编之一。——译者注

中，人们盲目迷恋"新事物"，每天 24 小时每周 7 天的职业道德备受推崇；然而，您或许比我认识的任何人都更热衷于将自己的精力投入到出版著作和教材上，满足了出版商和读者们寻找前沿知识的欲望。您是一流的理论家，但是在某些方面，我又能感觉到您对文学尤其是诗歌怀有的柔情，尤其是当您批评米哈伊尔·巴赫金无视像惠特曼这样的诗人时，这些诗人其实和俄罗斯的小说家完全一样，作品中都存在"众声喧哗"。这些悖论是否都属于"当然，你在一个完全被消费包围的后现代时代还能期待什么？"这个范畴？ 您会反击这些悖论，还是把它们视作时代所固有的矛盾，然后欣然接受？ 这些矛盾会不会给您施加压力，从而促使您改变自己的立场、工作习惯和批评方式呢？

里奇：我并不认为后现代文化所表现出的分化特点，与对其进行清晰、精致的描绘之间存在什么矛盾。这让我想起了控制论中那个非常有用的公式：信息过载等于模式识别。① 或许这里可以举出一些更相关的例子：当代的分形学理论、混沌理论和灾难理论，它们致力于在看似无序的表面寻找背后潜在的数学秩序。

至于你提出的另一个问题——当代资本主义市场沉迷于追新，以及我从这一需求中赚取利益，这其中存在矛盾关系。我的著述和课程（重新）整合了最新的理论，表述的方式易于上手，并且因此获利。与此同时，我使我的学生和读者能力得到提高。这是使命。作为社会主义者，我希望当前极端的自由市场政治经济状况能有所改变。我在回答你问题的那一天，我们还处于经济大萧条之中，我的弟弟已经很长时间没有工作，也没有健康保险。除了一些食物券，他的福利早就消耗殆尽。我的姐姐依靠一张小额社会保障支票，和生病的丈夫一起生活，住在他们的孩子资助的房子里。因为银行取消了他们的房屋赎回权，他们没了房子。我们可以拥有一个更好的世界。但是，参与到当前新自

---

① 信息过载(information overload)：社会信息超过了个人或系统所能接受、处理或有效利用的范围；模式识别(pattern recognition)：通过计算机，利用数学技术方法进行模式的自动处理和判读。——译者注

71 由主义霸权秩序中的条款和条件或多或少已经设定清楚。人们和这些条款进行谈判，既是局内人，又像局外人。从某种程度说，任何批评家的工作都是自相矛盾的，需要权衡利弊。西奥多·阿多诺曾经将当代文化批评家描绘为文化的雇工，这个描述令人难忘。

对我来说，研究文化理论和热爱文学之间并没有矛盾和冲突。反理论家们觉得双方有矛盾，但是大多数理论家并没有这种感觉。尤其是在 20 世纪 80 年代，理论在美国大学中兴起的时候，这两个阵营之间存在着敌意。那种紧张关系在大部分情况下都或多或少缓和了，但是一有触动有可能再次紧张起来，也确实有过这种例子。我从没有停止教授文学，这让我感到很享受。我确实在我职业生涯早期发过誓，不愿再发表任何文学批评的文章，那是在我发表了几篇关于诗歌的文章之后。但我后来转而投入到被认为是后现代专业的"理论"研究中。从 1970 年起，"就业市场"每况愈下，促使人们更加重视职业规划，尤其注重简历的完整性、高质量和连贯性。我决定在简历中把自己定位为理论家，没有第二领域作为备选。这是一个皈依者在真正的热忱驱动下做出的职业考量。我猜想，当时的免疫学者、生物化学家和计算机科学家也遵循了类似的道路，在不放弃传统学科的情况下，从普通医学、化学和数学领域进入了他们的新兴研究领域。

毋庸讳言，我的出发点和我现在的工作之间确实存在矛盾。然而，事实并不像看上去那样。我曾写过自己的转变，我从一个助理教授，在一个小型私立浸会大学领着微薄的薪水，到成为公立研究型大学讲席教授。不管你相不相信，在很早之前，我曾申请领取过政府的食物券，以抗议捉襟见肘的教职工薪资。然而我的职业生涯可以视为一幅阶级流动图。获得博士学位后，我作为人文学科临时助理教授，又完成了一年的博士后授课工作，在那之后才获得了大学里第一份稳定的工作。我在一所中等排名的南方基督教文理大学任教，在那里一待就是 13

72 年。我结了婚，带着两个孩子，努力去完成两本书的撰写，然后"凭出版走出那地方"。因此，对于其他人来说，我就是榜样，通过出版著作而走出低级别高校。厚待精英的思想仍然存在。不管怎样，美国文化都牢牢地抓住了这个思想，将其视作核心理念，不管表现形式如何。对于现在的博士生来说，我是事业有成的典范——报酬优渥，教学任务轻，研究资助丰厚，出版发表多，拥有耀眼的头衔、环球旅行的机会。但是，想一想后福利国家企业大学的实际就业形势，所有的讲席教授都被定位为贱民中的婆罗门。企业大学这座金字塔中的临时工数量成倍增加，同时相应增加了一些讲席（即被私有化的）教授职位。如今，大学人文学科教学的终生聘用职位少之又少，应聘者和没有保障的临时聘用人员却很多。这个时代时兴用后即抛的劳动力。我思考最多的矛盾是，从百分比来看，通过出版发表而走出低层次高校的学者几乎很少，获得杰出研究讲席教授职位的更是凤毛麟角。但是请注意：不管就个体而言每个人对这种矛盾的感觉如何，它只出现在企业大学体系的层面。

莫里斯：您在 20 世纪六七十年代开始学习传统的英国文学专业，那时接受的是新批评训练。您刚从研究生院毕业，就获得了佛罗里达大学一年的博士后职位，并在那里开始了自己的第一份教学工作，教的是听上去相当传统的"经典阅读"式课程。您曾评价过自己担任《诺顿文学理论与批评选集》主编的工作，展现了令人钦佩的古典修辞知识。在之前的问题中，我曾提到您对于诗歌有明显的赞赏之情，您在《与理论同行》的某篇文章中详细论述了当代诗歌场景，可视为例证。

　　我接下来的问题和代际差异、背景、训练以及强调有关，涉及文学和理论之间的关系。一方面是您自己接受的训练和拥有的背景，另一方面是您所了解的今天理论方向的研究生和刚毕业的博士所接受的训练方式，请问您对两者会如何对比？从您评价过去 30 年教员招聘的几个阶段来看，您似乎觉得理论正在"取得胜利"，然而，这种取胜其实有些偷偷摸摸，因为文学系向来保守，仍然按照传统的分期、文学体裁、国别文学的类别进行招聘，同时又或多或少要求新聘用的教师要自觉掌握理论方面的专业知识。您有没有觉得当前的招聘工作将理论和文学

73

融合在一起，其实是带我们绕了一个大圈，培养出的年轻一代学者和您一样，拥有理论和文学双重知识储备？以20世纪80年代和90年代的"文化战争"为例，在此期间，理论和文学之间有更加严格的界限，您认为与之相比，当下的发展是一种健康的情况吗？如今的学者糅合了理论和文学，而您则是从专注文学逐步发展（转变）到研究理论，您可否对比一下两者？我知道这个过程需要您部分自学，去寻找其他的教育途径，比如国家人文基金会（NEH）举办的研讨会、批评理论学院等。作为学者、编者、老师和导师，您认为自己按照传统文学研究方式接受的良好训练是大有裨益还是颇受限制？即使您已经强烈批评过新批评训练方式以及专注经典的理论所具有的局限性和盲点，认为它们只限于"伟大的男性作家"这座庙堂。

里奇：20世纪60年代，当时我还在求学，美国文学批评要求进行非常细致的文体分析，尤其关注对经典短诗文本和段落的分析。这需要高度关注优秀作品中的审美细节和形式，实际上就是进行形式主义细读。我对于这种分析训练以及对经典文学进行浸入式学习仍然心存感激。我发现，这种方法使人的分析能力得到提升，令人满意，不仅适用于文学分析，还可运用于绘画和音乐鉴赏。传统方式的细读和精听是非常有益的。我总是告诉学生在传统背景下对单部作品进行文本阐释的重要性并向他们传授阐释技巧。但是我也确实会强调，细读有各种各样的模式和风格，传统也有众多的分支，而且传统是在不断修正的。

74　　严格的形式主义批评所带来的局限逐渐让我感到窒息。我脑海里浮现出那些对意义（为艺术而艺术和阐释谬误）、生平探究（意图谬误）和个人反应（情感谬误）进行的臭名昭著的指责。但是最令人恼火的是对"外部"关注的总体禁忌。我在职业生涯早期便对所有这些教条都极度反感。请注意，我认同两次世界大战期间形式主义提倡的去政治化审美研究，那时社会现实主义得到政府支持，成了强制性文学模式。这是策略式的形式主义，我能够接受。它起到的作用是保护文学，尤其是保护非现实主义先锋派作品免受损毁和消灭。这种情况有助于解释为什么形式主义长久以来带有净化一切的心态，还时常伴有类似于宗教的做法，努力将艺术与俗世分割开来。

在上一代，也就是后现代时期，理论的兴起已经产生了一系列显著的影响。理论发展出各种庞杂的分支，几乎彻底渗透到大学文学专业以及专业分支中。我将这种发展过程看作"理论的渗透扩张"。我发现在现代文学研究中，这种理论的渗透比在中世纪文学中更加彻底。我这里想到的主要是发表机构（会议、评论、文章、书籍、经费申请）。大多数出版物都非常明确地表明和理论的联系，并且会运用理论方法。这样的话，理论在它们中占有位置，一眼就可以辨认出。此外，理论几乎始终清晰地贯穿在许多文学课程中。和我研究生时期接受的训练不同，如今学生们既可以在文学课上学习理论，也可以在专门的理论课程中学习理论。但是，这种不同类型的浸入式学习也可能是一个漫无目的的过程。解决方法：研究生可以选择主修或是辅修理论课程，或有证书或自修式学习。我做学生时这些条件和选择根本不存在。

莫里斯：我们现在进行的谈话正好是在媒体对流行歌手迈克尔·杰克逊（Michael Jackson）的死亡和葬礼大肆报道之后。各大报刊、电视和网络媒体的报道令人眼花缭乱。宾夕法尼亚大学的一位新闻学教授批评了记者们的判断力，尤其是主流新闻网络，批评他们对这次事件进行了铺天盖地的报道，但与此同时却冲淡了对诸如以下事件的报道：一项全球气候变暖法案获得（打折扣）通过、一次国际峰会召开、美国和俄罗斯开展武器谈判、包括第一位西班牙裔法官和一位首批女性法官在内的美国最高法院法官提名、伊朗的革命运动，以及其他国家所面临的危机。黑人知识分子领袖们，如康奈尔·韦斯特（Cornel West）和迈克尔·埃里克·戴森（Michael Eric Dyson），将迈克尔·杰克逊框定在19世纪浪漫主义天才的背景下，认为他是陷入困境的现代主义"大师"，把他比作文森特·凡·高①。他们认为杰克逊由于自己无法体会快乐，所以总是给予他人快乐。不出所料，福克斯电视网的反动分子，比如比尔·奥赖利（Bill O'Reilly），抓住这次机会猛烈地抨击杰克逊，称其为自私的吸毒者和恋童癖。其他人则将杰克逊的死看作一个时代的标志，在这个时代，轻而易举就可以获得处方药已经成为全国性灾难。在我看来，关于杰克逊最有意思的分析是将他定义为后现代"自我"，一个可以变形的、赛博格②表现型自我，搅乱了本质主义关于种族、性别和性存在的概念。如果您教授当代理论或文化研究课程，您会将"迈克尔·杰克逊"视作有用的个案，来讨论以上这些反应和其他一些反应吗？对于迈克尔·杰克逊以及媒体对他死亡的疯狂报道，或总的说来，这个时候（甚至是根据最近的标准）主流媒体对名人的轻率行为如此痴迷，您有没有自己的观点？

里奇：我回答你问题的时候，离 50 岁的流行音乐偶像迈克尔·杰克逊的意外悲痛离世刚过去一小段时间。这次事件涉及一连串的奇特现象，可谓是前所未有，在媒体报道量方面甚至超过了 1995 年名人辛普森（O. J. Simpson）那件声名狼藉的谋杀案审讯。③

如果我在这里要把此事放到文化研究框架中进行审视，正如你所建议的那样，我不会将这个多维度现象解释为一次史无前例的独特事件，而是把它视为带有文化症状的案例。参与文化研究的本科生或研

---

① 文森特·凡·高（Vincent van Gogh，1853—1890）：荷兰画家，曾做过职员和传教士，不论在后期的实际生活中还是在绘画中，他都表现出某种疯狂状态，这使得他的作品带有相当的震撼力，影响到 20 世纪艺术。——译者注

② 赛博格：英文 cyborg 的音译，即用机械替换人体的一部分、由大脑进行控制的义体人类或生化电子人。——译者注

③ 辛普森杀妻案：指的是 1994 年 6 月 12 日发生的辛普森白人妻子妮克被杀一案，现场被杀的还有妮克的男性朋友。各种证据指向妮克前夫、美国著名球星和影视明星辛普森，警方对他从空中和地面展开了追捕，电视全国直播，引起轰动。1995 年10 月 3 日一亿多美国人观看了这场"世纪宣判"：辛普森无罪，尽管大多数美国人坚信他就是杀人凶手。——译者注

究生班级选择迈克尔·杰克逊死亡事件共同进行案例分析再合适不过 76
了,在此过程中可以使用意识形态批判和文化批判。我一下就能想到
以下几个相互关联的主要探究领域(可以作为研究的章节):家庭、流行
音乐产业、媒体、心理、药物、法律、种族、社会阶层、时尚。学生们可以
据此撰写一本书,在附带光盘中附上照片、音乐选段、视频文件。

　　迈克尔·杰克逊现象中更引人注目的是他那后现代"变幻无常的
身体":拉直的头发、白化的皮肤、手术改变的面庞(尤其是鼻子)、患有
厌食症的身形、性别模糊的服装(女子般娇柔的手戴着手套,上面装饰
着标志性的水晶饰片)、传闻的恋童癖行为(尽管有高调的异性恋婚
姻)、舞台上和视频中令人惊叹的优美舞姿(他独创的太空舞步)。药物
在他整个漫长的职业生涯中到底扮演什么角色,目前仍不确定。

　　迈克尔·杰克逊赛博格身体所具有的视觉特征似乎和我们这个奇
异的时代完美匹配。我猜测媒体的价值观念很早就渗透进童星杰克逊
的心里,塑造着他的自我形象,让他觉得自己每时每刻都被人注视着,
存在就成为外表。

　　杰克逊案例背后的意义可以概括为:名人不仅需要永久生活在公
众的关注下,同时还需要进行自我监督,看自己的行为是否符合主流规
范(有意识和无意识状态下)。成群的狗仔队时刻注视着他们,构成了
更广阔的社会监视的一部分。摄像机无处不在。摄像机除了监视之
外,还促进了信息的快速传播,同时也刺激了人们的表现欲。真是喜忧
参半。

　　顺便说一句,可以做个对比,在当前的背景下,对美国黑人嘻哈民
族说唱音乐该做何评价? 如果死去的是更高阶层的人,那么在当下或
是回到 20 世纪 90 年代那个转型黄金期,又会引起怎样不同的关注?
我认为相比之下,之前的主流媒体会给予较少的报道。美国黑人男性
嘻哈音乐即使是在兴起后三十多年的今天,仍然显得太大男子气、太粗
俗、太格格不入,太"黑"了。它的中心标志是后民权时代的皮条客形
象,在此之前代表这个形象的是坦率直言的黑人牧师。皮条客是黑人 77

分裂主义和种族主义的代表，是流氓和威胁。然而迈克尔·杰克逊这个魅力四射的好莱坞巨星则刚好相反，他代表乌木与象牙（黑人和白人）的和睦相处——代表没有任何威胁的融入——和精明的商业企业。他个人花了几亿美元购买了披头士的歌曲目录。尽管他在创作上有些剑走偏锋，但是主流媒体仍然可以接受这样的形象，它对白人中产阶级和统治阶级文化没有产生多少实际威胁。我认为，这些形象通过媒体传播揭示了社会价值正在发生快速转变。文化研究开始于 20 世纪 70 年代的英国，针对的是道德恐慌、大规模媒体事件和各种刻板印象，目的是对此进行研究，一直延续至今。理论在其中确实有用武之地。

我想强调的另外一点是，我并不认为媒体对杰克逊死亡的疯狂报道仅仅是为了分散人们的注意力，让他们不那么关注更严肃的社会现实，如美国在伊拉克和阿富汗进行的战争，参议院对第一位拉丁裔最高法院大法官举行的确认听证会，或者是选举之后，伊朗（伊斯兰革命的发源地）街头爆发的抗议统治秩序的浪潮。我认为我们生活的社会已经被媒体所浸透，为视觉所诱导，具有多渠道、多音轨、多重任务处理的特点，而注意力分散则是这种社会的征兆和主要表现。我认为，刚才我大致描述的对杰克逊事件所做的集体研究，会揭示当代文化的诸多方面——它的机制、特点和价值（意识形态）。这毫无疑问会涉及娱乐和现在无孔不入的媒体之间的关系这类问题。我的观点是，媒体对于名人的疯狂报道恰好为后现代社会现实提供了有力证据，或许最值得注意的是其与拟像和被动观察之间的亲密关系，后者既令人愉悦却也充满压迫。安伯托·艾柯（Umberto Eco）提出的"可信的假象"（"authentic fake"）或许会给我们一些启发，从而使我们更好地理解杰克逊的戏剧人生和高度仪式化的离世——颇具迪士尼动画般的戏剧效果。

莫里斯：我想询问一些与您修订第二版《诺顿文学理论与批评选集》相关的问题，尽管我知道这可能需要一次单独的访谈。我读过您之

前的一些访谈稿,以及您对第一版《诺顿文学理论与批评选集》发表的
想法,在我看来,您似乎在修订中至少想要考虑以下三个主要方面:(1)
尽可能囊括多一些非西方导向的理论家;(2)增加 1957 年之后出生的
理论家,第一版中最年轻的理论家斯图尔特·莫斯罗普(Stuart
Moulthrop)出生于 1957 年;(3)允许《诺顿文学理论与批评选集》朝着
更能体现后现代分化特点的方向发展,方法是比如增加电子档案,这在
某种意义上让感兴趣的读者能够根据材料去创造自己的选集,而印刷
本篇幅有限,不可能包含这些材料。现在回过头来看,您能够在上述某
一项工作中取得进展吗? 或是全部三项工作都有所斩获? 我听说电子
版权问题在第一轮谈判中是个难题。您在与诺顿公司签订的修订合同
中是否解决了这个问题? 您确实更多地收录了非西方理论,那么您需
要招募一批新的编委来帮助您挑选吗? 对于不熟悉的材料,您是否还
会继续进行自学? 鉴于您挑选了 1957 之后出生的学者的作品,请问您
是如何考虑他们对于理论的长远影响的(如果有长远影响这回事的
话)?

　　里奇:如今,出版一本有丰富电子档案(理想情况下是一个完整的
文库)支撑的纸质理论选集,需要面临的主要问题与授权费有关(知识
产权)。眼下,纸质版每一页需要支付的费用差距很大,从 10 美元到
450 美元不等。重印一篇 10 页的文章或章节则可能花费 4 500 美元。
因此,在目前这种情况下,负担起这样一个庞大的电子资源根本不可
能。请注意,我们六位编委在编写《诺顿文学理论与批评选集》时,始终
尽力挑选当代最好的版本和译本,而不是随便选择一些没有知识产权
保护和不需要支付版权费的文章。尽管可以获得廉价和免费的版本,
但是我们选择的都是付费且昂贵的版本,比如亚里士多德的《诗学》、柏
拉图的《理想国》、西德尼(Sidney)的《为诗辩护》(*Defence of Poesy*),
还有许多其他作品。因此,保证质量而非降低成本也是一个问题——
在我们这个利润最大化的时代,这个问题日益困扰着高等教育。

　　至于你提到的生于二战后的当代理论家,我们几个编者在第二版

79　　中新增了 20 位，他们中大约有 12 位都是我们的同龄人。选集收录了
1950 年之后出生的理论家的选文，这些理论家有亨利·路易斯·盖
茨、伊芙·科索夫斯基·塞吉维克、弗兰克·莫莱蒂、迪克·赫伯迪格
（Dick Hebdige）、斯蒂芬·克纳普（Stephen Knapp）与瓦尔特·彭·迈
克尔斯（Walter Benn Michaels）、贝尔·胡克斯、丽莎·洛、朱迪斯·巴
特勒、保罗·吉尔罗伊、安德鲁·罗斯、劳伦·贝兰特（Lauren Berlant）
与迈克尔·沃纳、迈克尔·哈特与安东尼奥·奈格里，加上朱迪斯·哈
伯斯塔姆。与数学家和作曲家不同，学术文学理论家和文化理论家往
往成熟得较晚，通常要到 40 岁之后。这些人都对当代理论产生了影
响，我们能够从每个人那里找到可以产生共鸣、理论上给人收获感、同
时可供教学的选文。

　　我们确实在第二版中新增了四位非西方理论家，挑选了 20 世纪后
期的一些选文，这些文章将"外来"关注和主流关注融合在一起，新颖独
特。从阿拉伯传统那里，我们选取了诗人阿多尼斯的《阿拉伯诗学概
论》（*An Introduction to Arab Poetics*）中有关现代性的一篇文章。从中
国传统那里，我们则挑选李泽厚的《美学四讲：迈向全球视野》（*Four
Essays on Aesthetics : Toward a Global View*）为代表，选文将康德、马
克思和中国传统观点结合起来，形成一种混合的美学理论。那拉斯姆
亥阿的文章《建构今日印度文学的共同诗学》（"Towards the
Formulation of a Common Poetic for Indian Literatures Today"）将艾略
特、利维斯（F. R. Leavis）和其他西方学者的观点与中世纪诸多梵语
概念相结合。柄谷行人的《现代日本文学起源》（*Origins of Modern
Japanese Literature*）开篇第一章介绍了陌生的西方现代概念"文学"是
如何伤痕累累地来到 19 世纪末、20 世纪初的日本的。

　　我必须要补充一句，除了这四位全球理论的新代表外，书中还囊括
了一些其他的学者，他们也从事非西方主题的研究（部分是从第一版延
续下来的）。我想到的有扬姆巴蒂斯塔·维柯（Giambattista Vico）、克
洛德·列维-斯特劳斯、弗朗茨·法农、恩古吉（Ngugi wa Thiong'o）、爱

德华·萨义德、佳亚特里·斯皮瓦克、吉尔罗伊、洛和波拉·甘·艾伦（Paula Gunn Allen）。

是的，我们确实聘请了一些顾问编辑和专家帮助我们完成阿拉伯文、中文、印地文和日文的选文工作。他们每个人都提供了大量的资料供我们考虑，我们六个编委再进行细致的探讨。这些顾问编辑随后继续草拟最终选文附带的批注、参考文献和注释。

从20世纪90年代起，我就开始思考理论"走向全球"的问题，那时我已经做了初步的调查和研读。我们所讨论的传统可以追溯到一千年或更早以前，所以必定存有大量的相关材料，这一点也不奇怪。这也是我们聘请了不同语言、不同文学和传统的顾问编辑和专家的原因。

莫里斯：您是否可以谈一谈您对自己写作风格的看法？当您重复别人对理论或立场的观点、抱怨时，而这些理论和立场我相信您十分看重，请问您是如何做到使自己"听上去"那么客观，甚至真诚的？ 比如，我想到"理论回顾"那章中的某些部分，谈的是文化研究："它宣布放弃学术客观，支持亲身参与积极行动……在探究对象的范围和领域方面，它过于野心勃勃，甚至带有帝国色彩。"（*Theory Matters*，13）或许这是想向持有怀疑态度的读者表明，一个文化理论家也**可以做到**保持"公正"？ 之后您又在同一篇文章中话锋一转，使用第一人称将对文化研究的"抱怨"据为己有。"我个人对文化研究颇有怨言。"（13）您能解释一下这种类似于"腹语"的行为吗？ 您会将自己的批评"发言"描绘成众声喧哗吗，即使它"听起来"自成一体？

从写作风格的角度考虑，我认为您的"表达"非常谦虚，同时也是超乎寻常的自信。我说的"谦虚"是指，比如上面提到的例子，您愿意复述他人的观点，不觉得这样做会使自己的作品有些失去"独创性"。"自信"是指您愿意用权威的口吻在自己从事的领域中做出高调声明："有五种方法可以构建当代理论的历史。"（*Theory Matters*，35，我只是几乎随意挑选一句话）我特别想知道您是如何获得这样的信心，可以在写

80

81 作时如此充满自信的？我和您一样，从拥有的背景来看，并不会让自己
能成为一名作家和学者。我害怕行内人会始终监视着我，等着纠正我
犯下的错误，或是指出我忽视的重要信息，克服这种恐惧对我来说一直
是个巨大的挑战。（谈到生活在一个受到监视的社会里！）我敢打赌，许
多研究生和助理教授们肯定对您如何在书中表现自己很感兴趣。

里奇：我认为自己主要是文学和文化理论史家。理论的历史，尤其
是在现代和后现代时期——我大部分的工作都在这两个时期开展——
是极其复杂的，存在无数的声音，相互争论。争论构成了这个领域。在
每个特定的时间内，都有许多相互冲突的流派、思潮和立场同时存在。
流派与思潮的内部和相互之间存在分歧，不仅如此，个人在不同的职业
生涯、流派在不同的发展时期（或阶段）中也存在许多差异。想要写关
于当代理论和批评的历史，肯定需要发出不同的声音。必须提一下，我
非常赞同瓦尔特·本雅明的说法，历史就是一部引文的集合体。能够
讲述一个批评立场等同于拥有了批判性理解。这是一种评判方式。它
带来客观性的效果。

但是我认为自己研究历史的方式是批判性的，而非客观或中立的。
这体现在好几个层面，我选择两个层面来谈。第一，我没有让自己去列
举某个特定思潮、人物或理论存在的问题和局限，而是去了解其他批评
家的不同看法，有时候调查的人数会很多。这是对研究经典做出回顾。
它既显示出研究的厚度，也揭示出其中的细微和平衡，就像是一个值得
信赖、知识渊博的内行人在娓娓道来。我把它看成群体微观历史。第
二，我从自己的角度提供第一人称评价，把这想象成大合唱中的独唱时
刻，领唱的角色，与众不同，却又置身于他人的伴音中，就是这个效果。
这是对历史进行厚描，带有多重批评声韵和音调。

我是史学家，摸索出一些研究方法，主要在《文化批评、文学理论、后
结构主义》(*Cultural Criticism*, *Literary Theory*, *Poststructuralism*)这本
书中探讨过。在这里我提一下其中的几个方法，把它们提炼为历史家
82 的必备要素：分解细察、高屋建瓴、多元并存。在对上面提到的当代理

论进行描绘时，我有意识地提供了一个相对完整的思潮和流派列表（我做了总体性归纳）。但是，我又很快将这些思潮拆解为众多学者的作品，这些学者内部存在着巨大的差异（我在进行细分）。细化到一定程度，带来的就是多元（各种各样的后结构主义、马克思主义、女性主义流派）。不难理解，我将这种多元化方法延伸到文学、文化的关键概念中，例如各色各样的文学、五花八门的诗歌、形形色色的读者。我发现在词尾加上一个"s"通常很有帮助，这样的安排有助于说明问题。这些探索方法对我的作品形成自己的声音产生了一定的作用，有助于我的著述树立一种权威性、形成开放性、提升自信感。当然，长时间地钻研各种档案肯定也在其中发挥着某种作用。

在此过程中，我使用了一定的写作技巧，这些技巧无疑塑造了我的表达方式和写作风格。从形式主义和日内瓦现象学中，我逐渐学会如何进行改述，即使不一定能做到语言简洁优雅，至少要心存敬畏。或许下面这个例子和你的问题更有关联：在我职业生涯早期，我为《英语研究摘要》(*Abstracts of English Studies*)和其他一些刊物写了数百篇摘要。如果给你一份 20 页的学术文章，分量厚重，让你写 150 个单词的摘要，这样的摘要写多了，你不仅可以掌握学术写作的清晰性，还会折服于它的说服力。你可以快速、高效地抓住问题的核心，找到症结所在。还有什么呢？我越来越喜欢列表和制图，或许有点过于喜欢，从中获得提纲挈领式的归纳和短语。它们确实能发挥很好的作用。最后，我再总结一个观点——或者说，是一种设计——每一段落的收尾都要干净利落：商人和政客们所称的"拿走可用"适用于我们这个来去匆匆的社会。

在我的职业生涯中，独创性这个问题确实时常让我伤脑筋。我最关心的是，历史学家应该追求独创性吗？我有些迷茫。我想知道我的前辈们，比如雷纳·韦勒克[①]，是否追求过独创。其实有一种独创性来自档案馆。我的《美国文学批评》（*American Literary Criticism*）在不同章节分别介绍了纽约知识分子群、存在主义者和现象学家、阐释学家、黑人美学运动，是第一部全景式的批评史。这里涉及的不仅是（再）发现，还有视野的宽度和深度。到底哪个更重要？我对内部差异的关注——复数小历史——同样给 20 世纪理论流派和思潮的历史注入了新鲜血液，这种想法恐怕只有少数圈内人提出过。和这一代大多数历史学家一样，我是从底层和边缘来研究历史，这是一种新的后现代批评史模式，囊括了女性、少数族裔、"酷儿"和工人阶级话语，进行的是文化批判工作。最后，我想说其实我天生是个比较文学学者。比如，我对比了美国马克思主义和法兰克福学派马克思主义；斯拉夫形式主义和美国形式主义；美国现象学和日内瓦学派现象学；马丁·海德格尔的阐释学和艾瑞克·唐纳德·赫希（E. D. Hirsch）的阐释学；欧洲新马克思主义和美国新左派；美国和德国（东方和西方）的接受理论；法国和美国的解构主义；美国和法国的女性主义。而在此过程中，我没有突出第一人称，只是躲在幕后提供服务。关于独创性的最后一点思考是，对于文学学者包括研究生来说，理论史和理论选集实际上只具备服务功能。"史"和"选集"这类集子并不提供人们期待或确定能够从中获得的新见，而是拥有"棕色封面"的文本，读者甚至不承认自己曾经读过或查阅过。这对于作者来说简直是一种诅咒。

莫里斯：我很喜欢您《理论重要》（*Theory Matters*）中《西南风格的布鲁斯》（"Blues Southwestern Style"）这篇文章。能够读到俄克拉荷马城里这种如此振奋人心的音乐场景，真是令人激动。我很羡慕您。

---

① 雷纳·韦勒克（1903—1995）：耶鲁大学教授，比较文学系主任，以文学批评史著名，与沃伦（Austin Warren）合著的《文学理论》（*Theory of Literature*，1949）使他成为英美新批评的代表人物，后期巨著是八卷本《现代文学批评史（1750—1950）》（*A History of Modern Criticism 1750—1950*，1955—1992）。——译者注

但是关于这篇文章,我有几个疑惑。我目前对犹太文化研究很感兴趣,因此对于"非裔美国人"对音乐的贡献,比如布鲁斯和爵士,以及这些贡献遭到"白人"挪用之间的关系非常敏感。有些学者,比如杰夫·梅尔尼克(Jeff Melnick)在《演唱布鲁斯的权利》(*Right to Sing the Blues*)中批评了像欧文·柏林(Irving Berlin)那样的犹太人,认为他们把非裔美国人音乐商业化,从中攫取经济利益。还有一些学者,比如埃里克·洛特(Eric Lott)和迈克尔·诺金(Michael Rogin),专注于对"装扮"(passing)问题进行研究,探讨犹太人是如何通过带上黑人面具/为黑人代言,来加强自己作为"白人"的含混地位。很显然,您对俄克拉荷马城布鲁斯亚文化的兴趣并非出于商业利益的目的,也不是想假冒白人身份,但我还是想知道,您属于收入颇丰的白人,您的亚文化身份所围绕的音乐在传统上却与穷困潦倒、流离失所、社会不公等主题相关,您是否曾为此感到难为情呢?或许在情感上,您已经经历了许多"暴风雨般的周一",有时候会觉得"激情已逝",①但是造成您痛苦的原因肯定和 B. B. 金②或嚎叫野狼③这样的人不同。(当然,即使 B. B. 金演唱的歌曲与某种痛苦和折磨有关,他现在也不再因为经济问题而受苦了,歌曲里写的是他作为黑人在吉姆·克劳法④时代的遭遇。)我理解遭受折磨不一定非要经历贫困,也不一定非要是非裔美国人。您在文章中提

84

----

① 《暴风雨般的周一》是被称为"现代爵士钢琴第一人"的厄尔·海恩斯(Earl Hines, 1903—1983)1942 年录制的布鲁斯,《激情已逝》由美国布鲁斯歌手、钢琴家罗伊·霍金斯(Roy Hawkins, 1903—1974)与里克·达尔内(Rick Darnell, 1929—2008)两人于 1951 年创作。两首歌都位居当年销售榜前列。——译者注

② B. B. 金(B. B. King, 1925—2015):原名 Riley B. King,美国吉他演奏家、作曲家、布鲁斯歌王,《激情已逝》是其经典曲目。他的作品既有纯布鲁斯,也有乡村音乐,还有流行音乐和摇滚,但都夹杂着布鲁斯的成分。——译者注

③ 嚎叫野狼(Howlin' Wolf, 1910—1976):本名 Chester Arthur Burnet,布鲁斯爵士乐和早期布鲁斯大师,他父亲以美国第 21 任总统的名字为他取名,其声誉已经超过这位总统。——译者注

④ 吉姆·克劳法:泛指 1876 年至 1965 年间美国南部各州以及边境各州对有色人种实行种族隔离制度的法律。在"隔离但平等"的原则下,种族隔离被解释为不违反宪法保障的同等保护权,使得黑人一直处于弱势地位。——译者注

到，进入布鲁斯演唱现场的时候，没人在门口核查您白天的身份和工作状态，这意味着布鲁斯亚文化使您能够参与到某种民主精英制度中，在这个制度里，只要对布鲁斯做出贡献，参与各种各样的布鲁斯活动，就可以使您赢得团队的尊重。非裔美国人俱乐部（凭借与"布鲁斯小姐"的交情您可以进入）是您置身于其中的主要跨种族布鲁斯现场，您确实提到这个俱乐部和请来传奇人物比如 B. B. 金的更加商业化的布鲁斯演出之间存在着显著差别。您是否觉得布鲁斯亚文化中乌托邦、没有等级划分（就白天工作状态而言）的因素掩盖了参与者之间巨大的差异？这是不是巴赫金狂欢①的一个例子：它在短时间内扭转了权力关系的局面，但最终还是维持了现状？您需要"秘密地"对各式布鲁斯人物进行"非正式访谈"，然后将其转变成参与者-观察者案例分析，这是由俄克拉荷马州人文委员会和俄克拉荷马大学部分资助的项目，之后再将成果发表在《理论重要》这本书中——这让您而非其他在布鲁斯演出现场的人积累了文化资本，请问这整个过程您感到问心无愧吗？他们是否知晓您对于布鲁斯演出的兴趣至少一部分是源自学术探究，这个问题对您来说重要吗？

里奇：首先我想快速回顾一下布鲁斯音乐的发展史，因为这里确实非常重要，毕竟我倾向于将自己定位为历史批评家和理论家。我认为布鲁斯音乐有五个不同的发展时期或者说发展阶段，也可能更多。布鲁斯一路以来是朝着后现代的方向发展。第一个时期是一战到二战期间，这时候流行的是乡村原声布鲁斯。跟着的第二阶段从二战到 20 世纪 60 年代中叶，这时主要是城市电子布鲁斯。你也可以从地理的角度来看，那就是先有密西西比三角洲布鲁斯，然后是芝加哥布鲁斯，两者都起源于非裔美国人群体。在第三个阶段，年轻的白人布鲁斯音乐家于 20 世纪 60 年代期间开始崭露头角，并且大获成功。例如像保罗·

85

---

① 巴赫金狂欢："狂欢化"这一文化美学及诗学命题，是苏联文论家巴赫金（1895—1975）提出来的。所谓狂欢化，是指一切形式上狂欢的节庆和仪式在文学中的转化与表现。——译者注

巴特菲尔德布鲁斯乐队（Paul Butterfield Blues Band）、罐头热乐队（Canned Heat）和约翰尼·温特（Johnny Winter），他们每个人有不同的区域身份，但在全国范围内都拥有白人听众。第四个阶段出现了布鲁斯同时在全球传播，尤其是在 20 世纪 50 年代末、60 年代初开始向英国传播。第五个阶段开始于 20 世纪七八十年代，族裔混杂的布鲁斯群体和布鲁斯庆典开始在美国和世界各个角落涌现。我和你谈话的当下，大约有 200 个布鲁斯群体，几百个年度布鲁斯庆典，下面还有大量的布鲁斯俱乐部、唱片公司、杂志、电台节目、网站等。尽管纯黑人俱乐部（chitlin circuit）①还有残留，但是布鲁斯演出已经在几十年间朝着种族糅合、全球化和后现代的方向发展。

像我这样的白人从 20 世纪五六十年代开始喜欢上布鲁斯音乐。许多著名的布鲁斯音乐家也是白人，比如埃里克·克莱普顿（Eric Clapton）、邦妮·瑞特（Bonnie Raitt）和史蒂维·雷·沃恩（Stevie Ray Vaughan）。所有这些中都带有模仿和挪用的成分。但是，同样的机制也可寻迹于许多其他的艺术类型中。比如日本的俳句②起源于古代外国的一个贵族圈。然而几十年来，学校的孩子们一直尝试着学习使用这种诗歌形式。十四行诗也是如此，这是意大利文艺复兴时期流行的体裁，很快就被英国和法国诗人习得，如今又出现在贺曼公司的贺卡中，以及创意写作的课堂上。如果将这种传播和留存都描绘为盗窃，那就是大错特错了。这样的描绘依据的是私人财产、专属所有权和版权这些概念，但这是误用——这些都出现在俳句、十四行诗之后，对它们来说是完全不相干的概念，我认为对最初的乡村布鲁斯来说也是如此。

文化盗窃这个问题让我们想到了美国音乐版权保护和唱片录制的历史。和布鲁斯相关的主要记述都认为，在 20 世纪 60 年代早期，白人

86

---

① 纯黑人俱乐部：最初指种族隔离时期美国东南部专为黑人观众和艺人开设的娱乐表演场所，时至今日，美国南方仍然有类似的非裔布鲁斯歌手聚会。——译者注
② 俳句：日本的一种古典短诗，由中国古代汉诗的绝句体诗经过日本化发展而来，以三句十七音为一首，首句五音，次句七音，末句五音。——译者注

大学生发起了原声布鲁斯（当时作为民间音乐）的复兴行动，帮助年长的黑人音乐家抓住了观众，保住了版权。如今，年老一辈的黑人布鲁斯艺术家，对于音乐侵占问题看法各异。但是，似乎其中不少人都为布鲁斯能够跨入白人世界并走向全球而感到欣慰和惊讶。这样的转变给布鲁斯音乐家提供了许多支持。如果布鲁斯在整个20世纪都只局限在非裔美国人团体内部，包括其创作、传播和消费，这会是更好的选择吗？或者说这可能吗？不，我认为不是。

布鲁斯庆典和表演确实近乎狂欢。其中一个表现就是没人会问你是做什么工作的。从没人问我，我也不会问别人。这些庆典将所有的社会阶层都混合在一起。就像是走在城市的人行道上、看场电影、乘坐城市轨道交通或在俱乐部跳舞一样。所有这一切中都蕴含了一个暗示，一个乌托邦暗示：我们可以生活在一起。

文化研究中我最喜欢的分支是亚文化分析。大学本科生也很享受在这个领域做研究项目。许多这样的研究都需要参与者做观察和置身其中进行叙述。就个人而言，我收到过许多论文，涉及哥特音乐（Goth）、情绪摇滚（emo）、锐舞（rave）、嘻哈（hip-hop）、男大学生联谊会和女大学生联谊会生活等。这项研究探讨的主题包括音乐、服装、肢体语言、性惯例、社会等级和文化政治。学生们喜欢写自己了解的东西，同时又会通过批判来保持一定距离。这是民族志研究的一个分支，实际上是自我民族志和亲近式批判，它和秘密调查并不相像，因为先要沉浸其中，然后再写于笔下。对我来说，谈论布鲁斯只占书中一章，就是这样——看不到任何金钱的回报。很多年前，当我还没有写和布鲁斯相关的文章时，就对这种音乐产生了兴趣。我最初的兴趣和想要发表音乐文章无关。碰巧的是，当我正在计划将介绍当地布鲁斯亚文化的章节作为文化研究工作的一个范例时，我收到了一份宣传小册子，鼓励学者向州人文委员会申请500美元的研究经费。我申请了，并将这笔钱用于旅行和资料收集。我认为地方亚文化和文化场景值得进行批评研究，也应该获得支持。当然，这样做的动机会受到质疑。

我看到的本科生亚文化研究都倾向于进行赞颂，没有批判和揭露。这为课堂讨论提供了丰富的问题来源，包括参与者的观察引起的伦理问题和客观性问题，特别是批判的本质和主要作用。

莫里斯：可以说，我们现在正处于自大萧条以来最严重的金融危机中。您是理论史学家，会如何比较和对照 20 世纪 30 年代文学批评家对经济崩溃表现出的反应和如今您看到的批评家或理论家对此次金融危机的反应？我感觉 20 世纪 30 年代有许多的"左翼作家"——借用丹尼尔·艾伦（Daniel Aaron）的术语（斯坦贝克、奥德茨、鲁凯泽、休斯）——但是当时的文学批评不是处于形式主义主导之下吗？我知道有许多与《党派评论》有密切联系的左倾公共知识分子以及像格兰维尔·希克斯①这样的人。您一直在呼吁将经济考量纳入理论的思考范围。我觉得您不仅指大学研究中学术职业正受到挤压，还鼓励理论家们思考诸如全球化和资金流等宏观经济问题。请问像我这样的学者，接受的是文学分析训练，该如何为了这项艰巨的任务重新打造自己呢？即使在高中，数学也不是我的强项，而在大学，初级经济学考试我还差点儿不及格。

里奇：我将政治经济学和经济学区分开来。美国主流学术经济学是一门社会科学，几十年前就将自己的灵魂卖给了数学，与政治学分道扬镳。计量经济学想方设法成为一门纯粹的科学，走在了经济学这个自足学科的前沿。经济学属于商学院，属于自由放任金融资本主义，带着 20 世纪 60 年代后期新自由主义的致命形式。你不可能在任何经济学系找到马克思主义或社会主义经济学家，鲜有例外。在过去的 30 年中，凯恩斯主义已经走向衰落。这是自由主义后撤的一部分，也是福利国家瓦解的表现，后者是文明的成果，值得捍卫。我认为，政治学、心理

---

① 格兰维尔·希克斯（Granville Hicks, 1901—1982）：美国 20 世纪 30 年代著名的马克思主义文艺批评家、小说家、教育家。——译者注

学和社会学现在有一项任务：清除经济学带来的混乱。

我在《后现代主义——局部影响，全球流动》（*Postmodernism—Local Effects, Global Flows*）这本书以及后来出版的著作中，对美国主流经济学进行了更全面的批判，所以在此不再重复那部作品。但是生态经济学倒是可以回过去谈谈。

20世纪30年代的十年间，法国、德国以及部分意大利传统中的西方马克思主义进行了一次"文化转向"，脱离了苏联马克思主义。德国和苏联1939年签订协议，将欧洲划分为不同的区域，之后美国马克思主义者成群结队地离开这一路线，同时也放弃了那套美学。20世纪60年代期间，新的社会思潮成为"变革"（不再是革命）的前沿。这里我想到的有学生激进分子、民权运动者、女性解放运动积极分子、环保主义者等。跳到前面来看，1999年，人们在西雅图多次对非民主的世界贸易组织表示抗议，这象征着在反抗新自由主义全球化以及"世界新秩序"的斗争中，更加广泛的新社会思潮崭露头角："诸众"（multitude）——借用哈特和奈格里提出的令人难忘的术语——这是一个世界彩虹联盟，一个情感联盟，以"世界社会论坛"（World Social Forum）[①]为代表，由各种微观政治组织聚合而成。这是新的"人民阵线"，其形式在21世纪广为传播。其他近期和大众相关的例子包括发生在希腊、西班牙和葡萄牙的反紧缩抗议等。因此，即便我能理解人们怀念20世纪30年代，但是考虑到后工业、高度金融化、非民主化的经济，我认为这种怀旧能提供的帮助有限。同样值得注意的是，知识分子现在大多来自大学内部，而非其他地方。尽管这种资产阶级的做法其实是拉拢人心，但是真正重要的是资本主义正在逐渐圈占一切——包括自然、无意识和想象力。先锋派已经成为历史，放浪形骸的文化人现在是创意阶层的一部分。

---

① 世界社会论坛：由反对经济全球化的各国非政府组织发起，各国知识分子和社会团体代表参加的大型会议，成立于2000年，宗旨是反对经济全球化，反对新自由主义引起的不平等和不公正现象，议题包括消除贫困、普及教育、保护弱势阶层权益、社会经济发展模式及第三世界国家债务和企业私有化等。——译者注

与此同时，底层行业中无产阶级化和去专业化趋势迅猛发展。全球经济的领导者——国际货币基金组织、世界银行、联合国、世界贸易组织、八国集团、世界经济论坛（达沃斯论坛）以及跨国公司和非政府组织——都发轫于20世纪30年代之后。

　　在这里重复一个之前的观点，但是需要加上一个意外的转折。"日常生活"是理论研究和文化研究中富有成效的概念，它有意将思考和情感带出大学、智囊团和监管机构，带入街头、普通家庭，尤其是厨房中。文化研究的任务是使理论重新变得野蛮起来，将它带到家中。如果你想知道社会上正在发生什么，可以调查一下自己周围的亲密环境（金融、情感、审美环境），包括家庭和远近的社区。同时，小心提防媒体购买并经它删减的经济报道。我不建议直接去美国一所大学的经济学系进修，人民的福祉并不是它关心的问题。我建议不要从道德的角度去解释大衰退或者其他和繁荣-萧条有关的危机。总有贪心不足，到处可见，的确是这样。但整个调控体系则更为重要。这是一个错综复杂的幕后操纵体系，部分原因是由游说和金钱交易而导致的政治腐败。有些事情根本不需要经济学家告诉你，你就会明白，比如，1980年，国会取消了贷款（高利贷）利息最高限额，此举不久就导致了货币-银行-信贷一系列相关领域的动荡。随后就是贷款和债务泛滥。银行无处不在。信贷标准和评级被广泛人为操纵。破产成为常态。抵押赎回权遭到取消。巨大的财富重新分配和累积。日常经济学，从广义上进行解释，或许和标准的技术指标一样，可以很好地衡量真实的经济状况。

90

第六章
法国理论的再生

　　20 世纪最后的数十年里，法国理论对许多学术领域的形成产生过强大的影响，尤其是在文学和文化研究领域。如今在 21 世纪的开端，其诞生于两次世界大战之间的大部分主要人物都已离世。然而，他们去世后，法国出版界涌出一批他们生前撰写的著述，形成法国理论的第二波潮流。自 2013 年起，据我粗略统计：雅克·拉康已经有 7 卷出版；罗兰·巴特有 10 卷（不包括其厚厚的五卷本全集）；路易·阿尔都塞有 7 卷；皮埃尔·布尔迪厄有 5 卷；吉尔·德勒兹有 3 卷；米歇尔·福柯有 13 卷（不包括辑录各类文稿的四大卷《言论与写作集》）；以及雅克·德里达有 5 卷著述。还有更多的书卷即将问世。例如，福柯在法兰西学院每年的授课还将出版另两大本（至此 13 卷中的 11 卷已经出版）。雅克·德里达的年度讨论班讲稿计划出版，43 卷中迄今只出版了 3 卷。我们可以期待让·鲍德里亚，让-弗朗索瓦·利奥塔和其他学者有更多的出版物陆续面世。主要的法国女性主义多产作家埃莱娜·西苏、茱莉亚·克里斯蒂娃、露西·伊利格瑞，仍旧在出版自己的著述；当今主要的男性哲学家也是如此，如阿兰·巴迪欧、埃蒂安·巴里巴尔、让-吕克·南希和雅克·朗西埃。匆匆列举的这些人当中还不包括法国或其他国家的后结构主义下一代学者。

　　当下文学和文化理论的主导学派和思潮，即后殖民主义、新历史主义和文化研究，都是后结构主义的拓展，而并未对它反驳。当代法国理论家们汲取了结构主义和现象学中的一些观点——比如，聚焦社会制度和机构，关注时序性、交互性和流动性——时至今日，这些仍然决定着人文和社会科学的发展。法国后结构主义提出的诸多概念仍然是学术研究中必不可少的工具，如"卑贱""生命政治""文化资本""解构""驯化的身体""女性写作""意识形态国家机器""镜像理论""块茎理论""拟仿""景观社会"和"监控社会"。这些核心的概念一直在促成文本细读、回归历史语境和文本批判，成为其规范。它们出现在如今各类指南、手册和术语表中。法国后结构主义分析模式显然与之前的任一种方法都不同（是特质鲜明的集合体），也从未取代过。简言之，近几十年生活在我们这个全球化消费社会中，还没有哪种思想比它们存在的更持久。它们追求新事物的最前沿，适应快速的变革，乐此不疲，其程度让人难以想象。短期内法国理论不会谢幕。

第一代法国知名理论家的一项史无前例的工作，就是整理出版德里达留下的讨论班讲稿。共将出版他 43 年中主持的研讨班和讲授的课程内容（每年一卷），涵盖他在各个时期任教时写下的文字，如在法国索邦大学期间（1960—1964）、在巴黎高等师范学院期间（1964—1984）、在法国社会科学高等研究院时期（1984—2003），以及他在美国做访问学者时期——在约翰斯·霍普金斯大学（1968—1974），耶鲁大学（1975—1986），加州大学尔湾分校（1987—2003），以及在纽约期间（1992—2003）到访的社会研究新学院、卡多佐法学院和纽约大学。他在美国大学所讲的内容很大程度上是对法国授课内容的重复，虽然1987 年以后他使用英语讲授，内容做了临场发挥。加利里（Galilée）是一家法国出版社（出版了德里达一生中著书的一半还多），而芝加哥大学出版社则由英国人杰弗里·本宁顿和美国人佩吉·卡穆夫任编者，将德里达的著作译成英文，这两位都是长期研究德里达的学者和翻译家。德里达总会将他授课或在研讨班的讲座写成文字，讲课和讲座的次数从几次到 15 次不等，每次两小时。20 世纪 60 年代后，他的大部分课程用录音带录了音。我写这本书时，已经有三卷出版了：《讨论班：论野兽和君主》（*Séminaire：La bête et le souverain*），第一卷（2001—2002）和第二卷（2002—2003），分别于 2008 年和 2010 年出版；其后是《讨论班：死刑》（*Séminaire：La Peine de mort*）第一卷（1999—2000），2012 年出版。2009 年，芝加哥大学出版社以《论野兽和君主》（*The Beast and the Sovereign*）第一卷的出版宣告了其德里达英译系列的开始。英文第二卷于 2011 年出版。最先两卷的文本编者——米歇尔·丽丝、玛丽-露易丝·马莱特、基内特·米绍——为德里达的文稿补充了姓名索引，并通过录音磁带，以脚注的形式插入了有助于阅读的材料，包括文件中缺失的词语和德里达的即兴发挥及口头解释。这些编者们带了个好头。德里达的讲课内容得到了仔细修订，表明这一项目的学术质量会很高。法国理论领域近期可以预见的一项工作便是将档案材料进行仔细整理并编辑成册。

在很多方面，经常被引用的福柯系列讲演都经过极其仔细的编辑且易于阅读，对于其他法国理论遗作的编辑整理和风格包装而言都堪称是一个典范。每次讨论班历时两小时，分成两部分（前后各一个小时），有各自的尾注和解释性脚注。每个两小时授课都达到论文的长度，前面加有简短的主题总结（摘要），由编者撰写，约 50 至 150 字。此外，还附有经过精心编辑的长长的概念索引和姓名索引。每卷结尾都有一篇"编者说明"文，此文涵盖了相关的背景，从福柯的传记和政治环境，直至他写作生涯里使用的方法和写作的发展变化。《法兰西学院年鉴》（*Annuaire du Collège de France*）中录有福柯本人事后对课程的小结，只要有这种小结，就会放到十几个讨论班正文部分之后、"编者说明"之前。与德里达讨论班的编者们不同，福柯的编者们是通过录音磁带来检查他的笔记的。所以他们必须系统地增加标点符号，分段，揣测缺失的文字，还要删除重复的部分，修补中断的句子，疏通语法。这些都是在增添解释性脚注之外又增加的部分。既便利阅读，也保证精确无误，这两点成为审校工作的典范。

相比较而言,德里达的讨论班文稿的编辑更加简单,却不乏严谨。原文本是手稿,编者们依据录音磁带会做些偶尔的改动,以脚注的方式说明。德里达经常在文本细读过程中对希腊语、德语、英语和法语的文本和关键词做详尽的分析,边写边对翻译做出纠正或注释,这是他的习惯。这些文本编者们记录下上述的改动之处,也会顺便将录音中临时增加的内容加入进去,同时找出德里达的文本指涉,解释其中的暗喻。德里达有爱用方括号、圆括号、引号的怪癖,既用到了极致,也不时有滥用之嫌,编者们有时会予以纠正,有时不做改动。德里达会引用一长段文字,中间数次将引文打断,加上自己冗长的点评,放在括号内,这样的做法在德里达的分析中很常见。与福柯的编者们不同的是,德里达的编者们不添加摘要、概述,也不在结束部分写一点背景介绍的文字。他们也不提供概念索引,不把德里达的讨论班分成两个部分以便编辑起来更好操作。简言之,德里达的讨论班文稿远不如福柯的讨论班文稿易于阅读。这一原则也适用于编辑他一生所出版的作品。他的讨论班文稿不会被修正或"提升",至少看上去如此。这么处理迄今还没有问题出现。

德里达最先出版的两场讨论班文集是他典型的后期风格,倾向于发散式思考,展现思维特性,与之最接近的体裁是随笔。多数情况下,其"介绍"和"结论"两部分更像是故弄玄虚或挑起争议,但无论如何都不像摘要、概述、总结。无论把德里达的这些讲座合在一起,视为一场讨论班,还是分开单独看,这些讲座在传统评价标准看来都不属于好作品。讲座中很少出现清晰的主旨,真的出现,也会不停地进行调整,有意拖延,使对其的讨论自始至终都不甚明了。法语的句式结构本来就常常比英语松散,德里达的风格就是把法语的这种优势发挥到极致。导致的结果就是,读者往往期待概念指涉清晰、语义明确,但德里达的作品根本做不到。在他的作品中,更多的是一簇簇的主题内聚在一起不停运动。我下面要讨论的"葬礼-监控-幻想"情结就是一个很好的案例,说明德里达颇有影响的深度阅读模式如何运作。但首先,我想讨论

一下德里达就阅读和文本解读对他的学生所发表的见解，这些研讨班
结束前的见解很有意思，也是《21世纪的文学批评》的一个关键话题。
我的预言是：在可预见的将来，德里达特色鲜明的解构主义阅读模式会
继续保持其影响力。

阅读和文本阐释

　　在《讨论班：论野兽和君主》第二卷的十次课程开讲时，德里达就告
诉他的听众——既有新一届的学生也有往届生——说他"会尽一切努
力，哪怕没有上过前期课程，也会保证新开的讨论班明白易懂，从课程
开始到教授过程，都尽可能保持课程的独立性"（36；这里的引文均为我
翻译）。我在第六章中就专注讨论德里达2002—2003年所做的这场独
立的讨论班，也是他最后一次授课。

　　德里达该年的工作是比较和对比两个文本：丹尼尔·笛福的《鲁滨
孙漂流记》和马丁·海德格尔的《形而上学的基本概念：世界-有限性-
孤独性》（*Die Grundbegriffe der Metaphysik：Welt-Endlichkeit-
Einsamkeit*）。这不是对这两个文本做系统的分析，而是对人类社会建
造和死亡这两个主题的论述，尤其是对葬礼及葬礼沉湎的论述，呈现出
德里达话语特有的自由形式、暗指性和曲折性。德里达展示了林林总
总的旁枝孪枝，引申出一些相关的主要人物，有些做了集中论述，有些
则拓展时提及，例如莫里斯·布朗肖、保罗·策兰、西格蒙德·弗洛伊
德、伊曼努尔·康德、雅克·拉康，还有半打其他人，在他横跨四十多年
的著述中，这些人物都或多或少地出现过，很有规律。在这一过程中，
涉及许多次要的主题，不论新的还是旧的，都被糅合到一起，大多数情
况下讨论和探索都没有定论，但也含义丰富。主要的次主题有哀悼、统
治权、自身免疫、祷告、"似乎"修辞、动物、逻各斯、轮子/圆圈、怀旧和思
乡之情。大概有六次，德里达十分担心他的讨论班结构松散，于是直接

提出有关阅读和文本理解的问题。

德里达曾担心自己分析的连贯性和说服力会有问题,这种情况第一次发生在第三个讲演将结束的时候,此时刚读完海德格尔和卢梭的作品,但主要阅读的是《鲁滨孙漂流记》。"所有的这些主题(例如,轮子的机械技术,自我宣称的自治,导致自我毁灭的沉迷,以及自我免疫悖论,将鲁滨孙·克鲁索变成了自己的毁灭者,将笛福可能变成自己的敌人,自我的对手,鹦鹉和车轮,等等),把这些都组合到一起,是不是有些过于人为,过于随意?"该用什么把这个十分怪异且包含甚广的主题群贯穿起来呢? 德里达答道:"我不能严格地加以证明,除了这个论点之外,我不能用另一个论点证明我是对的,现在这个论点始于下面这个问题或要求:你们听我讲课感到有趣吗? 会因此从《鲁滨孙漂流记》中读出另一番味道吗?"(137)当下很流行的批评标准是"精妙",指的是从文本中解读出有离奇意味的新意,既让人感到惊讶,又或多或少令人信服。今天"妙读"是很多学者追求的目标。这是德里达采用的一种阅读策略,也许最让人印象深刻的就是他的《马克思的幽灵》(*Specters of Marx*),将哈姆雷特和马克思联系起来,让他们的鬼魂碰面。就这场讨论班而言,我会觉得对《鲁滨孙漂流记》和与此相关的一串主题的初步解读非常有意思,既非过于人为,也非过于随意,只是不那么让人信服。还有太多的问题没有得到解答,比如作者意图、主人公心理、文本主题的动态变化,以及双篇阅读(海德格尔和笛福)的投射等。尽管如此,有德里达风格特点的妙读仍然保持着魅力,未来也会占有一席之地。

在该次讨论班的另一个重要时刻,第八讲刚开始不久,德里达给他的学生们做了有关文本解读的反思,长度有一页。他的评论涉及三个话题:先是从缓慢的线性阅读和重复阅读的必要性开始,接着讲到把像他自己一样的每个读者的心理纳入进来,最后论及把两个文本连接起来一起阅读的技巧和好处[下面的方括号为我另加]。

[1] 以一种线性的、持续的、重复的方式阅读并重复阅读这两部作品是很有必要的,每一次阅读都旨在赋予你们惊喜,关注

重点都会发生变化，在一些看上去不那么明显或次要的时刻
都会产生无数的新发现，等等。……做这些需要花费数年时
间……我也相信……对于某些跳跃，某些旧而复新的视角，能
使文本变个模样，能够跨越原来的路径，让我们对整体有一个
不同的看法，当我乐观、有信心的时候，我认为这么做既有必
要，也能产生丰富性……（289 - 290）

然后，德里达又以句中插入括号的形式，把源自海德格尔和笛福并经过
他改造的"路径"观这个核心主题加以发挥拓展：

[2]（毫无疑问，我在这里所做的每个选择，采用的每个观点，
都是有根据的，我对此绝不会隐瞒，根据的就是我的个人生
涯、早先的作品、研究的方式，指引着自己在这条路上前行，我
的冲动、欲望和幻想的方式，虽然我一直尽力要把它们解释明
白，能和别人分享，让别人信服，能与别人讨论，可以公开讨
论）……（290）

这儿他把加了括号的空间给了亲近式批判，知道这样的批评既不会遭
人否认，也不会受到限制。至于笛福和海德格尔的文本，他提倡对两者
做双重复杂阅读，这么做的时候同时描述了他的目标和路径的平行主
题。这是通过多重视角丰富文本解读的一种方式：

[3] 同时阅读海德格尔和《鲁滨孙漂流记》的讨论班，换句话
说，两条路径，也是论及和关于路径的两种话语［体裁］，可以
丰富文本解读的视角，而通过多重视角，这两种载体就能用它
们相互交叉的才华，照亮普通制图术以及我们一起旅行和驾
驶的地形地貌，载着两者行驶过所有这些路径，时而相互交
错，时而相互分开，布满了桥梁、浅滩、单行道和迂回小道等。
（290）

对于学生而言，德里达以上的论述归结到下面几点建议，既直截了当地

异乎寻常,也不乏可以商榷斟酌之处:不仅要重复地读,细致地读,有创意地读,还要让你的听众感到饶有兴趣且深信不疑。关注那些奇怪的时刻和多重视角。碰碰运气。既期待文本出现阻滞,产生奇效,也期待文本展现生动的连接。德里达还提供了言语之外的建议。就相关话题选择经典人物和寓意丰富的文本,只要它们之前未被联系在一起。去寻找惊喜。不要过于担心作者的意图。同时,作者、人物、读者(包括你自己)的无意识会释放出丰富的动机和主题群。去挖掘它们。这是亲近式批判的心理分析版本。这个问题涉及奇特的个人迷恋、幻想、压抑以及奇怪的置换、浓缩和象征。文本本身也有无意识。去研究它吧。文本解读者们注意:复杂的文本系统承载的语言中,没有什么一定是无关的,这个文本系统带有反系统成分,尤其是矛盾、悖论和功能失调的一对对二元概念,所有这些对于阐释者们而言都是很有价值的材料。

德里达是死胡同、双重约束和困境的行家。作为读者,他从文本中寻找这些;而它们又占据了他的思想。一个有代表性的例子是在 2002 至 2003 年的讨论班中,出现了“葬礼-幸存-幻想”三个主题集群,而他在其中重新定义了关键词并解构了传统的二元对立概念。这种极致的阅读已经延续了 50 年,至今依然有影响力。并且,我预计,这种阅读方式还有未来。

生命死亡主题

98

笛福和海德格尔的文本讲述了一系列常见的主题:自然状态、孤独、世界及其构成、人类对动物的统治权、神祇和祈祷者(逻各斯)、技术(比如轮子)、思乡,加上生命、死亡以及葬礼方式。德里达做这项对比研究,是因为海德格尔说动物是世上的可怜虫,与整个生物链无关。海德格尔还说,动物们并不会死亡,而是毁灭或是结束生存状态。加上传统上,人们一直说动物不会说话、不会祈祷,也不会说谎或大笑。它们既不会思乡，也不会忧郁。它们没有历史，不能拥有人类独有的"似乎"和"就像"这种超验的理性思维模式。根据德里达的观点，这些有关动物的知识虽然众所周知，但它们是传统迂腐思想的一部分。他严厉地批评了把所有动物一概归为"动物"一种范畴的这种出于私利、唯我独大的做法（280）。他将动物没有语言这种观点称为思维滞后（310）。概括地说，他批评笛福和海德格尔对待动物的方式，并且暗示，他们的态度带有缺乏思考、傲慢霸凌的色彩，是典型的西方哲学思维方式。顺便说一下，这实际上是一种意识形态批判，尽管在该次讨论班中并没有提到"意识形态"这个词，而且据我所知，在德里达的著述中也没有提及。他对西方数十个二元对立概念做了解构，学界闻名，展示了德里达式的文化批判。

据说动物不会死，也没有掩埋仪式。但是人类有，也因此决定了人类会死亡。德里达沿着这条思维线索进行探索，尤其是生命和死亡这个简单的二元对立。但是他在讨论班期间对此所做的思考有些散乱甚至不集中，尽管如此，却也激发起对幻想的一些大胆思考，以及对"生存方式"所做的不同思考，十分有益（生命死亡）。

德里达的该次讨论班上有很多关于"活死人""濒临死亡地活着""活埋""被生吞"等幻想的讨论。比如，鲁滨孙就有过这样的想法——被动物或食人族生吞，或被海上风暴和地震吞没，一想到这些他就陷入恐惧之中。正如很多文献都有过记载，什么东西在我活着的时候就烧了我、吃了我、吞了我或埋了我——都是有可能的。人类和各种文化通常将丧葬权的重点放在怎样处置遗体上，而处理决定通常都是由家人、族群和国家所决定的。德里达强调，任何情况下，人们过一段时间就会触及生与死的话题，或有意或无意，会想象死亡，担忧死亡，为死亡做计划，筹划死亡事宜。用德里达在最后一次讨论班和别处经常使用的精神分析术语来说，这就是"幻想"：

> 不用说，有关本话题（即土葬而非火葬）的决定只会是活人而不是死人做出的（死人会做出什么样的决定？可能吗？难道

99

"决定"这个概念不至少暗示了生命和活人对未来事物的处理吗？……）；我们需要从以下这些角度看待这个决定——生存者，子嗣，或是那个即将死亡尚未离去之际发出指示的人，因此能够通过弥留之人的幻想或想象，思考他或她本人的死亡，一个到达生命尽头、在弥留之际仍能看到自己死去并被他人埋葬的逝者……(212 - 213)

德里达把处于生死交界、状态未定的情况称为"**生存状态**"(survivance)。"就像呼吸一样，生命中只有执着于死后、陶醉、担忧、约束才让我感到自然、自发、习惯、天然、无意识和不可分割……"(249)死亡的概念浸润并塑造了生命。这是一种无法释怀的模式，在我们的梦里、艺术中和哲学上产生各种各样的幽灵。去思考和去想象、思维和想象之间有界限，但在死亡这个话题上，却使这个界限崩塌了，分不出你的死亡还是我们死亡。生命召唤"生存状态"。① 未来侵入到现在，使现在难以摆脱。

德里达有意挑起争议，将解构意义上的"生存状态"概念拓宽到书籍、档案和阅读（表现为苏醒）的生命死亡，这种活动也会影响到社群。"一本书，一本书的生存状态，从一开始，就是一个活着的死亡机器，还活着，一个东西的躯体，掩埋在某个图书馆、书店，某些山洞或瓮里，淹没在万维网世界范围的浪潮里，等等，但它又是一个死去的东西，只要一个活的阅读开始呼吸，只要他者的呼吸或者他者开始呼吸，那么这个死去的东西就会苏醒……"(194)德里达提出了一种交互式的生命与死亡观，笛福或海德格尔对此都不会同意。他赋予他者一种意义深远的角色，以此对抗存在主义或沙漠孤岛式的纯粹孤独概念。这里的他者

100

---

① "生存状态"这个词已经在法语和英语中存在了好几个世纪。从 20 世纪 70 年代开始，德里达就一直在他的重要作品中对生命/死亡这个二元对立概念进行各种解构和重新定义。杰拉德·维兹诺(Gerald Vizenor)曾从印第安原住民的视角对这个后结构主义术语做过著名的解读。（维兹诺，1934—　，美国加州大学伯克利分校教授，出生在美国印第安奇珀瓦部落，也称奥吉布瓦人。——译者注）

既包括外在的他者，也包括我内心的他者。社群隐含在文本背后，但它就在那里，存在于语言和社会习俗中。

无论是想象的还是真实的"生存状态"，都还有更多的解释。按德里达所言，这是一种奇怪的有主权的非主权力量：

> 由于死亡和生存不可能同时发生，所以既垂死又健在的人也许只是想象造成的虚景，一个幻象，你可以这么说。但妄想中显示的东西具有非真实的全能，这种全能不再走开，也从未离去，并把人们所称的生命和死亡或者生命死亡组织统领起来，如此一来，由幻象或妄想造成的虚景就减弱了。这种全能的力量属于一种彼岸，超越了存在和非存在、生命和死亡、现实和虚构或幻象的虚景这种种的对立。(192-193)

对德里达而言，死亡在其管辖范围内是万能的，没有神能救我们。我们用生存状态指称"天堂-炼狱-地狱"。而其他人出于想象、思考、害怕亵渎、传统丧葬仪式，或是出于责任感，愿意他们的死后生活就是如此，并确信和维护着这个生活。在这里，死亡实际上是一种原子化的至高无上的力量，通过想象、幻觉和逻各斯（后者被界定为话语、理性和惯例）显现出来。但也就是在这个地方，德里达对幻觉全能性的说法让我感到不足以令人信服、言过其实且有超验意味，尽管如此，仍然不乏冲击力。

雅克·德里达一生专注文学与哲学的交叉研究。他是哲学史专家，但从不满足于仅限于哲学研究。文学通常能补充哲学，有时能丰富它，有时能侵占它。下面的引文是最后一个典型的例子，难懂且有欺骗性，旨在总结内容松散的2002—2003年讨论班，点出其主题：

> 幻想或幻觉或幽灵并不符合逻辑或逻各斯。除非逻各斯本身也许就是幻想，就是其要素，就是幻觉的起源和来源，就是幻觉的形式和形成，甚至就是还魂者。
>
> 这就是为什么我们这里论及的所有话题，统治权，动物，

101

活死人,活埋,等等,只有幽灵和死后,此外,还有梦境,梦幻,
虚构,所谓的文学虚拟,所谓的奇幻的文学,这些说法远远没
那么不妥,愿意的话也可以说,它们比警惕的权威更准确一
些,比自我的警觉更准确一些,比所谓哲学话语的意识更准确
一些。(262-263)

使我们思考活死人、幻觉和生存状态的是文学,而非哲学。像梦一样,
文学探索了无意识,超越了意识的注意力和哲学推理。德里达早期作
品所批判的逻各斯,尤其是他在《论文字学》(*Of Grammatology*)中对
传统西方逻各斯中心主义的著名批判中谈到的逻各斯,和他在这部晚
期著述中所说的那个更加丰满的逻各斯已经大相径庭。后者完全变了
样。幻觉在纯粹理性、逻辑和工整的二元对立三者之间流动,后三者是
哲学和逻各斯中心主义贸易中的三只股票。无意识的溪流不由自主地
渗入到自我中,使文学素材中带上了梦境、还魂者和幻觉。死亡并没有
在丧葬仪式结束后就直接结束了。死亡从一开始就在那里,是一种幻
觉,塑造着生命。德里达在此提供了一个最令人难忘的例子——哥特
式幽灵在后现代的全面回归。正因如此,他的43卷年度讨论班才会重
新充满活力。

批判性判断

　　德里达的最后一次讨论班由他2002—2003年所做的10次讲课组
成,出版形式是一本书,共400页。该书优缺点兼有,值得做一番评估。
和德里达的很多作品一样,尤其是他的晚期作品,该书结构松散,风格
随意。而从学术的角度看,其风格古怪、富有创造性、有一股锐气——
总之——既无法模仿又十分过分。在其所选的话题中,它不断让人读
有所获,但对于今日讲究快速阅读的读者而言(包括我),这样的受益无
疑太少,获得的间隔也太长。书的节奏很慢且漫无边际。读者很快就

102

学会找节点，找那些黄金段落，那些意义衔接最终连接、形状最终出现、洞察最终形成的地方。这些内容散布在整部作品之中，正如不连贯和死胡同的地方也散布在各处一样。阅读讨论班中的德里达是次寻宝探险，也是一项费力的工作，读他的其他文本也常是如此。

德里达简略地涉及当代后殖民主义、女性主义和马克思主义对《鲁滨孙漂流记》的解读，敷衍地说了一些好话。这真的很糟糕，尽管这么做或许可以理解，每人都有自己的判断嘛。教授不可能在一次讨论班中涵盖方方面面。即使如此，在学术史发展到这个时期时抛弃这样的文化批评似乎并不高明。相比较而言，他也在海德格尔身上花了太多时间。他尤其关注海德格尔有关"统治"（*Walten/walten*，德语名词/动词，意为施加统治、治理、管辖）的使用。他提出，海德格尔出人意料地没有使用"主权"这个概念，而这一概念在两次世界大战期间十分流行。而取代"主权"概念的，是德里达在花了一生的时间阅读海德格尔之后才迟钝地发现的——显然就是*Walten/walten*，这是一种不可判定的前形而上学概念，通过其自身原始的力量即暴力和绝对力量，连接起生命和死亡，而这种绝对力量神秘地穿梭在大自然、政治、神学、哲学和法律之间，就像一种原初的冲动，一种超越主权之外的主权形式。但是，德里达一直对此显得困惑，令人难以信服，找不到令人满意的立场，更不用说得出任何判断了。很明显这项工作没有完成，需要后人接着做下去。该次讨论班的其他缺点？洋洋洒洒说了半天，对于动物，除了重复笛福和海德格尔的观点（比较德里达和卢迪内斯克）之外，乏陈可善。讽刺的是，动物再次成为人类的陪衬。标题人物即野兽和主权到最后也没有得到多少关注，这也算是一个讽刺。

对关于这本书的评价做个总结，让我回到讨论班开始时计划的自成一体性。德里达最后一次课的主要关注点，如果有的话，就是聚焦《鲁滨孙漂流记》和《形而上学的基本概念》（*The Fundamental Cencepts of metaphysics*）①中表现的人类生命和死亡，不时辅以与十余位主要学者进行一番比较。最能引发德里达和其听众展开讨论的却是布朗肖、弗洛伊德和康德，这一点颇有争议；而讨论最少的却是杰内特、黑格尔和列维纳斯，提及他们时只是几页纸上寥寥数行，一带而过。但德里达在提及这些人时，经常以脚注的形式提及他早期的作品，其中对这些学者多有讨论。的确，这个讨论班深深根植于德里达恣意挥洒的全部文集，乃至西方哲学传统和正典著述中。因此他计划让该课程自成一体的想法就出了问题，无论这个想法多么让人理解。倘若缺少文本间的相互指涉，这种互文通常既厚重又复杂，德里达的讲课就会看上去故意隐晦、动机不明、缺乏严谨。他挑起争议，开启了过多的通道，却没有引向任何终点。为了纯粹独立的文本细读，将语境或互文用括号悬置起来，这一点根本不可能。

103

法国理论的未来

和福柯在法兰西学院的授课一样，德里达学术生涯后期的各种讲座也成为公众事件，拥有各种各样的听众，通常座无虚席。这就产生了一些有趣的问题和多种预测。这位哲学家在录音磁带和相机胶片滚动的情形下，是想说给谁听呢？着眼未来，很可能这些活动都会被放在身后的光盘、光碟机和在线档案中。当代公众名人学者和公共知识分子的学术财产，其未来或来生会是怎样的？无论从短期还是长期来看，这是一个"生存状态"的问题，不仅是对法律意义上的财产而言，也是对公众领域、知识分子和学者而言。在当下，在很大程度上，它涉及的是数字档案和多媒体平台。但未来呢？谁知道呢？

---

① 《形而上学的基本概念》是海德格尔 1929—1930 年在弗莱堡大学秋季学期的讲稿，篇幅 30 余万字。——译者注

雅克·德里达的 43 卷讨论班内容不仅以纸质书籍的形式得到出版，还被制成电子文件，或是上述的光盘或光碟或是在线视频片段，可供上网搜索，这样就可能获得重生吗？处于事业中期、特立独行的法国哲学家米歇尔·翁弗雷（1959 年生，比他尊敬的后结构主义学者们小两代），写了 60 本书，他的哲学史讲座被制成 14 组光盘，每组 12 张光碟（2004—2010 年出版）。在该系列的中间部分，每组光盘的最后两张光碟记录下与听众的问答环节。值得一提的是，吉尔·德勒兹的《识字读本》（*Abecedaire*）现有一个系列，含 3 个 DVD 盘（8 小时的电视采访），还有大约 12 个音频光盘，录制的是他讲授斯宾诺莎、莱布尼茨和电影的内容。此外，德勒兹网站（webdeleuze）上还有他讨论班讲稿的摘要，数量庞大。雅克·拉康传奇性的 1973 年电视讲课《心理分析》（*Psychoanalysis*）有法语视频录像带，也有纸质版出售。福柯和乔姆斯基的著名辩论也被制成录像带和纸质图书。除此之外，法国女性出版社早期在"声音图书馆"系列里出版了德里达的《余烬》（*Feu la cendre*）；后来又以 5 部光盘为一系列（或一组 4 盒录音磁带）出版了德里达朗读的《割礼忏悔录》（*Circonfession*），1993 年制作，2006 年配上音乐。除了这些有版权保护的出版物外，还有数不清的德里达做讲演的非法音视频带。还有很多法国理论家的录制品，有音频也有视频，尚未出版，保存在法国广播和电视台（RTF）和国家视听研究所（INA）的档案中，更不用提贝尔纳·皮沃的电视采访秀《阿波斯托夫》（*Apostrophe*）了[①]。人们可以预见未来会有形式各异、包装不同的此类出版物被推向市场。就德里达而言，可以想象，会出现诸如十大有关

104

---

① 贝尔纳·皮沃（Bernard Pivot，1935— ）：法国著名电视文学节目主持人，曾长期在法国电视二台即国家电视台主持每周一次的《文化杂谈》节目。从 40 来岁起，他就开办负有盛名的读书节目《阿波斯托夫》，其法语原意是对人或物突然发出"招呼""告诫"或"提醒"的意思，每周一次，安排在星期五晚 10 点黄金时间播出。从 1975 年到 1990 年的 15 年中，《阿波斯托夫》共计播出 724 次，数千作家及他们的作品亮相银屏，包括杜拉斯、巴特、昆德拉、勒克莱齐奥、拉什迪、纳博科夫、索尔仁尼琴等著名作家。——译者注

文学的最佳讲课，以光盘形式推出；或以 DVD 形式推出德里达论心理
分析的讲座；或是把他后期在各处所做的有关政治、伦理和法律的讲
座，编辑制作成视频文件，供在线播放；或把他对于生命与死亡等西方
二元对立概念的经典解构制作成电子选集，适合电子阅读器阅读。我
的总结是：法国理论有很好的未来，有些可以预见，有些则无法预测。
听到这一消息，反理论家们可能要哭鼻子了。

第七章
雅克·德里达的勃勃生机

　　相对于同时代的哲学家,德里达写出的著作和发表的文章最多,学者们研究他的论著与论文数量也最多。这一名副其实的学术行业,已蓬勃发展了 50 年,未来还将涌现出更多的著述。法国理论在经历了第一阶段的学术研究繁荣之后,第二阶段显示出学术档案的复兴,昭示着未来数十年法国理论研究仍有勃勃生机。德里达自身学术研究的厚重,与他在哲学和写作上的成就相互对应。他 2004 年离世,享年 74 岁,那时就已出版了 70 本书,发表了数百篇文章,还在 50 个国家接受过采访,做过客座讲座,数量庞大。他是世上最杰出的哲学家,也是最常旅行的哲学家。他提出的解构主义哲学内涵丰富,风格独特,为世界瞩目,反而使世人对他的生活缺少关注。

　　但随着《德里达传》①(2010 年法文本出版,2012 年英译本出版)的出版,伯努瓦·皮特斯为我们提供了一本德里达传记;该传记研究深入、涵盖面广、内容翔实、信息量大。从 20 世纪 90 年代开始,当代理论家们开始陆续出版各种传记、自传和回忆录,数量庞大,构成了一个极具特色的后现代现象(Franklin)。这种现象与两个因素相关,一是自

---

　　① 《德里达传》:法国作家伯努瓦·皮特斯(Benoît Peeters)所著的第一本德里达传记,2012 年由英国政体出版社(Polity Press)译为英文出版。——译者注

20世纪80年代开始的公共知识分子的崛起，二是包括出版商在内的媒体对真实生活的渴求，到了无时无刻、迫不及待的程度。诸如福柯、巴特和德里达等法国理论家们的重生，正好坐实了一些事实，与他们身上的光环不尽相符，也给"重生"这个词加上了别样的意味。公共和私人领域遭持续曝光，是后现代主义的特点，也越来越多地将私人生活曝光在公众视野之下。几乎再没有什么是私密的了，社交媒体更是曝光的推手，而德里达传记则见证了以上这些现象。反理论家们鼓吹要批评和理论泯灭自我，专注于经典文本的细读，依他们的观点，近来纷纷出现的为主要的文学和文化知识分子撰写传记、出版自传，尤其是发表其回忆录的情况，把他们抬到明星的地位，这些都表明人文科学的堕落，更遑论大学里和社会上的情况了。学界著名人物的这种"凡人化"带来双重效果：既让他们的生平熠熠生辉，但也因此使他们黯然失色。德里达传记就是如此，既把他称颂为学术明星，也把他描绘成有缺陷的凡人。

106

　　这个传记表明，德里达实际上是工作狂人，四处聚敛，擅长误导。谈论生命这个主题会"冗余过多"，简言之，就是涉及太多。但在写作时，皮特斯试图避免宏大的论点，而更关注贴近事实，保持不偏不倚、不持好恶。这本《德里达传》列入"重要传记"，后者是弗拉马里翁出版社（Flammarion's）出版多年的法语系列，延续至今。《德里达传》记载了德里达的一生，优点很明显，缺点也很独特。尽管该书毁誉参半，但也为学术研究做出了很有价值的贡献。我们期待更多有关法国或其他国家理论家的生平故事陆续面世。

　　皮特斯的这部传记没有围绕德里达的某个主旋律或主要论点展开，而是以无数小型叙事代之。这一系列的碎片式写作，每个大约四页，呈现出全书的表现形式，一场无声的流浪式冒险，其次才是年鉴式的书写。该书并未对德里达的作品做任何概括，对他的学术成就也不再赘言。对他著述的讨论集中在相关的编者和出版社，如果觉得有意思，还会涉及大众和学术界对这些著述的反应。这本传记既非一部思想史，也非圣人言行录，更非生活中的经典汇集。而事实上，它兼顾了德里达的个人生活、职业生涯和学术体制史，展现出学术理论世界内部的方方面面。其写作前提很清晰：传主是位知名人士，叙述中透露出很多幕后实情，也揭示了一些不为人知的秘密。

　　《德里达传》围绕大量真实信息精心编制而成，分为三部分：（1）杰基阶段（1930—1962 年）；（2）德里达阶段（1963—1983 年）；（3）雅克·德里达阶段（1984—2004 年）。第一个分界点是 1962 年，这年德里达出版了自己的第一本书，并将名字由"杰基"改为"德里达"。也在这年，为逃避阿尔及利亚革命，他和家人离开阿尔及尔来到法国尼斯：德里达于是成了游荡于流散中的后殖民臣民。其在阿尔及利亚的家族根源可回溯到 500 年前，早于法国在 19 世纪 30 年代对阿尔及利亚的殖民。第二个分界点是 1983 年，其标志是几件具有重要意义的事件。在巴黎著名的高等师范学院（ENS）任教 20 年后，德里达离开了那里，转到相距不远的巴黎高等社会科学研究学校（École des Hautes Etudes en Sciences Sociales），一教就又是 20 年。国际哲学公学院（Collège International de Philosophie，CIPh）选址并把总部设在巴黎，德里达是创始人之一和首席执导，这座反正统高校如今仍熠熠生辉。同在 1983 年，与他一同研究解构主义的挚友兼同事，比利时裔美国学者保罗·德·曼因癌症离世。约同一时期，德里达也已成为一位重要的公众人物，缘由是他此前遭无端指控持有毒品，在苏联时期的布拉格遭到逮捕、拘留并随后被释放。法国政府最高层和媒体都牵涉其中。德里达的形象充斥着各类报纸、杂志，还有电视。在此之前，德里达是拒绝出镜的，这或许很难让人相信。而在此之后，他就是个社会名人了。

　　根据《德里达传》的披露，德里达是一名民主社会主义人士，对苏联暗含不满，而对阿尔及利亚的独立力量持同情态度。然而，他却对当代西方政治十分谨慎，保持沉默，直到 20 世纪 90 年代他才抛头露面，对后冷战时期洋洋得意的自由市场资本主义和美式帝国主义展开毫不含糊的批判。德里达早期和后期的思想导师主要是海德格尔，而后者曾对自己的纳粹历史三缄其口,故而为人所不齿,因此德里达本人的政治态度长期以来也一直受到外界质疑,这也无可厚非。然而,1987 年《纽约时报》披露二战时期年轻的保罗·德·曼在刊物上发表反犹文章,消息一出,学界震惊,由此使解构主义和德里达的政治态度成为公众议题。在所有这些政治事件背后,深藏着德里达长期闭口不谈的儿时记忆,即自己是西班牙裔犹太人,长于阿尔及利亚。由于维希政府①的反犹政令,他在 12 岁时就遭学校断然退学。这不仅给他个人造成心理创伤,也成为耻辱的标记。于是家人将他送进一所犹太学校,但他在那里很不开心。据德里达自己的说法,他后来对所有强制的社群、教义和权威都一直保持谨慎的态度,不管其形式如何。我想,这可以解释贯穿在他政治态度和哲学思想中的政治倾向,即使不是鼓吹自由,也是鼓动抵抗律法。

　　关于德里达的政治态度,《德里达传》透露了很多另外的细节,使我们对法国后结构主义有了新的理解。例如,20 世纪 70 年代初期,他的政治态度与《泰凯尔》杂志②及该杂志两位著名编辑菲利普·索莱尔斯(Philippe Sollers)和茱莉亚·克里斯蒂娃(Julia Kristeva)相背离。德里达在法国哲学教育研究组(Groupe de Recherches sur l'Enseignement Philosophique)中担任领导角色,在 20 世纪 70 年代尤为活跃,这源于他对瓦雷利·吉斯卡尔·德斯坦总统③的某些国家教育政策持批评态度,因其带有右翼色彩。他在 20 世纪 80 年代与他人一起负责国际哲学公学院(CIPh)的组织和领导工作,因为受到新当选

108

---

　　①　维希政权是第二次世界大战期间纳粹德国占领法国时建立的傀儡政府。1940 年 6 月德国占领巴黎后,以贝当为首的法国政府向德国投降,1940 年 7 月傀儡政府迁至法国中部城市维希(Vichy),故名。——译者注

　　②　《泰凯尔》杂志(*Tel Quel*,或译《如是》)是法国激进的左翼文化杂志,由菲利普·索莱尔斯创刊于 1960 年,终于 1982 年,培养和造就了一大批重要的思想家、理论家、批评家、文学家、艺术家乃至科学家,影响了当时和之后的法国及至欧洲文化的发展,是 20 世纪后半叶法国重要的文化现象。——译者注

　　③　吉斯卡尔·德斯坦(Valéry Giscard d'Estaing, 1926—):曾任法国总统(1974—1981),2003 年当选为法兰西学院院士。——译者注

的社会党总统弗朗索瓦·密特朗①领导的政府的鼓励。密特朗政府也促成德里达从布拉格的监狱中获释。扬-胡斯教育基金会（Jan-Hus Educational Foundation）②赞助了他在布拉格的短期讲学访问，该国际基金会1980年成立于牛津大学，德里达赞同该基金会广泛的反苏运动，目的是支持"地下出版物（俄文 samizdat）"。传记中对德里达政治态度披露更多的是一封私人信件，单行写成，未公开发表，共19页，写于1961年4月27日，收信人是皮埃尔·诺拉（Pierre Nora），后者是一位史学家，《阿尔及利亚的法国人》（*Les Français d'Algérie*）（1961年出版）一书的作者。德里达以一名有自我意识的法裔阿尔及利亚人的口吻，驳斥了诺拉的许多概括性的说法，主张阿尔及利亚的未来应该是后殖民时代多元文化社会。这封信措辞谨慎，立场鲜明，一直没有公开，直到20世纪90年代阿尔及利亚发生动乱，德里达才公开为祖国发声。有人认为后期德里达与早期不同，这种看法颇有争议，但这封信的内容证实了这个观点。尽管下面这一点为皮特斯所忽略，却值得一提，即只有少数法国杰出的男性理论家能在各种场合公开支持女性主义、反对种族主义、维护移民权利、声援其他新潮的社会运动，德里达则是其中之一。

皮特斯绕开了发生于20世纪80年代英语国家中的文化战争，时逢英国撒切尔夫人、美国里根总统执政，法国理论和解构主义正受到来自保守派的谴责，1987年这个战争体现在保罗·德·曼事件上。上述攻击迫使德里达走进公众视线，走入主流媒体。并非偶然的是，这一时期的主流媒体，在新闻周期缩短、新闻出口猛增的背景下，正越来越多地采纳画报风格，哗众取宠。在20世纪末，学术界诸如德里达这样的

---

① 弗朗索瓦·密特朗（François Mitterrand，1916—1996）：曾任法国总统（1981—1995）。——译者注

② 该基金会由一批牛津大学哲学家成立于1980年5月。苏联时期，该基金会在捷克斯洛伐克设有地下网络，其活动包括组织哲学研讨会，非法输入书籍，安排西方学者讲座等。——译者注

重要学者和理论家向公共知识分子和名人转变，开始时常常是出于
反抗。

德里达一生中长期与法国教育机构保持关系，但这种关系一直令　109
他不胜其烦。除了早期遭退学，青春期在犹太学校就学经历坎坷，《德
里达传》还列出了很多其他辛酸的情况。19 岁时，德里达第一次离开
阿尔及利亚，进入巴黎路易大帝高中（Louis-le-Grand Lyceé）学习，准备
巴黎高等师范学院的入学考试，但这所著名的预备学校在他第三次考
试时才让他通过，就读三年后才终于放他毕业。皮特斯认为，这是个人
创造性和教育体制规范之间的矛盾，当时如此，现在也是这样：德里达
的天性就不适合循规蹈矩地经受体制教育，尽管在公开场合他对教育
体制表示服从。讽刺的是，他在巴黎高等师范学院的工作只是一般的
"凯门鳄"，与法裔阿尔及利亚的"凯门鳄"同事们和终生好友路易·阿
尔都塞一样，都是为学生参加哲学教师资格考试做准备[1]，以便他们能
够通过指定的写作和口语严格考试。《德里达传》低调处理了德里达和
阿尔都塞间的紧张关系——前者是非共产主义者，后者却是坚定的共
产党员——而着重凸显两人长期的亲密私交。但对两位哲学家的追随
者们而言，情况却并非如此，这一点在书中只是隐约涉及。学术阵营壁
垒分明，巴黎高等师范学院如此，其他地方也是如此，包括美国和英国，
对马克思主义经常直截了当归结到"接受"还是"不接受"，至今仍然是
批评家与理论家划分阵营的分界线。

传记中讲述的德里达与法国教育机构间的其他令人恼怒的故事，
都发生在这之后。比如，1980 年德里达被提名接替楠泰尔大学
（Nanterre University）即将退休的保罗·利科，经历了严格的审查，最
终却遭到拒绝。对于提名他一开始是拒绝的，但利科是他早年在索邦
大学的上级教授，说服了他。候选人的身份促使他提交成果，并在由著

---

　　[1]　哲学教师资格考试：一种法国公务员考试，其学位是法国学术界最高学位之
一，通过者即获得在法国所有公立学校任教的资格。"凯门鳄"即辅导教师。——译
者注

名哲学家组成的评审团和大批公众面前成功地进行了答辩，以便接着完成国家博士学位，但接下来发生的事情却令他十分窘迫。最后剩下的唯一一关是国家高等院校理事会（Conseil Supérieur des Corps Universitaires）的面试，过程中理事会的几名成员——不无讥讽地——大声读出他论著中的一些段落。彼时德里达已经出版 10 部著作。结果只有一人投了赞成票。这一职位最终落在乔治·拉比卡（Georges Labica）身上，一位名不见经传之人。德里达深感屈辱，十分愤慨。而击倒他的最后一击是 10 年之后，他的朋友皮埃尔·布尔迪厄和支持者伊夫·博纳富瓦（Yvves Bonnefoy），两人都是法兰西学院院士，在德里达竞选进入这所最知名的学院时，却没有给予帮助，克劳德·列维-斯特劳斯、米歇尔·福柯、罗兰·巴特那几年都在此处任过院士。皮特斯采访过哲学家多米尼克·勒古（Dominique Lecourt），谈及德里达是法国冉冉升起的学术新星，他在传记中引用勒古之言："那时，他的才智，他的格格不入，他的固执己见，让很多同行都厌恶他。"（401 - 402；引文为我的翻译）

在法国以外的大学，德里达的运气要好得多。尽管法国理论在国内广遭怀疑，但它从 20 世纪 70 年代开始走向世界。从 1968 年开始，德里达教授内容紧凑、每年一次的讨论班，时间持续三到四周。他一开始在约翰斯·霍普金斯大学开讨论班，后来是耶鲁大学，以及加州大学尔湾分校。早期由于他害怕坐飞机，美国学生就飞到巴黎来，参加德里达的短期海外研讨班，作为国内学习的补充，组织者是约翰斯·霍普金斯大学、耶鲁大学和康奈尔大学。20 世纪 80 年代，德里达开始频繁旅行，在世界各地发表讲演，成了一个真正的理论使者，足迹遍布全球。1992 年至 2003 年，此时的德里达已经是世界公认的学术名人，经常在纽约社会研究新学院、卡多佐法学院和纽约大学讲课。不容忽视的是，从 20 世纪 80 年代后期，他开始用英语授课，受众也从追随者和有限的固定听众扩大到更多人。

但他在国外大学的讲演也并非一帆风顺，传记中描述了几个曲折事件。除了保罗·德·曼事件外,另一十分高调的事件是1992年5月发生的那场国际性运动,参与者主要是一些哲学家,反对剑桥大学授予德里达荣誉博士学位。德国《明镜周刊》(*Der Spiegel*)称德里达的思想为"年轻人的毒药";22位教授联合署名给德里达的公开信,刊登在伦敦《泰晤士报》上,称他是虚无主义者和达达主义者,闹得沸沸扬扬。《德里达传》对以上两段文字都加以引用。20世纪70年代以来,德里达就是人文学者中招惹是非的人。1992年5月中旬,剑桥大学就是否授予德里达荣誉博士学位进行投票表决,结果336票赞成,204票反对。授予荣誉博士学位竟有如此多的反对票,不禁让人觉得尴尬。后来2004年在加州大学尔湾分校又发生了一件事,与德里达的档案有关。20世纪90年代初德里达给尔湾分校的理论特别藏书留下自己的书籍,但他后来出于愤怒,决定不再继续扩充,使得1996年至2004年期间的赠书是个空白。德里达离世后,这件事发酵成一桩不光彩的诉讼案,加州大学尔湾分校控告德里达的家人,但2007年又撤回了指控。皮特斯本该知晓,留下的空档后来被翔实的德里达文献档案所弥补,这些档案收藏在卡昂①附近的当代出版回忆录研究所(L'Institut Mémoires de l'Édition Contemporaine)中,该研究所中还存放了很多相关的文献,比如有关哲学家阿尔都塞和福柯的文献,有关国际哲学公学院和《泰凯尔》杂志的文献。迫于压力,德里达最终在极度紧张和烦闷的情况下回到了"祖国"。这只是学术档案的一个案例。

　　德里达在哲学上与他人产生大大小小的争端,通常都会在一段时间之后与争执者重修于好——比如,与福柯、布尔迪厄以及尤尔根·哈贝马斯(Jürgen Habermas)——此类情况伴随着他的一生,既反映了德里达不断扩大的学界联系,也表明了他在理论界的争议点。在这方面,皮特斯从他自身民粹主义的凡人视角出发,在《德里达传》里不时把文人们的世界显示为一种精英式的亚文化。德里达比福柯年轻五岁,在

111

————————

　　①　卡昂(Caen),又译冈城,法国北部城市。——译者注

巴黎高等师范学院就学时是福柯的学生。他在巴黎的第一篇学术讲演——地点在索邦大学——是一个犀利的解构主义分析，时间是1962年，评析的对象是福柯的《疯癫与文明：理性时代的疯癫史》（*Folie et déraison：Histoire de la folie à l'âge classique*）（1961年出版）。福柯也坐在下面听了这场讲演。他发现讲演很有洞察力，在被人引用的几封信件中向德里达表示祝贺，鼓励他将其正式发表。五年后，两人都是重要杂志《批评》（*Critique*）的编辑部成员，就一篇书评里的一段话争论不休，这篇书评赞扬了德里达当时对福柯的批评，虽然只是一笔带过。这件事过去五年后，德里达当年的那篇演讲在日本刊出，福柯写了一篇批评性回应。同年即1972年，福柯又写了对德里达的第二次回应，此文语气强硬，口气轻蔑，极富争议，且作为《疯癫与文明：理性时代的疯癫史》的再版附录出版。他还把该书签名送给德里达。自那以后，这两位哲学家10年中再无交流。但德里达在布拉格被捕时，福柯却为他申辩，对他表示强烈支持。之后不久，福柯邀请德里达和他的妻子玛格丽特·德里达（Marguerite Derrida）到他的住所，参加一场聚会，欢迎一位来访的美国教授。最终这两位哲学家重修旧好，但他们的很多追随者们却并未达成和解。

对追随法国理论的英美学者而言，德里达和福柯两人的争吵在这些学者间产生了长期的分歧。从20世纪80年代以来，福柯和德里达的追随者们就视对方为对手。皮特斯和其他传记作者一样，一般不会着墨理论纷争，但对于俗称为"话语"与"文本性"之间的对垒，对于文化批判和解构细读间的对抗，对于爱德华·萨义德和保罗·德·曼以及两人学生间壁垒分明的论战，论战的参与者们至今仍然记忆犹新。

同样，德里达与布尔迪厄的关系也是曲曲折折。一开始俩人是好朋友，然后争吵，最终又重修旧好。俩人生于同一年，都不属于巴黎小资圈，后来又一同就读于巴黎路易大帝高中和高等师范学院。此外，俩人还在阿尔及利亚的同一地区服兵役，每周会在一起吃次饭。皮特斯做了很多功课，为德里达的早期生活提供了很多细节。兵役期刚结束，

112

布尔迪厄就抛下哲学,转向人类学研究,最后又一次转向,转到社会学这个彼时在法国不受重视的学科。为了突出社会学,他越来越多地批评哲学,尤其是海德格尔的哲学思想。20 世纪 70 年代期间,他在自己写的那部有关海德格尔的书中,批评了德里达的哲学思想,在他几十本著述中最著名的《区分:判断力的社会批判》(*La Distinction*, 1979)的结尾处这种批评尤其尖锐。1988 年春,《解放报》(*Libération*)①就海德格尔的思想对布尔迪厄进行了一次采访,见报后令双方的敌意达到高潮;一周后,德里达做出了措辞尖锐的回复。皮特斯令人信服地描述了这场论战产生的后果,不仅表现在同辈间的竞赛和相互超越方面,还表现在法国学科间的高低之分方面。哲学高傲地自视为所有学科之首,派头十足,对论战的可接受性和有效性摆出一副仲裁者模样,自然引起别人的怒火,尤其是像布尔迪厄这样的社会科学家,福柯也对此大为光火。尽管如此,从 20 世纪 90 年代开始,布尔迪厄和德里达最终还是在一系列事件中联起手来,比如筹建国际作家协会(Parlement International des Écrivains),争取德里达进入法兰西学院的竞选活动,还有联手反抗洋洋得意的盎格鲁-撒克逊新自由主义,以支持不断受到攻击的福利国家制度,后者是欧洲和英语国家的理论家们广泛认同的共同事业,曾长期为此奋斗。

随着盎格鲁圈的文化研究和新历史主义在 20 世纪 80 和 90 年代崭露头角——皮特斯忽视了体制内的这个学术转变——社会学变成一门显学,这就为布尔迪厄开创性的文化社会学提供了一展身手之地。同一时期,德里达的影响也超出了耶鲁解构学派,传播得更广(但自从德·曼丑闻后就变得毁誉参半),最显著的影响见于女性主义、后殖民主义研究以及酷儿理论。但时至今日,解构主义和文化研究,还有新历史主义,都仍然相互怀疑、互不信任。以上这些变化昭示和见证了 20

113

---

① 《解放报》:法国全国性大报,最大的左翼报纸,创建于 1973 年,读者群主要为知识分子、高级行政人员和大学生。该报同时还在比利时、瑞士等法语国家发行。——译者注

世纪末理论和批评领域的混乱,《德里达传》的范围十分有限,对此未加描述,但这种混乱在今日学术界已经非常明显。

随着工作中的挑战越来越大,德里达越来越多地按照非友即敌的原则,快速表明观点。他的拥护者们也经常这么做。这时的德里达有时表现得偏执且草率。他的支持者们、朋友和家人都说他有这种处事模式。比如,他主动疏远他作品最早的英译者佳亚特里·C.斯皮瓦克,后者是他早期的支持者、德·曼的学生,因为在德里达看来,在德·曼遭受丑闻打击时她并没有给予充分的支持。同时期他还与哈罗德·布鲁姆发生争论。被德里达轻率地列入敌人名单中的,还有很多诸如此类的著名知识分子和学术机构。《德里达传》作者皮特斯认为,德里达对朋友毫无保留忠诚信任,相比之下,他对对手的轻率做法不足为道。但这个说法显然有失公允,他经常无法不去偏袒德里达。对此更好的解释是,与文化战争中媒体论争的铺天盖地联系起来,那个时期容不得去做细致思考,讲究繁文缛节,或费尽口舌进行学术对话。

《德里达传》向公众披露了很多个人的私事,比如德里达的健康状况,这方面情况他几乎全盘托出。成年后德里达身体一直很健康,尽管忧郁不时会发作,有时发展成抑郁,此外,还伴有臆想症和死亡恐惧倾向。在巴黎路易大帝高中和高等师范学院就读时,他患有很严重的考试焦虑和失眠,可能还想过自杀,曾依赖过安眠药和兴奋药。那些年他靠某种特殊的饮食方式生活下去。事业开始后五年里,他不能忍受坐飞机。但贯穿他50年学术生涯最突出的事,就是他从未停止抱怨工作过度、筋疲力尽、没有时间阅读和写作。很明显,德里达是个有强迫症的工作狂,我们似乎能得出这个结论。皮特斯在《德里达传》简短的序言中说德里达是个“脆弱而饱受折磨的人”,但传记中的内容并不支持这一说法。至多他有时会抱怨,且这些抱怨并非没有道理,但毫无疑问,他著作等身,满世界旅行,似乎说明他的身体显然并不虚弱。知识界的大腕们著述超凡,似乎都是学术超人,成为今日的一道风景。而在这方面,德里达是这些大腕的领头人。

　　尽管皮特斯的记述绝非心理传记，但他确实提供了大量涉及德里达家庭、近亲好友、个人性格的背景，只是没有给出详细的解释或评价。德里达的父亲四处奔波销售饮料，工作很辛苦，赚得却很少。青少年时期，德里达就开始同情父亲工作的不易。后来却证明，在德里达完成巴黎高等师范学院的学业，在美国待了一年后，给他安排在阿尔及利亚一所学校给法国驻军孩子上课的人，就是他父亲。彼时，德里达是法国军队成员（依他的要求不穿军服），驻扎在阿尔及利亚交战区的边缘。书中提到他母亲的地方很少，她是传统的家庭妇女，但德里达最好的自传作品《割礼忏悔录》(*Circonfession*，1991)不无伤感地记下了她生命最后两年的情况：最后一年里先是中风，后因阿尔茨海默病离世。有关德里达的哥哥和妹妹并没有多少提及，尽管俩人都接受过采访。然而，弟弟诺伯特(Norbert，1938—1940)的早逝，却一直伴随在他的记忆中。弟弟和父亲的照片摆在德里达案桌显眼的位置，似乎是一种终生的哀悼，这也是他后来经常提及的主题。德里达一生中，每个夏天都要和自己的大家庭一起去度假，由此我们可以推断，家庭对于德里达而言很重要，尽管他自己并没有在作品中正面提及这一点。

　　关于德里达的妻子和孩子们，我们只得到很有限的信息。他妻子比他小两岁，名字叫玛格丽特·奥库蒂里耶(Marguerite Aucouturier)，娘家在捷克斯洛伐克，是天主教徒，她与德里达在巴黎高等师范学院相遇。1956—1957年两人交换到哈佛大学，在那里度过了一学年。因担心德里达秋季要去阿尔及利亚服兵役两人会因此而分离，1957年6月他们在马萨诸塞州结了婚。两人似乎都不太看重正式的婚姻仪式。玛格丽特是位译员，通过翻译俄语和英语挣钱，从20世纪70年代开始做儿童心理分析师，她喜欢梅兰妮·克莱因[1]，也翻译她的作品。皮特斯在此处一反常态，写得十分模糊，这一点并不奇怪，因为他需要玛格丽

————————

　　[1]　梅兰妮·克莱因(Melanie Klein，1882—1960)：奥地利裔英国心理分析师，曾提出一套儿童心理治疗方法，尤其是"客体关系理论"(object-relations theory)，影响到儿童心理学和当代心理分析。——译者注

115　特·德里达与他合作，而且在《德里达传》的致谢中，他提及曾多次采访玛格丽特，通过她得到了很多有关德里达和其他方面的资料档案。凭借这些，伯努瓦·皮特斯的《德里达传》可以被视为一本权威的传记，书中交织着德里达的朋友、家人、追随者提供的情况，也包括偶尔简略地提及他的敌人。广阔的理论世界始终存在于书中，但又处于重点之外的边缘地带。

　　剩下的直系亲属，就是他的两个儿子了，皮埃尔·德里达和让·德里达(Pierre and Jean Derrida)，两人都是在20世纪60年代中期出生，只相差几岁。他们都曾在巴黎高等师范学院完成各自的哲学学习，也都出版了第一本书：皮埃尔·阿尔弗雷(Pierre Alféri)写了《奇特者奥卡姆的威廉》(*Guillaume d'Ockham*, *le singulier*, 1989)，让·德里达写了《身体的起源(普罗丁,普罗提乌斯,达马尤斯)》[*La Naissance du corps* (*Plotin*, *Protius*, *Damascius*), 2010]。大儿子如今是一名作家，因不愿与父亲相争，就改了名，据我们所知，德里达一开始对儿子改名并不很高兴。随着皮特斯记述的深入，他暗示玛格丽特始终支持着她的丈夫，一起同甘共苦，承担着传统妻子的责任，即使老雅克走入迷途时也仍是如此。

　　德里达与哲学家西尔维娅·阿加辛斯基(Sylviana Agacinski)(生于1945年)保持了长达12年的情人关系。后者比他小一代，1984年生下俩人的儿子丹尼尔，同年关系结束。数年后，阿加辛斯基与利昂内尔·若斯潘(Lionel Jospin)相恋并成婚，共同抚养丹尼尔。2001—2002年若斯潘竞选法国总统时，法国媒体公开了德里达和阿加辛斯基往日的情史，使德里达一度非常恐慌。他一直试图掩盖这段婚外韵事，从不与任何人谈起。正如他一本书的标题所示，德里达喜欢有秘密，并把其视为民主的关键特征，以此反抗极权主义、媒体和国家安全部门所追求的那种全知全悉。皮特斯猜测，德里达给阿加辛斯基寄过一千封左右的信件，可能在未来某天，这些信件都会进入社会档案中。阿加辛斯基没有让别人采访过，但的确证实过生活事件的发生时间。同父异母的兄弟丹尼尔没有受邀参加父亲的葬礼,皮埃尔对他的缺席感到不快。德里达去世后举行了私人世俗葬礼,墓地位于巴黎郊区的里奥朗吉,1968 年起他的家族在这里留有家族墓地。对丹尼尔·阿加辛斯基而言,他从未正式与自己的生父见过面,但在 2007 年也获得了巴黎高等师范学院的哲学硕士学位。事实上,玛格丽特·德里达曾建议丈夫正式承认丹尼尔是自己的孩子,而在 1986 年,德里达也确实很隐秘地这么做了。在一次采访中,皮埃尔曾坦诚地评价自己的父亲:"我父亲骨子里就是这样,对待大多数的事情表现得大胆开放,但无论他多么开放,身上还是带有非常传统的东西,对这些传统陈旧的成分,我们是不能公开讨论的。"(580)很明显,德里达还有其他一些婚外隐情,《德里达传》中做过暗示,未予明写。于是我们只能猜想,德里达或许是反对一夫一妻制的。用皮特斯一反常态的大胆用词来说,德里达"一生都是个大骗子",一个能够"信誓旦旦却脚踏无数条船"的人(516)。

　　《德里达传》的 32 章中,有一章非常突出。该章题为"60 岁的哲学家画像",原先按照时间顺序的叙述突然中止,开始全面地描绘德里达的人物肖像。经过之前 25 章洋洋洒洒 500 页的铺垫,该章对德里达的种种行为特征、怪癖之处和乖张的个性特点做了概括性描述,风格近似通俗的伟人传记。例如,此处的德里达开车鲁莽,对钱很随意,喜欢在海里游泳,特别爱看电视,溺爱孩子,爱吃妻子的醋,迷信,还有恐惧症。他非常守时,也希望别人一样守时。事业早期(在此之前并非如此)他有些好打扮,讲究外表。一位熟人描述他的这种品质是"明晃晃的自恋"。1986 年他买了第一台电脑,一台苹果机,孩子们教会他使用,那时德里达的名声已经很大了,冗长的句式和咬文嚼字构成他的书信体风格,而使用电脑让这种写作几乎不可能;他越来越依赖电话交流。毫无疑问,他发现越来越难以应付别人的推荐信要求、项目截止日期、收到的赠书、各种邀请等。他从未有过正式的秘书或助手。尽管他敲击电脑键盘的速度极快,但仍倾向于手写初稿。他的字迹几乎到无法辨认的地步,所以传记中 70 张照片里只有 2 张拍的是他的书稿手迹,一

116

张早期，一张晚期。从私人日记中我们得知，德里达为自己的阿尔及利亚口音感到烦恼。无论德里达是不是传记中描述的那个样子，他只是个凡人，有缺点和怪癖，也有自己的习性，包括杂乱的笔迹和地方鼻音。

117
　　尽管斯人已去，但《德里达传》的中心主题是"太多"：德里达是个太过、太多、太极端的人。这一特性也体现在他的学术文章中，通常打印出来都超过 100 页，还体现在他的讲座上，通常都持续 2 小时甚至更久，埋头读稿，中间不间断，很少与听众有眼神交流，这也许是他最为人诟病之处。简言之，书写得太多，文章是正常长度的三倍，马拉松似的讲座，旅行过于频繁，数不清的关系要维持，让别人等待回复的情况不计其数，还有持续的过度工作。数十年来，这种过度有增无减。值得回顾的是，德里达在 1967 年通过以下三本书开始了自己的职业生涯：《声音与现象》（*La Voix et le Phénomène*）、《论文字学》（*De la gramnatologie*）、《书写与差异》（*L'Écriture et La différence*），而不是通常情况下的一本或两本。1972 年他又出版三部著作：《论播撒》（*La Dissémination*）、《哲学的边缘》（*Marges—de la philosophie*）、《多重立场》（*Positions*），再次表现了这种过度。回顾德里达，这种过度实际上是他的风范。在他的生活和工作中，过度是一个主题，有着丰富的表现，结束了人们视哲学为休闲活动的狭隘印象，这一点却仍然未得到充分的研究。

　　《德里达传》第一章的标题是"尼格斯"，是德里达小的时候家人对他的爱称：那时他的皮肤黝黑，尤其是在晒了太阳之后，几乎像黑人一样。从一开始，皮特斯就将德里达描绘成一个局外人，比如把他比作埃塞俄比亚皇族（尼格斯），此类的描述很不起眼，却很有说服力。但对于其中暗含的非洲主题，皮特斯却未做评价；对于外人主题，评论也很少。涉及德里达，他坚持如下的原则，即在大量采访和广泛查阅历史档案的基础上寻找真正的事实，而极少做宽泛的猜测和一般评价。他极少冒险去做缺少凭据的判断，若果真这么做了，那也是出于自己的喜好而非有意出错。例如，在第一部分结尾时，他就冒险写道："阿尔及利亚战争不仅给德里达带来家庭和个人的创伤，也成为他所有政治见解的一个来源。"(157)这里的问题不是猜测本身，而是类似这种暗示性的观察和推断几乎就没有出现过。在这部厚重的传记中，细节描述与抽象概括不成比例。这本书有时读上去就像在读法庭文件，偷偷避开批评家和对手可能的反驳。

皮特斯偶尔为他的传主辩护，偶尔也有过批评，但这么做的次数极少，方式也很温和，只是一笔带过。书中有这种特殊的情况。比如，20世纪 80 年代中期，对于德里达的文本中越来越多的神秘主义和不可读性，法国知识分子的抱怨越来越多，皮特斯引用了一家小杂志社一位不知名的评论家的话作为回复，为德里达辩护，而这家杂志社后来很快就倒闭了[凯瑟琳·大卫(Catherine David)1986 年 5 月发表在《另类杂志》(*L'Autre Journal*)上的评论]。在我们这个注意力缺失紊乱、阅读三心二意的时代，这位评论家为德里达过度的文本细读做辩护，皮特斯对此表示赞同，但他表明态度的方式也很委婉。最后一章接近结尾时，皮特斯破天荒地表达了他对德里达一部作品的个人态度："《最终学会如何生活》(*Apprendre à vivre enfin*, 2005)文本华丽透彻，也许是阅读他全部作品最好的入门之作。"(655)对德里达，这是他第一次给出坚定的个人评价，充满着热忱，尽管作品并不是什么大作。在一处脚注中，皮特斯多方核对后纠正了德里达记忆中的一个小错误，他引用了德里达 20 多年前写的一封信做证明。如果没有这么做，这本有 1 300 多条脚注的书中就缺乏对德里达的纠正了。德·曼在二战时发表的那篇文章涉及反犹主义，导致他本人声名狼藉，而德里达最终了解并承认了德·曼的反犹思想，皮特斯对此虽加以批判，但语气十分温和："德·曼的文章并没有阻止德里达带着某些过分的独创性和大度，对其进行'文本细读'。"(484)他用了"某些"这个词。要是你想从这本传记中找到意识形态批评和文化批判，那你可就找错地方了。

伯努瓦·皮特斯所著《德里达传》，调研广泛，关注点集中，受过教育的非专业读者很容易理解。书中叙述了德里达生活中发生过的大

118

事，以及数不清的细枝末节，没有故弄玄虚，也没有理想化或有意贬低。书中的德里达就是一个普通人，而不是某个代表性人物、某个典范或天生的英雄。作为旁观者，皮特斯表现出公正的态度，不偏不倚，不置褒贬，也不说教。对于他的这种节制，读者或许该心存感激。皮特斯也没有去刻意寻找德里达的身份主题、内心世界或灵魂。非也。他对德里达的主要兴趣有两个，一个是后者漫长而丰富的职业生活，另一个是从德里达的视角出发，观察各种学术机构及其生活百态。对于德里达的哲学，或针对这种哲学的阐释，皮特斯表示出极少的兴趣。当然，无论是德里达的哲学还是对其的解读，已经汗牛充栋，在皮特斯看来，无疑已经够多了。

然而，对于人们想了解的某些德里达的生活和学术圈，皮特斯却并未细探，不免让人感到遗憾。尽管对于德里达的家庭生活，他做出了一些简略的描述，他却忽略了诸如家庭的经济来源这一块。他变得和德里达一样，不谈传主的个人理财或是财富：这一块内容仍然还是个人私密。德里达究竟有过阶级意识吗？我猜测是有的。他的作品卖得好吗？很明显，除了渐渐逼近并超越 10 万销量的《论文字学》(*De la grammatologie*)，其他书的销量并不高。关于德里达的宗教信仰也语焉不详。从 20 世纪 70 年代开始，解构主义已经传到国外，德里达也成了世界人物，在解构主义学术圈内外都圈粉无数。由于皮特斯跳出个人意识，以巴黎大都市的视角来记述德里达，所以他只提及德里达的法国伙伴，偶尔提及他在盎格鲁圈的伙伴，都是最不起眼的人物，而且是一笔带过。此外，皮特斯还把这些人当成颇有影响的人物，而不是德里达的学界同仁。

约翰·厄普代克(John Updike)曾打趣说，传记是"带索引的小说"。皮特斯写的《德里达传》，更像是一系列数量庞大的新闻报道，只是没有概念索引，且隐藏起共鸣，遮蔽了生动性。皮特斯是位小说家、连环漫画作者、文化批评家，处于职业盛期，转而用这种方式写作传记，不免让人感到很奇怪。《德里达传》中只有一次诙谐的记述，而且不是有意为之。德里达的妻子玛格丽特接受皮特斯的采访，如此描绘了自己丈夫好妒忌的性格："一找不到我的时候，他就会不开心。每时每刻，他都要知道我在哪里，做了什么，和谁在一起。但如果是我不幸地问了他类似的问题，他就会回道：'哈，总是这种互惠关系。'"(518)①

　　事实证明，雅克·德里达有囤积癖。他收藏了从青少年时期开始，贯穿他整个生命历程的每一张纸片，其中包括数不清的信件，经过批改的学校作业，他的个人笔记本，作业草稿，研讨班讲稿，还有关于他的各类文字，比如评论、报纸新闻以及学术文献。伯努瓦·皮特斯参考了这些材料，采访了大约 100 人，并核实了音频和视频磁带。《与德里达在一起的三年：一位传记作家的手记》(*Trois ans avec Derrida：Les Carnets d'un biographe*)是一个编外项目，写作节奏快，与弗拉马里翁出版社的《德里达传》同时出版，他在其中解释了对这些资料的沉浸过程。并非偶然的是，德里达著述的主要出版社加利里出版社也在 2008 年宣布，将出版德里达 1960 年到 2003 年期间每年在研讨班的授课内容，共 40 多卷。理论复兴的一个显著特点就是这种对档案资料的回归。另一个理论复兴的特征，就是近几十年来大量出现的名人风格传记、自传以及回忆录。通过《德里达传》中的披露，可知在研讨班内容之外，未来还有大量他的出版物会面世。在这波出版浪潮中，面世的将会是信件、笔记本以及磁带。几乎可以肯定，其他主要的法国理论家们也会受到类似对待。

---

　　①　德里达专门关注过"友谊"这个话题，发表过论文《友谊政治学》(*Politics of Friendship*，1994)，其中论及友谊的发展经历过两次重要的断裂，第一次发生于古希腊罗马模式衰败之时，该模式的特征就是价值的"互惠"(reciprocity)。——译者注

第八章
再探后现代主义

在 21 世纪的第二个十年，又看到诸多与后现代主义相关的图书和文章面世，对于这点，我很惊讶。詹明信所著《后现代主义，或晚期资本主义的文化逻辑》（*Postmodernism, or the Cultural Logic of Late Capitalism*，1991）的出版具有划时代意义，标志着后现代主义在 20 世纪 90 年代达到高潮；在这之后，对这一话题的兴趣就逐渐消退，却在今日再次焕发出生机。这是一个有关生存状态的问题。① 这种回归使我疑惑：后现代主义的理论中，哪些还活着，哪些又已死去？

早前对"早期"和"后期"后现代主义的划分，如今已显得十分落伍和粗糙。奇怪的是，近来很多论述后现代主义的著述，很好地将这一时代做了时间上的划分，虽然都没有明确说明。我在本章中，不仅认为我们当下仍处在后现代时代，还看不见它的终点，还认为我们有必要把这个时代的各个阶段进一步划分清楚，使其显得更明了、更连贯、更有用。

一直以来，"后现代"这个词都以三种各不相同但相互重叠的方式出现——作为一种风格，作为一种哲学或思潮，以及作为一个阶段。常

---

① "生存状态"（survivance）是晚年德里达借用的一个概念，意指介于死亡与生命之间的生存状态。得知自己身患癌症后，他一直思考的问题就是死亡与生命。2004 年 8 月 19 日他在《世界报》撰文，将写作称为"生存式写作"（écriture de la survivance）。——译者注

常见到大家讨论后现代建筑、绘画或菜肴,用一连串鲜明的体裁特征加以说明。后现代建筑的标准特征是拼盘,后现代绘画的标准特征是挪用,后现代菜肴的标准特征是大杂烩。历史的重组和融合是其基本的文化模式。但对哲学家而言,后现代主义即代表法国后结构主义,主要是让·鲍德里亚、吉尔·德勒兹、雅克·德里达、米歇尔·福柯、茱莉亚·克里斯蒂娃和让·弗朗索瓦·利奥塔的作品,特别强调现实的蜕变,转变为意象、漂浮的能指和仿真,通过越来越广的媒体荧幕和镜头而得到广泛传播。对文化批评家而言,他们将后现代主义解读为一个阶段,从 20 世纪 60 年代、70 年代或 80 年代一直延续到当下(或解读为到 20 世纪 90 年代结束),带有显著特征,诸如传统高/低文化差异变得明显含糊,学科冲破自足而相互渗透,无数新的社会思潮如雨后春笋般出现,以及自由经济思想在全球范围的传播。就后一种情况而言,后现代时期描绘了一种折中的后工业化时代,表现为多元主义与整体的分解、杂糅与融合,毫不意外,也伴随有怀旧、回潮和反拨。随着詹明信对此的宽泛理解为人广泛接受之后,阶段这个概念便一直涵盖了后现代风格和后现代哲学。"后现代性"这个术语被作为"后现代主义"的同义词,也是常有之事。

122

　　当下缺少的,是对后现代时期给出明确的阶段划分。回顾过去,1973 年、1989 年、2001 年和 2011 年都是重要的历史转折点。首先是1973 年,这一年见证了全球货币体制从凯恩斯福利国家经济学,转变到一种新的浮动货币体制的建立。自此之后,当代资本主义的后现代金融化特征开始凸显。其次是 1989 年,苏联解体,新世界秩序形成,伴随的是各国重画政治版图,重新结盟,形成了新的世界格局。这是全球化消费资本主义和帝国完胜的时代。然后是 2001 年,帝国开始无休止的全球性反恐战争,这种反恐伴随着无处不在的监视和逆全球化运动的扩散,逆全球化中既有激进也有保守。2011 年开始了后现代时期的第四个阶段,这一时期的特点是对政治自由、社会公正和经济公平的要求愈发强烈。现代性过程前后跨越了 200 年,人们却匆忙地赋予后现代性过程仅仅几十年，为什么不给它长一点时间？

作为时期划分概念，后现代主义如今仍扮演着有用的角色。若没有它，当代历史就会变得无序混乱，支离破碎。这个时期的框定突显了重要的模式和主题，既有积极的也有消极的。结果就是，它在仍在发展中的多元文化与多样性运动中倡导差异性而非同一性；把身份分解为多重主体地位，并使身体具有越来越多的发散性和可塑性；此外，交流与摩擦存在于微观叙事和宏观叙事之间，也存在于阻止移民的边境电子围栏与资金、信息和商品的跨国界全球性流动这些现象之间，这些都是后现代主义最为著名的例子。这数十年里描绘后现代时期非常著名且仍然中肯的关键词包括"异质性""不均衡发展""岐见""不可通约性""杂糅性"，还有"反常"。公认的看法是，这一阶段的主导美学形式仍是集合体，社会建构主义是处于主导地位的认知方式。一方面，后现代时期是普遍去等级层次和分离的时代；而另一方面，这一时期又通过似是而非的主导词"异质性"，展示出大一统的模式和主题。这一时代划分概念持续地促进认知测绘和文化归纳，尤其在这后现代主义情况下，因为无序是其文化逻辑的主要模式。

我意识到，在特定领域，比如建筑和小说中，一些批评家们相信，后现代主义在 20 世纪 80 年代和 90 年代就已走到终点。他们也曾尝试用另一些名称来命名后来出现的现象——比如，另类现代主义，全球现代主义，数字现代主义，后期现代主义，超现代主义——可惜收效甚微且接受度很低。对这些人我想说，能否尝试着不要把后现代主义看作短命的前卫风格，而是持续的历史阶段，带有一整套风格特点，既有旧风格，也有新风格，还有混杂的风格，就是如此。

说到有关后现代的近期作品，我们能发现什么？首先，这是一个讲究团结的时期，也是一个盘摸家底的时期，将后现代主义视为独立的历史阶段，一直保持着与当代的关联性，其坚实的底气也植根于这一点。但这种底气依赖于将后现代的历史按研究范围和研究领域分隔开来，界限十分鲜明。因此，出现的就是形形色色的微观历史的聚集和组合，如在斯图亚特·西姆(Stuart Sim)编著的《劳特里奇后现代主义指南》(*The Routledge Companion to Postmodernism*, 2011)第三版中看到的那样,这一点不足为奇。这部个案指南是一本代表性的概述,由多人所作,含18章,覆盖不同的领域:从后现代政治、宗教、后殖民研究,到艺术、建筑、电影,再到小说、理论、大众文化,再到技术科学、组织理论、国际关系,再到女性主义、性别研究、生活方式,再到音乐、电视和表演研究,其中哲学占有的版面与其他领域相等,却始终处于首要地位。这里我顺带说明一下,我的这种历史记叙遗漏了后现代诗歌、烹调和全球化研究,更不用说文化和社会许多其他的方面。但其微观叙述和微小叙事的滋生蔓延,不仅阐明了后现代概念影响持续、针对性强,也呈现了这一概念典型的混杂形式。同时,它也暗示了这一概念具有启迪力量,经久不衰。当下有人称后现代主义已经消隐,于我而言,这个论断就像是一波无法使人信服的逆流,急于找个东西来填补、取代后现代主义,尽管许多批评家已经厌烦后现代的概念,希望能找到某种新的代替,这个我也理解。

124

　　如今后现代主义发展得如何?面对此问题,文学和文化批评家、后现代主义先锋伊哈布·哈桑(Ihab Hassan)在2010年发表的《后现代主义之后》("Beyond Postmodernism")一文中给出了以下答复:"后现代主义之后是什么?从大局来看,后现代性一直隐约存在着,存在于自身身份的多重危机中,存在于它的流散和种族灭绝中,存在于地方风俗和全球进程的绝望谈判中。"(138)据哈桑观察,后现代主义还没有到达终点。近年来,它却经受了极端的全球化进程,还有被改称为后现代性的危机。对他而言,全球化代表了一个关键的转折点,与21世纪全球反恐战争直接相关联,尽管其具体日期未予明确。在职业后期,哈桑转向了伦理和灵性,来与他一直称之的后现代文化相呼应,他承认,后现代文化是一种惊人的不可或缺的历史框架。

　　另一位后现代主义的先锋学者查尔斯·詹克斯在他的《后现代主义的故事》(*Story of Post-Modernism*, 2011)中,第一句话就这样说道:

"步入21世纪后，后现代主义已在艺术方面作为主要的思潮完成了实实在在的回归，尽管没有使用这个名称。"(9)开篇伊始，他讨论了这一"重生的传统"在50多年间逐步发展而出现的各种"主题再现"。此外，为了勾勒出后现代建筑的历史和发展阶段，他给出了一张详尽的展示变化的图表，按1960年到2010年的时间轴标出了几十条趋势线、主要作品、关键人物，还有主要的地点分布(48-49)。制作该地图时，詹克斯提到后现代主义"自2000年来已经发生了最惊人的力量爆发"(47)。但詹克斯的问题在于他将后现代主义局限在艺术层面。

杰弗里·尼伦(Jeffery Nealon)认识到既不能抹杀后现代概念，也无法对其重新命名，于是就仿效一些批评家的说法，将近十几年描述成"后-后现代主义"时代。他是怎样描述的？与后现代主义又是怎样一起站住脚的？根据尼伦的《后-后现代主义或实时资本主义的文化逻辑》(*Post-Postmodernism or, the Cultural Logic of Just-in-Time Capitalism*,2012)的观点，"后现代主义并没有过去，过去的只是20世纪80年代，正因为只有把今日理解成昨日的增强版，才能更好地理解今日"(8)。确实如此。正如尼伦所述，如今我们的资本主义商品化更甚，有更多的跨国公司，还有更多的投机金融工具如衍生产品(互惠信贷，期权，期货)。据他所见，若这种加强的现象令你惊讶且不安，那你属于后现代，但若你知悉并安于这种超现实，那你就属于后-后现代。无论哪种情况，尼伦都没有抛弃后现代的概念，而是正相反。

对杰弗里·尼伦而言，后-后现代主义的特点不仅表现为后现代主义的强化，也表现为态度的调节，从震惊转变到冷静，但仍属于批判性、实用性的认同。如果真要给出一个更精确的名称，尼伦将后-后现代主义看作真正的"超后现代主义"，反映出他偏好在系统内部寻求改变，而非从系统外部改变之，或与之对立。在详述论点时，他以一种出人意料的积极方式，描绘了后-后现代的企业大学和理论所承担的角色，令人印象深刻。这是为何？因为时至今日，再感到沮丧或愤懑已经太晚且没有意义，还不如从系统的内部规则中寻求改变。尼伦的后-后现代主义与众不同之处,是他的实用主义,这种实用主义比理查德·罗蒂(Richard Rorty)20 世纪 80 年代提出的新实用主义,或斯坦利·费什(Stanley Fish)的讽刺实用主义要平和得多。以下是一个有说服力的例子。尼伦用一种有自我意识且可行的方式论证道,后-后现代主义下的英文专业应面对现实,重新设想并推销自我,即它自身已成为一个业务多元化的企业,开展核心业务外的多元投资,拥有创新的研究与开发功能(理论)。与更宽泛的企业大学不同,英文专业与后现代时期非常同步,而企业大学的管理人员已经过度饱和,不符合时代要求,因此需要削减此类人员。

后现代理论的作用是什么?在尼伦看来,其培养了批判性思维,提高了解决问题的能力,推动创新,这些都能保证它有光明的未来。毕竟,后现代企业大学"对理论、女性主义、性别研究、文化研究、后结构主义、后殖民主义、非裔美国人研究、视觉文化,诸如此类……都很有益处"(81-82)。此外,在创新是首要任务的前提下,后-后现代主义企业大学预示着理论和英语研究会有更好的未来。然而,尼伦也说到,理论和英文专业也需要抛弃过去的某些特定包袱。

大家兴许还记得,英文专业的理论研究一直注重阐释文化产品,揭 126
示文本含义,加强解释方法,也就是文本细读,以此突显自身的存在并证明这种存在的合理性。当然这是后现代阶段开始时的情形,但这一狭隘的使命浪潮在 20 世纪末开始变得宽阔起来,文化研究的传播尤其凸显了这一点。当下仅仅关注阐释是"死路一条",尼伦如此警告道(124)。跟着就是箴言:要留意理论家们,放弃寻找下一个与阐释有关的大流派或方法,克服你对理论的畏葸与后理论式不适。"那么,如果理论中不会出现'下一个大家伙',那正是因为'下一个大家伙'这种概念(像在各自辉煌时期的女性主义、解构主义或新历史主义)似乎是说明一种新的阐释范式的到来。没有主导性的后-后现代主义阐释范式会在未来出现的主要原因,并非是由于理论本身已经枯竭(我可以马上想出十几个有待进一步挖掘的阐释模型或理论家),而是因为阐释工作不再是文学院系的主要研究工作。"(133)尼伦的解读令人信服，与"后理论""理论之后""理论枯竭"的所有讨论相关，但说明的并不是后现代主义的结束或理论的结束，而是从文本向文本语境的戏剧性转移。尽管为人误解，但这种转变是好事，保证了理论和英文专业有好的未来，前提是不故态复萌，不回到文本阐释的范式，也不倒退回由之引发的把理论简单地等同于阐释方法。恢复单一的文本细读研究是种错误的转向。

奇怪的是，杰弗里·尼伦并未提及近来很多回归文本细读的呼吁。他只顺带说了一下理论复兴正在发生。但在面对阐释文本和把握语境时，尼伦给出的劝诫却有失误，失误之处在于，当涉及阐释与语境时，他提倡选择现代主义界限分明的"非此即彼"，而非后现代主义的"同时/而且"（见哈琴 2007 年把"同时/而且"视为后现代的典型范式）。将阐释、语境或理论推测排除在研究之外，就会犯错误。多重任务性和异质性凸现了英文专业的现状。

127　　我对尼伦还有一处批评。我固然认同大学已经接受理论以及理论的许多派别，从女性主义和族裔研究到后殖民主义理论和文化研究，但我还要正式提出一个严肃的保留意见。迄今大多数大学对性别和族裔研究的投入不足，仍在依赖非全时教员、志愿劳动和不充分的设施进行跨学科研究。典型的组织形式是项目而非院系。研究项目缺乏全职教员、充分的办公空间和经费。尽管此类研究项目在学生和教师中取得一些成功，但研究主体依然是项目多而院系少，诸如女性研究或文化研究就是如此。项目这种研究形式不仅基础条件不足，而且获得的承认也来自 21 世纪企业大学，分量轻如鸿毛，一文不值。

尼伦的著作强调了后现代主义对理论产生影响的两个主要阶段，尽管他没有明说：从文本解读转向文化研究的 20 世纪 90 年代，以及企业大学强化的 21 世纪初期。这两种现象都涵盖了理论目的的变化。据说这对理论家们是好事。然而，尼伦一面承认关键的事实，一面却有意贬低这些事实，具体到教师裁员、学生借债以及批判大学研究的出现

（属于机构批判中新出现的生机勃勃的分支）。他也再次忽略了许多回归文本细读的声嘶力竭的呼吁，这似乎是此起彼伏的反理论逆流的一个新的阶段。

综上所述，杰弗里·尼伦将自己的观点别扭地表述为富有成效的新见，以试图回答"后现代主义之后是什么"这个问题。他还算深思熟虑，并没有停留在"后现代主义已经完蛋了"这个老生常谈而将其一笔抹杀。后现代主义已经变形为后-后现代主义，即超后现代主义。后现代主义并不会结束。

类似的看法出现在克里斯蒂安·莫拉鲁（Christian Moraru）的著述中，他在《全球现代主义：美国叙事、当代全球化和新文化想象》（*Cosmodernism：American Narrative，Late Globalization，and the New Cultural Imaginary*，2011）中做了详细论证[①]，给从 1989 年到当下的这段时期贴上了全球现代主义的标签，但他的症结在于无法抛却后现代主义。在书的最后一页他狡黠地写道："但后现代主义也没有'完结'。"（316）

《普林斯顿诗歌和诗学百科全书》（*The Princeton Encyclopedia of Poetry and Poetics*，2012）是部介绍后现代主义的入门书，在其最新的第四版的开篇，哈琴和其他合著者明白无误地表达过相似的观点："关于后现代主义的定义和历史一直都有激烈的争辩；后现代主义形成后不久有人就宣布其死亡，但它似乎仍存在于我们身边。"（1095）该词条毫无顾虑地列举并讨论了后现代诗歌的显著特点。一开始，它很谨慎地说明了后现代主义在艺术和科学领域之间以及在两个领域内部都存在不同且不均衡的发展，结论是各式各样的多元诗构成后现代诗歌。在我看来，诗歌领域中后现代式的分解一直持续至 21 世纪。这一观点来源于《诺顿后现代美国诗集》（*Postmodern American Poetry：A*

128

---

①　Cosmodernism：是 cosmopolitan 与 modernism 两个词的结合，此处译为"全球现代主义"。——译者注

Norton Anthology，2013)第二版，贯穿在上千页的内容当中。该书主编是保罗·胡佛(Paul Hoover)，他在前言中这样总结道："我们应想到，引领这一时期的不应只是诸如语言诗、概念诗或后语言抒情诗这种单一的风格，而是这三方面的集合。"(lvi)这种百科全书式的解释欠妥之处，在于没有明确考虑到后现代诗歌在其 50 年的发展历史中出现过不同的阶段或关键的转折点。譬如在 20 世纪 70 年代自白诗悲戚的表现主义之后，出现了**语言诗歌**，他却绕开了这一点。20 世纪 80 年代和 90 年代诸如表演诗和说唱诗等大众诗歌的兴起，与学术性的创意写作形式及其官方诗句文化相抗衡。这种解释也没有涉及生于数字时代的电子诗歌在 21 世纪的成长壮大，或是其存储于电子文学组织(Electronic Literature Organization)中的网络在线档案。

以下是另一个平行案例研究，与前面提及的领域不同，来自艺术史领域。巴里·施沃博斯基(Barry Schwabsky)是位重要的艺术批评家，他在 2011 年归纳当代绘画领域尤其是 21 世纪绘画作品的特点时，就将其描绘为"多元化时代"，这个说法十分具有说服力(11)。开始时他用当代绘画对照稍早时期现代主义盛期绘画沿袭的审美净化，彼时的战后艺术家们教条地鼓吹抽象艺术，20 世纪 60 年代遭到波普艺术家和其志同道合者们的反驳，名噪一时。施沃博斯基做这种比较不难理解。因此，他就把克拉斯·欧登伯格与艾德·莱因哈特的不同艺术主张作为后现代绘画的开始。① 好在他描绘了后现代主义历史的三个转折点，但没有像如下这样明确给出各自的名称。第一个转折点是在 20 世纪 60 年代和 70 年代从为艺术而艺术转向以政治、情爱、神秘为表现的日常生活，这种转变持续至今。第二个转折点是我们不断变化的视觉文化对具象绘画持续且越来越大的影响，最主要的视觉文化包括电

---

① 克拉斯·欧登伯格(Claes Oldenburg，1929—)：瑞典裔美国雕塑家，1960 年开始介入波普艺术运动并成为其领袖人物；艾德·莱因哈特(Ad Reinhardt，1913—1967)：美国抽象派画家，20 世纪抽象表现主义的代表人物，推崇的艺术哲学是"艺术的艺术"。——译者注

影、电视、视频、摄影(模拟和数字化)以及因特网。表征和拟像在此过程中变得越来越交缠在一起,即使尚可加以区分。第三个转折点是菲 129
登出版社(Phaidon)近期用众包①的方式出版的里程碑式的维他命系列画册,尤其是《维他命 P》(*Vitamin P*,2002)和《维他命 P2》(*Vitamin P2*,2011),施沃博斯基参与了这两本书的出版。《维他命 P2》的引言由施沃博斯基撰写,书中包含 115 位国际知名新秀画家们的画作,由 77名艺术批评家和艺术史家提名,每位画家辑录三至五幅彩色画作,从抽象绘画到具象绘画,到概念绘画,再到多元模式绘画,展示了令人惊叹的风格阵列。这就是后现代多元绘画的集中展现。这也很确定地回答了一再被提起的现代问题:"绘画是一种行将就木的艺术吗?"21 世纪的维他命系列包括另外四部平行画册,有关于当下的绘画、摄影、雕塑和装置艺术品,还有设计和建筑,无一例外都集中于当代作品,也都由众包而来,这并非偶然。这是一项不具名号的杰出的后现代工程,包含了艺术的不同领域内众多互不相容的风格,证实了这一领域在 21 世纪的拓展与分解。

　　使昔日和当下后现代主义特征凸显的,是文化持续解体为独立的领域,以及各领域间无所不在的交流,有时是融合。后现代主义已经发展了足够长的时间,长到我们可以也应该辨识出每个领域发展到哪个阶段。同时,也有整体上的文化现象通过特殊方式影响这些独立的领域。说到这些,我想到媒体、大众文化、民主运动、宗教觉醒、战争还有自由市场基本要义,它们在全世界的增强、转变和传播都得到了充分证明。这与规模有关,规模在这里指的是微观和宏观叙述在全球范围的交流,还有不平衡发展和交集,两者经常同时发生。一方面,我们经历着各种流行音乐和菜肴的混合;另一方面,全球化与企业帝国的大一统也在各处进现,比如可口可乐和各类电视真人秀节目。后现代的概念

————————

　　①　众包:原指把本公司的工作"以自由自愿的形式外包给非特定的大众网络"的做法,这里指的是把画册内容分配给辑录者的做法。——译者注

囊括了这些文化运动，覆盖的规模十分有效，其他理论无可匹敌。既然我们无法预测后现代时期能延续多长，那么对后现代阶段进行更多系统、明确的分析，我想还是很有必要的。

要将后现代主义重新历史化，就要涉及对后现代性以及现代性进行批判。批判性历史叙事见于文化政治研究中的每一点可能之处，时间早，数量多，而且更多可能的研究点无疑还会出现。针对后现代社会和文化的关键性案例和深刻批判包括以下几个方面：对当代资本主义暴露的缺点和造成的毁坏进行不间断的批判；文化小历史（被视为超市）中对历史的拆解和讽喻性混搭；源自身份政治和多元文化主义的后人文分裂；当代反对唯一道德论的微观政治学和新社会运动的碎片化；大众文化和拼凑美学欢庆声中标准的退化；由未加规制的技术科学引起的生态破坏；加上处于主导地位的文化相对主义组成的思想集合体——社会建构主义——一种摧毁客观真理的认识论立场。毫无疑问，这个名单还能更长。作为一种历史概念，后现代主义不仅是对自己的颂扬和不偏不倚的描述，也包含自我批判。最后一点，我反对一再出现的同质化表述——就后现代时期而言，其发轫、构成和对其的批判性接受，不同国家有不同情况，在已出版的有关后现代中国、日本、俄罗斯和美国的研究中，这一点已经得到明确的证明。

在当下这个时期，理论作为一种鲜明的学术后现代研究领域，已经具有自己独立的地位。在我看来，它经历了五个阶段。第一阶段，理论的最初体制化，始于 20 世纪 60 年代后期，一直持续到 20 世纪 70 年代，此时理论期刊大量发行，"批评和理论学院"也在此时成立。第二阶段，20 世纪 80 年代大学中涌现出很多理论研究项目和课程设置，彼时大学和商业出版社开始大量出版理论书籍。80 年代这十年同样见证了理论在大学求职市场的繁荣，以及反理论情绪的高涨。从那时起，人文和社会科学的学者们觉得很有必要在自己的专业履历上明确添加理论成分。第三阶段，从 20 世纪 90 年代开始，理论创新不再那么依赖主要流派和思潮——与整个 20 世纪相反——而与数十个半自主性的子研究领域联系更加密切,如创伤研究、身体研究和白色研究。一些批评家称这一时期为"后理论"时期,以与前十年所谓"宏大理论"时期做区分。正如我在"21世纪文学文化批评理论复兴态势图"中说明的那样①,21世纪的理论是分离的,松散地围绕在关键话题周围,一些话题经久不衰,一些话题只属于当下。从这种意义上来说,21世纪的理论有着独特的后现代形式,这一观点我在本书中也多次提及。第四阶段,企业大学作为理论的诞生地,在21世纪持续扩张,已经产生了相应的影响,既有积极影响也有消极影响,从批判性大学研究的形成到财政紧缩,再到文本细读,再到该领域采取防卫措施以捍卫自身的存在,方式是编撰标志性教材,如《诺顿文学理论与批评选集》等。第五阶段,之前各发展阶段取得的主要成就继续保持至21世纪的第二个十年。或多或少得以兴旺发展的,有诸如理论期刊和书籍出版,"批评和理论学院",大学中的理论课程和研究项目,以及在职业履历里加上理论因素的需求。此外,新的理论子领域的繁荣并没有逐渐消失的迹象。

131

理论在后现代时代出现的高潮仍在继续。近来源于杰出理论家们要求回归文本细读和文本阐释的呼声,不像是充满敌意的反理论喧闹,而更像是一种防御,希望回归到自古希腊开始且延续至今的西方批评理论历史中,继续这些长期浸润于其中的批评方式与批评方法。后现代理论的第六个阶段正在形成。教材、教学和出版最近都开始触及欧洲传统之外的地区,延伸到非洲、阿拉伯、中国、波斯、南亚以及其他的理论传统。后现代主义继续存在着,也在存在中不断发展。它的终结无疑会到来,但现在还不见其踪影。

① 此图见本书开篇。——译者注

第九章
21 世纪理论收藏

　　我收藏有一些很有见地的理论书籍,把它们摆到一起,就显示出一幅 21 世纪理论复兴的全景,尤其是这些著述都关注正向全球蔓延的新自由主义经济学、身份政治和企业大学等现象,这是它们的共同特点。这些书多是畅销书,目标是大众读者,著书的理论家们则扮演公共知识分子的角色。

　　所有排名中,位列第一的无疑是畅销书《帝国》(*Empire*,2000)①,由迈克尔·哈特和安东尼奥·奈格里合著。此书的主要贡献,来自它提出的颇具影响力的"诸众"概念②,对非物质劳动的解释,以及将帝国描绘成最新形态的全球霸权。哈特和奈格里用"诸众"这个说法,代指之前的大众、群众、人民或工人阶级。就如同在后来 2011 年"占领华尔街"运动中自称反抗 1% 的富人的 99% 的穷人那样,"诸众"代表着世界

---

　　① 该书由当代左翼思想家哈特和奈格里合著,被称为"21 世纪的《共产党宣言》",写于 20 世纪 90 年代中期,虽是学术著作,但出版后销量迅速超出预期。该书认为,帝国主义"现代性"以民族国家为中心,逐渐过渡到一种新的后现代统治力量,即两位作者所称的"帝国":超级军事与经济体(如美国、G8),国际组织(如北约、世贸组织),寡头集团(如跨国公司),民主政治(如联合国、非政府组织)。这个"帝国"成为去中心、无疆界、超民族国家的新的全球政治秩序的中心。——译者注

　　② 诸众(multitude)是两人提出的一个概念,指处在"帝国"秩序之下又反抗着"帝国"统治的历史主体。——译者注

范围的多极化群体,这些群体或真实存在,或蛰伏潜藏,既形成坚固的
统一战线,也四下散开踪迹难觅,反抗的对象就是越来越增强的全球资
本主义秩序。这里的对抗形式既有集团对立,也有自我抗争。非物质
劳动出现于工业体力劳动之后,体现在智力和情感工作的结合上,越来
越成为服务经济的特色。非物质劳动成为最重要的劳动形式,塑造了
人们将来的工作,对残存的与之竞争的其他工作模式提出了挑战。新
型劳动实践的否定性特征十分鲜明且易于辨认,这些特征包括:(1) 侵
蚀 8 小时工作制(需 7 天 24 小时待命);(2) 推崇工作的灵活性和适应
性,尤其是通过临时聘用合同;(3) 使工作变得不确定,采用的手段如
去工会化和削减福利。"帝国"是哈特和奈格里用来描绘后殖民和后冷
战时期全球化的著名术语,这种全球化不仅促进了资金、信息、技术、产
品和人员的跨境快速流动,也促使许多国家主权的退让,让步于逐渐管
控生活的超国家非民主性机构。著名实例有国际货币基金组织
(International Monetary Fund,IMF),世界银行(World Bank,WB),世
界贸易组织(World Trade Organization,WTO),联合国(United
Nations,UN),八国集团(Group of Eight)和二十国集团(Group of 20),
以及诸多的跨国公司和非政府组织。许多合作型民族国家都属此类,
各国央行同理。

134

　　狭义上说,《帝国》为 21 世纪提供了一套经过翻新的马克思主义批
评与理论;从更广的意义而言,它为文化理论提供了有关全球化的强有
力论述,立刻引发巨大关注,反应如潮。最早的以书本形式表达的集体
反应中,有戈帕尔·巴拉克里希南(Gopal Balakrishnan)编辑的《辩论
帝国》(*Debating Empire*,2003);《帝国的新衣》(*Empire's New
Clothes*,2004),由保罗·帕萨旺和约迪·迪恩(Paul Passavant and Jodi
Dean)编撰;加上奈格里和哈特两人出版的第二轮《对帝国的反思》
(*Reflections on Empire*,2003;英译本 2008 年出版);以及阿蒂里奥·
伯隆(Atilio Bóron)在《帝国和帝国主义》(*Empire and Imperialism*,
2005)中所做的涉猎广泛的批判。这些论著紧随《帝国》的出版,内容翔

实，此后又有更多回应出现。《帝国》是 21 世纪的重要作品。

《帝国》分 20 章，与文化理论关切最明显、最相干的，莫过于"转变的迹象"一章。在这章中，哈特和奈格里对后现代主义、后殖民理论和基要主义等主导话语做了抨击。众所周知，后殖民主义和后现代哲学都对过往的失误进行了批判，具体说就是现代殖民主义和启蒙现代性，而提倡当代的混杂性、差异性和可塑性。哈特和奈格里却指出，后者所提倡的，正契合当今企业资本主义和世界市场的价值观。因此，那些研究"后学"的理论家们，即国际精英们，已黔驴技穷，太热衷于过往而忽略了当下和未来，无法识别出权力的新形态。同样，哈特和奈格里并未将基要主义解释成对昔日前现代的复兴，而是视为对当下全球化的拒绝。而基要主义所拥护的古老传统实际上却是当下的发明创造。在敌视现代性的过程中，基督教和伊斯兰教的基要主义都有着一种特定的后现代情愫。但哈特和奈格里的眼光更远，视通常的"后现代主义话语的主要诉求对象是全球化进程中的赢家，而基要主义的主要诉求对象则是输家"（150）。他们认为，从文化理论的视角，在帝国时代①向全球化行进的路途中，后现代主义、后殖民主义和现今的基要主义都构成一个个重要的戍堡和征兆。

同其他尊崇《帝国》的读者一样，我持有一些保留观点。作为批评家，我有义务权衡一下此书的优缺点。就国际货币基金组织和世界银行等全球性组织而言，在描述它们的跨国超级主权时，哈特和奈格里忽视了国家主权，这么做过于轻率。此外，两人还将后现代和后殖民理论简单化，说其只是对启蒙运动含有的传统二元概念进行批判，以及鼓吹抽象的差异性。然而两人也指出，我们正处在一个历史阶段，他俩不断称之为"后现代性"，对此的分析也颇具说服力。依我之见，他俩太轻易就打发了基要主义的拟古情怀。此外对我来说，他们的口气不大对劲：

①　"即将到来的帝国不是美利坚帝国，美国也不会是其中心……毫无疑问美国在帝国的全球市场分割和等级层次中占有优势地位"（Hardt and Negri, 384）。这一颇具争议性的评价引起了激烈的辩论。可参阅伯隆。

135

尽管不断膨胀的全球化市场的对立面是正在成型的诸众，但两人对于
这种力量寄予过多期待，有太过乐观之嫌。尽管如此，《帝国》已颇有成
效地使左翼文化理论再次焕发出活力，挑战了后殖民主义和后现代哲
学理论，也使得对司法、政治机构和全球化实践的批判变得更加尖锐，
也更加全面。

在最近的当代少数族裔身份研究中，克雷格·沃马克（Craig
Womack）所著的《红种谈红种：本土裔美国文学的分离主义》（*Red on
Red：Native American Literary Separatism*，1999），可能是最突出的
学术成果。作为马斯科吉克里克族和切罗基族①印第安后裔，沃马克
主张民族部落主权，反对人为造出的泛部落主义和全球化理论。美国
有超过 500 个联邦政府承认的部落，这些部落地理位置不同，文化各
异，语言有别。在该书开篇，沃马克对克里克族裔的历史、管理和宗教
做了解读。该族群现有 4 万人口。在接下来的一章中，他不但批判了
主流社会科学和人文科学中的泛部落主义，还同时重申了克里克族特
色鲜明的传统和主题。接下去的一章对此做了说明，分析了克里克人
口口相传的海龟故事，该故事被用克里克族语言记录下来，同时附有不
同的英文译本，以供对照。接着，沃马克展开了一场毫不留情的批判，
批判对象是克里克族作家艾丽斯·卡拉汉（Alice Callahan）19 世纪 90
年代的小说《维内玛》（*Wynema*），称其主张种族同化，宣扬基督教至
上，服务对象是白人读者。② 此后的几章，他以单独章节的形式对几位
克里克作家进行赏析性阅读，这些作家有亚历山大·波西（Alexander

136

---

　　① 马斯科吉克里克族和切罗基族（Muskogee Creek and Cherokee）均为北美印
第安人族裔。——译者注
　　② 卡拉汉：全名索菲亚·艾丽斯·卡拉汉（1868—1894），做过教师，《维内玛》曾
被认为是"本土裔美国女性写的第一部小说"和当时属印第安保留地的"俄克拉荷马的
第一部小说"。小说背景是 1890 年 12 月 29 日美国白人骑兵对印第安人苏族（Sioux）
部族拉科塔（Lakota）的"伤膝河"大屠杀，6 个月后卡拉汉出版此小说，对白人的杀戮
进行了谴责。小说出版后鲜为人知，直到百年之后的 20 世纪 90 年代才被重新发现，
引起批评家的关注，1997 年被重印。——译者注

Posey)、路易斯·奥利弗（Louis Oliver），以及乔伊·哈尔约（Joy Harjo），最后是切罗基族同性恋作家林恩·里格斯(Lynn Riggs)。

考虑到自己的读者主要是美洲原住民，沃马克记录下欧洲人对美洲的侵略、种族灭绝、殖民、驱赶迁徙（大流散）、种族偏见、语言铲除和土地偷窃，但对这段创伤历史并未做详细描述。全书中他一直在反驳社会上对印第安人固化的文化思维定式，即视印第安人为高贵的野蛮人①，斯多葛派斗士，热爱自然的神秘者，纯懒惰血统，悲剧性人物，正在消失的美洲人。作为有克里克族和切罗基族血统的印第安人且自认是同性恋身份，沃马克坚信差异性是维持生存的基础，对身份持本质主义观点："贯穿自由主义理性思维的一句话就是'为什么我们就不能和睦相处？'，这个说法也经常用于种族问题，实际上是一种暗藏的优越心态，即要求每个人都是白皮肤和异性恋，要求牺牲多元的文化身份，从而确保主流文化地位稳固。"(300-301)沃马克主张分离主义，极力反抗同化，也十分警惕欧洲色彩浓厚的后殖民主义理论。依他所见，美洲的各部落至今仍真切地生活在殖民主义而非后殖民状态下。

《红种谈红种》将美洲原住民美学视为虚伪的白人自由主义建构，从而为属民种族②和族裔研究开辟了新的维度。此书对涵盖面广的一般性范畴——脱离实体的集合概念——展开了批判，这些概念典型地表现在被全球推广的理论中，如学术性本土研究、英语文学、后殖民主义理论，以及美洲原住民文化。此外，它还是以多语种呈现的美国文学在21世纪得到重生的实例，正如《多语种美国文学选集：原文附英译读

---

① 卢梭曾指出，"高贵的野蛮人"指善良天真的原始人，未受到现代文明罪恶的玷污。——译者注

② 属民(subaltern)是当代后殖民研究中出现的术语，源自意大利马克思主义理论家葛兰西（Antonio Gramsci），原指遭到资本主义欺压的其他阶级，后被英国苏塞克斯大学一些学者［即"属民研究小组"(Subaltern Studies Group)］借用，用于研究近代印度和南亚社会，将殖民地的反抗中心从自由主义白人群体转移到被压迫的殖民地人民。美国后殖民研究也延续了这种思维。但其基础是反本质主义、批判阶级与身份固化，沃马克则与他们正相反，主张被压迫阶级应当与压迫者势不两立。——译者注

本》(*Multilingual Anthology of American Literature：A Reader of Original Texts with English Translations*, 2000)所展示的那样, 令人印象深刻。此读本由哈佛大学教授马克·希尔和维尔纳·索勒斯(Marc Shell and Werner Sollors)编著。另外,《红种谈红种》明显融合了学术研究和亲近式批判, 毫不动摇地采用第一人称视角进行写作, 这种模式在 20 世纪 80 年代之后一直为其他少数族裔学者所提倡。

使《红种谈红种》出彩的一个鲜明特征, 是小说家沃马克写出的创造性批评, 这一特征也象征着理论的另一个发展方向。这本书包含八封虚构的信件, 由吉姆·金博(Jim Chibbo)写给霍特岗(Hotgun, 克里克族, 纯血统的传统主义者), 两人都是虚构人物, 常使用方言。这些信件穿插在章节之间, 分散在全书中。信件涵盖的话题、说话的口吻、采用的体裁都十分广泛, 同时混搭着克里克族的历史、文学批评和流行文化。

最后但同样重要的是,《红种谈红种》不断地回归到土地, 具体展示了马斯科吉克里克族的土地, 描写细致。它对环境的关切与生态批评不同, 更多的是一种部落责任感, 责任的对象是集体身份、集体主权和集体生存, 后者扎根于土地之中:"事实上, 这种依据具体场所进行写作的重要性, 我相信, 正随着时间不断增强……因为土地是一个常量, 可以对抗文化低俗化。无论语言和文化发生何种变化, 只要对土地的司法管辖权依然受到保护, 土地就不会变; 这也就意味着, 只要与土地的联系仍然可能, 部落便总会……延续下去。"(171)因此, 充盈着《红种谈红种》的是怀乡之情和部落化振兴, 而非迁徙、流散或流动性这些全球化理论注重的东西, 也就不足为奇了。

在美洲原住民的专家圈子内,《红种谈红种》的部落中心主义很快就引起了激烈的批评, 也引发了一场重要论战。起初是埃尔韦拉·普利塔诺(Elvira Pulitano)写了《建构美洲原住民批判理论》(*Toward a Native American Critical Theory*, 2003), 接着是众多的集体性回应, 收录在《美洲印第安人的文学民族主义》(*American Indian Literary*

Nationalism，2006）和后来的《集体论证》（*Reasoning Together*，2008）中，前者由杰斯·韦弗（Jace Weaver，切罗基族）、克雷格·沃马克和罗伯特·沃利尔（Robert Warrior，奥赛奇人）合著，后者由"本土批评家集体"（12位作家组成的团体）所著。我对《红种谈红种》的批评关乎它对相关当代理论思潮的回避，这种逃避可以理解但也令人沮丧，例如它回避了本土研究、文化研究、后殖民理论还有酷儿理论。这种回避表明的不是反理论，而是对部落资源的坚守与信赖。此外，沃马克的书遵循的是内部/外部的二元概念，给混血种族几乎没有留出多少空间，更不用说像我这样的志同道合者。他也没有提及社会阶级。无论这种遗漏是无意间造成的疏忽还是一种有意安排的策略，沃马克都忽略了人们对1988年后的新时代所关切的一个重要主题，即不断激增的美洲印第安赌场数量，以及随之而来的少数特定部落财富的过度积累。

138　　　21世纪的学院文学批评家中，对身份理论最尖锐激烈的批判，出现在瓦尔特·彭·迈克尔斯的《多样性带来的问题：我们是如何学会爱上身份认同而忽略不平等的》（*The Trouble with Diversity*：*How We Learned to Love Identity and Ignore Inequality*，2006）中。就沃马克提出的民族主义部落观，迈克尔斯愤怒控诉道："每天都有'古老'身份的新形式被发明出来。这些新形式全部的作用就是给人们提供思索自身的方法，这些方法却竭力减少与人们的物质环境或政治理想产生联系。"（160）迈克尔斯以经济公平公正的名义，批评了所有的差异观、多元文化、平权行动和文化抵抗，视它们为干扰因素，认为在当前情形下，重要的是阶级而不是文化。

　　迈克尔斯的这部抱怨之作与他早期由大学出版社出版的文学批评著作不同，是一种快节奏的普及版图书，目标是美国大众。这是一种打倒偶像的尝试，从一种非马克思主义的实用立场，试图复兴美国左翼民粹主义。可以说，《多样性带来的问题》这本书是21世纪早期的最佳范例，记录的是一位著名的自由主义文学教授有意识地逐渐演变成一位公共知识分子的过程，让人想起20世纪中期的非学术话语，映照的是纽约知识群而非新历史主义,而迈克尔斯把自己与后者紧密地联系在一起。很明显,该书并未考虑全球化,思考的倒是国家政治经济状况和美国大学。

　　迈克尔斯此书主要针对的是美国后冷战时期的资本主义,具体而言,就是逐渐增多的不平等,以及这种不平等在国民教育、医疗保健、法律、政治和文化中所起的作用。令人失望的是,迈克尔斯并未提出任何政治纲领,或质疑民族政体,或更糟糕的是,他没有谈及全球化的各种势力。此外,他对于理论和批评的论调"非此即彼",过于僵硬——不是关注阶级,就是关注种族、性别、性向(身份认同)。选择"同时/而且",比这种目光短浅的"非此即彼"的聪明论战技巧要好得多。正如美国杰出的哲学家南茜·弗雷泽(Nancy Fraser)很早就曾有力地指出过的,获得认可和重新分配是民主社会和民主政治的基本理想。而迈克尔斯充满热情去做的,是对美国学术的左右翼、文化战争以及高等教育关注多样性提出批评:"美国大学只是宣传机器,还不如直接设定成一种机构,目的是保证美国社会阶级结构不受挑战。"(17)

　　尽管身份理论招致很多批评,但没人比吉奥乔·阿甘本(Giogio Agamben)更反其道而行,尤其是在他的名著《神圣人:至高权力与赤裸生命》(*Homo Sacer:Sovereign Power and Bare Life*,1995,英译本1998 年出版)中提出的观点。阿甘本提出的"赤裸生命"①这个概念,源自古希腊罗马哲学,但旧词新用,用以解释现代社会现象,如纳粹集中营、卢旺达种族大屠杀,以及前南斯拉夫的集体强奸大院。阿甘本解释道,政治的基础,不在于社会契约,也不在于朋友/敌人之别,而在于统

139

----

① 赤裸生命(bare life):指失去任何法律和政治保护的生命,这种生命在政治上是空洞的,没有任何政治身份。阿甘本的概念源自古罗马的"牲人"(Homo Sacer),任何人都可以对其欺凌摆布而不负法律责任,他们死后也不能用作祭品,即为人与神所共弃,是一种"不值得存在的生命"。——译者注

治者宣告的一种例外状态①（这种例外状态产生出赤裸生命）。赤裸生命是一种"原初政治要素"（90）——比如，罗马的牲人，或欧洲的无证件非法移民，或关塔那摩湾（Guantánamo Bay）的非法战士——这才是政治理论和实践的现实矩阵。如一位批评家所言，更显而易见的是，它指"任何一个人身份的缺失"（Shütz, 96）。集中营形式是赤裸生命展现的重要场所。阿甘本的这部著作有预言性，发表的时间早于美国反恐战争六年。但也正是这场战争，使这部著作在 21 世纪初有了第二次生命。此书预见到恐怖黑牢②的扩散，最高安全措施的监狱，以及阿布格莱布（Abu Ghraib）③式的违背人权的行为。经法律道德禁令（抛弃）剥夺法律保护后——该禁令是政治常见的基本职能——赤裸生命这种无所不包的排除抹去了身份认同的所有特征。此处，阿甘本有意识地将海德格尔关于"此在"（Dasein）的现象学本体论政治化，并且重新阐释了福柯有关监狱式社会的生命政治学，突破了之前的现代性范围，令人印象深刻。但我和其他批评家很快指出，阿甘本对赤裸生命的解释尽管出彩，却忽略了当代社会的不平等，表现在诸如种族、性别和性向等方面，正是这些不平等，构成了许多强有力的社会运动得到赋权的基础，以实施反抗。此外，该书含有对生命的去主体化，是一种未明说的无政府主义思想，将政治经济的所有考量抛到了一边。

自 20 世纪 70 年代以来，受里根和撒切尔当政时期的影响，原生态且不受管控的自由市场资本主义崛起，由此而产生的各种抱怨沸沸扬扬，一直持续到 20 世纪末，在新世纪也传播甚广。尽管在哈特和奈格

---

① 例外状态（state of exception）：阿甘本提出的一个颇具争议性的概念，指的是政治哲学和公法领域中的一种"法外状态"，如革命、内乱、战争、宵禁等状态，但其具体含义并不清晰。——译者注

② 恐怖黑牢：指美国政府为羁押反恐战争中抓获的所谓敌方非法战斗人员的场所。——译者注

③ 阿布格莱布：指伊拉克的阿布格莱布监狱，萨达姆时期用作关押政治犯和平民，以残暴闻名。美军占领伊拉克后，将此用作关押"恐怖主义分子"的监狱。2004 年4 月美国哥伦比亚广播公司公布美军虐囚照片，美军的虐囚丑闻令世界震惊，时任美国总统布什不得不公开道歉。——译者注

里,还有迈克尔斯的著述中,此类抱怨表现得十分明显,但在沃马克和
阿甘本的作品中却并非如此,而这种现象在大卫·哈维的《新自由主义
简史》(*A Brief History of Neoliberalism*,2005)中达到顶峰。这本书
常被人引述,且引述它也十分恰当。哈维对这一政治经济学中的原教
旨主义分支做出的批判性梳理首次吸引学界关注,始于他著名的标志
性著作《后现代性的状况》(*The Conditions of Postmodernity*,1989)。
他的后一本书不那么沉闷,观点更直截了当,面向大众读者,而正是这
本书起到了巩固、凝练并广泛传播对世界范围的民族新自由主义所进
行的批判的作用。从新世纪第二个十年的角度看,《新自由主义简史》
预见到 2008 年 9 月金融危机发生的可能。这个时代有数不清的著述
与之类似,对北美和英国文学与文化批评家们而言,在论及政治经济学
时,只有这本书被援引的次数最多。该领域的全部已经并正在复兴,这
样的复兴从 20 世纪 30 年代开始尚未见过。哈维最显著的贡献包含:
对新自由主义理论和实践做出全面且有说服力的解释,对新自由主义
引发的后果与造成的矛盾进行了直率的批判,以及在他对墨西哥、阿根
廷、韩国、瑞典、英国和美国等所做的精彩案例研究中,对民族差异性给
予了审慎关注。

　　大卫·哈维视新自由主义为一种带有鲜明民族特色和历史过程的
全球现象,十分具有说服力。以下是他书中一开始对新自由主义的
定义:

> 新自由主义首先是一种有关政治经济实践的理论,倡议建立
> 以较强的私人财产权利、自由市场、自由贸易等为特点的……
> 体制框架,在此框架内解放个体的创业自由和技能,只有这
> 样,人类的福祉才可以得到最好的发展。而国家则要保证诸
> 如货币的质量和完整性,还必须配备诸如军事、国防、警察、法
> 律等机构和部门,从而保护私人的财产权……此外,如果市场
> 不存在(如在土地、水源、教育、医疗、社会保险或环境污染等
> 方面),那一定要创造出市场,必要时可采取政府行为。但如

140

果超出这些任务范围，国家就不该冒险插手了。(2)

这样的新自由主义理论和实践，如今看来已经没什么好惊讶的了。但
这就是关键所在。新自由主义学说已经在一个又一个国家称王称霸。
141 我们总能碰见它，也似乎已习以为常。从历史上来说，它替代了20世
纪30年代到20世纪60年代期间占主导的福利国家概念。如今的福
利国家处于一种即将逝去的残留形态。从全球来看，新自由主义政府
都撤销或减少了社会服务的投入，包括高等教育、医疗保险、环境污染
防治等。取而代之的，是将医疗服务、高等教育和环境安全私营化。典
型的做法是，政府将这些商品和服务拍卖给企业，如淡水、污染权利和
住院治疗，企业通过对这些商品和服务进行商品化以追求利润。由此
产生的成本转移到个人头上，教育成本、健康保险、退休准备金的成本
都在上升。哈维强调的其他著名新自由主义政策还有低薪酬、低税率
以及解除对产业的管制，这些产业包括银行业、航空业和通信业。

在哈维眼中，新自由主义有什么问题呢？其问题在于创造出了一
个竞争激烈的世界，其中的工人可被随意支使，一小拨超级富裕的精
英，普遍的社会不安全感，蔓延的债务和破产，逐底竞争的外包，萎缩的
中产阶级，财阀当家，企业化福利（比如，对银行的纾困），还有工薪穷人
比例的爆炸式增长。尤其令人印象深刻的是他对金融化行为的批判，
而金融化已经取代工业生产成为经济增长的主要因素。在新自由主义
时期，金融体系在国民经济中所占份额大幅增加，其对财富的重新分配
也从公共领域上升到私人领域，这点在美国和英国尤其明显：

> 解除管制使得金融系统依靠投机、掠夺、欺骗和盗取等手段，
> 变为重新分配活动的一个主要中心。股市促销，庞氏骗局，由
> 通货膨胀导致的结构化资产毁坏，经合并收购产生的资产剥
> 离，债务占用等级提升导致的全体人民沦为偿债奴，甚至在发
> 达的资本主义国家也是如此，更不用说企业欺诈，还有通过信
> 贷和股市操控造成的资产剥夺（对养老基金的劫掠和因股票

和企业崩盘对养老金产生的重击）——所有这些都成为资本
主义金融体系的主要特征。（161）

哈维尤其批判用股票期权替代顶级管理人员和 CEO 们薪资的做法。
为何？因为它们会首先形成短期利益可观的股市泡沫，而不是着眼于
制造业和生产力。CEO 的超高薪资能够代表新自由主义的金融动态。
其他批评家恰当地将其称为赌场资本主义、快速资本主义和兀鹫资本
主义，大卫·哈维则对其重新做了描述，并将其与新自由主义的计划政
治体制和整个生命过程连接起来。他的作品融合了意识形态和文化批
判，给人印象颇深。

　　哈维是文化理论家，接受过社会科学的训练，十分依赖数据、统计
和实证性案例分析。相反的是，哈特和奈格里则是属于欧洲哲学传统
的人文主义学者，如阿甘本一样，他们通过对比和比较来探究法律和政
治系统的历史。他们研究的是大陆哲学。迈克尔斯追随美国实用主义
传统，采用的是争论性论证，既使用常识也注重创新。所有这些当代文
化批评家们都以不同的方式，对从福利国家到新自由政治经济霸权的
转变带来的后果，做出了各自的回应。在这个过程中，他们一方面使马
克思社会科学、大陆哲学和新实用主义等方法焕发生机，一方面也在重
振公共知识分子的职责。沃马克试图通过重新部落化，来避开所有这
些外来的方法，也就是在充满敌意的白人世界里，重新振兴部落传统、
思想以及土地拥有，视之为维系部落生命的资源。美洲原住民的复兴
带来了怀乡之情和防御型主权。同时，它也深刻地展示出少数族裔的
反全球化倾向，这种倾向正是 21 世纪人类经验和理论的主要特点。总
而言之，属民们能够发声。他们构成无序诸众的一部分。

　　在此背景下，高调出场的阿兰·巴迪欧（Alain Badiou）就似乎显得
有点不那么合群。一方面，他谈到当代"未加约束的资本主义"所造成
的生命世界的堕落。与其他人相同，他把资本主义发展的这个最新阶
段的开端定位在 20 世纪 70 年代发生的反革命，其发展的象征性顶端
是 2007 年尼古拉·萨科齐（Nicolas Sarkozy）当选法国总统。他的《萨

科齐的意义》(*The Meaning of Sarkozy*, 2007)表达酣畅，节奏明快，细致地描绘出新自由主义时期的黯淡景象。这本书面向普通大众，也是本畅销书。另一方面，他的争论并未提及新自由主义，但对这个新自由主义的指责却始终与哈特和奈格里、迈克尔斯、哈维等人如出一辙，真是奇怪得很。巴迪欧是位法国政治哲学家，对抵抗资本主义的历史很感兴趣，这段历史可追溯到法国大革命，一直延续到 1968 年 5 月，对期间的不同阶段他的解释尤为小心。然而，资本主义经济技术上错综复杂的发展历史却与他无关，也不属于他的研究领域。巴迪欧对当下新自由主义经济暴行的目录做了补充，比如，对世袭财产的遗产税进行了系统的削减，维护了世袭财富的经久不衰；始终强调个人私欲和野蛮竞争；生活方方面面由"市场独裁"(48)，包括艺术领域；还有散布于世界范围的隔离墙和监控设备，用以隔开穷人、有色人种和外来人。巴迪欧在书中不时严厉批评了为富裕一族提供系统性服务的政治家和主流媒体。对于投靠新自由主义自由市场信条的左翼人士，他的批判尤为严厉。

对巴迪欧而言，对资本主义恶果的唯一可行的解决途径就是共产主义。世界必须"走出资本主义、私人财产、金融流通，目前的专制状态……"(39)这种"共产主义假设"，正如他在该处和别处论及的那样，关系"只有一个世界"(60)这个关键性的行为准则，这是一个存在主义公理，也是一个政治公理。巴迪欧的论证引出了一个问题：当代身份政治发展到了何种地步？他给出了直截了当的回答："只存在一个世界，这个准则与身份认同和差异性的不断上演，互相并不矛盾。"(68)

对巴迪欧的批评，通常是就他哲学系统中的某些特征挑出毛病，这种批评在 21 世纪开始的数年中达到高潮，也吸引了很多公众加以注意。批评清单上通常包含他对一般真理的信念（大多来自科学和数学）；他毫不妥协喋喋不休地鼓吹忠实于一个唯一的事业，或宣扬某个可以改变人生轨迹的奇迹"事件"；此外，他还对当前的民主形式表示蔑视，不论是代议制国家形式，还是议会制政党形式，他的蔑视带有柏拉

图主义的色彩，表面上极富贵族气。例如，他谴责过投票骗局。我同意
这些对巴迪欧的批评。除了他回避政治经济议题，我还发现巴迪欧并
未就证据充分的政治问题给出解决方案，这一点让人失望，也令人困
惑。当然，他将自己的共产主义论点描绘成一种"假设"，从而就不必拟
出什么具体的计划。他以为，这种方式既可以深刻牢记过往的错误，也
可以对未来持开放态度，去尝试试验和创新。无论如何，在当下的时
代，一定要提出对抗资本主义的强有力方案，做出共产主义的选择。就
此而言，巴迪欧提出的论点比 21 世纪其他的主要理论家都更加直接，
也更加敏锐。

　　21 世纪批评理论复兴的一个要素，就是在新自由主义背景下，对
那些影响大学的急剧变革表现出的越来越巨大的关注。几十本新近出
版的著作都探讨了这一话题。杰弗里·威廉斯指出，21 世纪一个新的
子研究领域已经形成，他称其为"辩证式大学研究"，这个称谓十分有用
（J. Williams 2012）。这一学科分支最有活力的研究方向是学术劳工
研究。依我的判断，这一方向最好的著述是马克·布斯凯（Marc
Bousquet）的《大学是怎样运作的：高等教育和低薪一族》（*How the
University Works：Higher Education and the Low-Wage Nation*，
2008）。从 21 世纪理论复兴的角度而言，这部著作和这一新方向通过
关注工作，具体说就是临时聘用的学术劳力，使得个人批评和机构批判
重新焕发生机，也因此得以从不同的宏观层面对大学做出批判。正如
我所写，"企业大学"似乎是最为广泛接受的批评术语，用以描述当今新
自由主义化的高等教育。[①] 对那些还持怀疑态度的人，我给出其美国
版本的一个描述。

　　从 20 世纪 70 年代开始，美国的企业大学开始改造教师劳动大军，

144

────────────

　　① 　在其《后福利公立大学》这篇涉猎广泛的评论文章中，杰弗里·威廉斯评论了
几十本关于美国大学发展史的书籍，勾勒出了这些大学沿袭的五个不同的发展方向。
他用"后福利公立大学"这个术语对这种发展做了历史定位，尽管通常倾向于使用"企
业大学"这个概念。

彼时 75％的教职工属于终身职位或属于"常任轨"，到了 21 世纪初，约 75％的教师属于临时聘用，仅 25％的教师属终身职位范畴。美国学术劳动力大军约有 150 万名教师。以上这种反转促使教师团队发生重要转变，走向不稳定。与此同时，大学逐渐将财政负担转移到学生学费、私人赠予和捐赠上，加上辅助经营（"营利中心"）也经常采取外包形式，如校园餐饮区、书店、礼品店、停车场、住宿、商标专利权和特许商品权。美国大学越来越看重专利、版权以及与企业进行财务合作。近几十年来，政府对公立高等教育的资助已大幅减少。大学年度营运预算中的州政府支持比例从 50％下降到 15％，也不是不常见。而这笔已经缩减的经费中的大部分来自州办的彩票业（赌场资本主义）。伴随着急剧上涨的学费和州政府资助的取消，本科生的债务增长快得出人意料。大部分学生不得不延长做低薪工作的时间，也因此拉长了完成学位的时间，增高了辍学率和债务。

在企业大学时代，教育已经成为一种私人而非社会商品。时至今日，新的未经管理和认可的、昂贵的、以营利为目的的高等教育机构仍持续在各地涌现。鉴于大多数领域博士学位过度饱和，研究生们取得学位的时间就变长了。他们做长期的教学助理，以填补临时劳动力的空白，同时还被迫发表文章，提升专业程度，以便在激烈的就业市场中竞争。博士学位读上十年已成寻常，而过去几十年（1945—1975）中，正常情况下只需要一半的时间。研究生的债务激增。此外，教授治校的作用就在于共同民主决策，随着更多管理层的加入，以及从公司经营借用的自上而下的管理做法成为主导，教授治校开始受到侵扰（Ginsberg）。学术 CEO 的薪资迅猛上涨。考虑到这些因素在起作用，大学的任务就由启迪心智和培养批判性公民转变为职业培训和就业准备。如今的公立大学更像是沃尔玛连锁超市而非早期的象牙塔。2009 年，意大利哲学家佛朗哥·贝拉尔迪（Franco Berardi）在伦敦就曾这样总结道："在本新世纪的头十年，智力劳动陷于危险的境地，被迫接受任何形式的经济勒索。罪犯阶层奴役了认知阶层：知识破碎化，财政收入下降,剥削和压力不断增长、增长。"

马克·布斯凯强调了现代学术劳动理论和实践在北美的三次浪潮。第一次浪潮是从 20 世纪 60 年代和 70 年代开始的,州立学校中超过一半的教职员参加了工会。这与二战后福利国家时代出现的更加广泛的运动有关,这些运动要求建立公共雇员工会,实行工作场所民主。第二波浪潮的巅峰是里根时期,出现了管理者、政客和商人们所倡导的新自由主义市场理论。这次浪潮一直致力于"估价、排名、现收现付、收益最大化,以及持续性竞争以求一流……"(93),它导致出现临时学术劳动力。第三波浪潮的兴起与始于 20 世纪 90 年代的成立研究生工会运动相关,建议用非市场或市场管理的方式对待学术劳动力。

布斯凯就属于第三波浪潮,他在自己的研究中,批判了企业大学及其主导的就业市场意识形态。他尤其批评在所谓就业"市场"中占统治地位的供给侧模式。他论证道,博士学位并非供过于求,倒是体面的工作供给不足,而且是有意为之。1993 年美国大学教授协会(American Association of University Professors)推荐的模式是 85% 终身教职和 15% 临时职位,如果高等教育都采取这个模式,那么就会形成劳动力短缺,并产生很多的工作机会(AAUP)。或者,如果给所有临时聘用教师的工资都很合理——比如,每门课 8 000 到 10 000 美元,而不是现在的 2 000 到 3 000 美元——就不会有人再产生剥削学术劳工之心了。另外一种扭转现状的途径可以是建立教职工工会(临时职位和终身职位教师全部参加),布斯凯提倡这种方法,但同时他也很清醒地评估了以前学术工会出现的问题。布斯凯工作的一部分不仅是要说服教职工,还要说服他们所从属的颇具影响力的专业机构,说服他们放弃第二波浪潮中新自由主义市场理论的花言巧语,转向第三波浪潮的说法。并非巧合的是,和佛朗哥·贝拉尔迪一样,他确实也意识到,企业大学是一种"全球现象"(176),在欧洲和南半球国家中也愈发普遍,是国际货币基金组织、世界银行和许多其他政府或非政府援助机构提供援助时附加的条件。

146

马克·布斯凯涉及学术劳动力的研究，早期就吸引了《工作与时日》期刊(*Works and Days*)的关注，该刊发行特刊(2003)，刊出 12 篇文章，对他的四篇论文进行回应(Derrickson)。这四篇文章后来收入《大学是怎样运作的》。在那期特刊的后记中，布斯凯呼吁进行一种"情感映射"，把个人情感和工作环境连接到一起。他从临时教师身上选出广泛存在的情绪，如绝望、背叛和焦虑。的确，他的这本书是部学术专著，但自始至终都贯穿着恼火、讽刺和愤慨，这些情绪全是他自己的，体现出亲近式批判的鲜明特征。

对布斯凯在《工作与时日》特刊上发表的批评，我再增加几点自己
147 的看法。在解释学术劳动力时，为支持被极度剥削的临时聘用教师，马克·布斯凯很少谈及因此而受到非议的终身职员。此外，他也忽略了不同级别的教职工、管理人员和学生相互之间和各自内部的级别矛盾。然而，他也尖锐地批评了工会接受年轻成员薪金低的做法。他对私有化的处理也如他对债务的讨论那样，不够深刻。对于少数民族、平权法案或民族多样性计划，布斯凯几乎都没说什么，无论是积极的还是消极的。但是他有力地推进了文化理论，表现在对大学进行批判的计划，最值得一提的是大学对学术劳动力的剥削。他充满激情的书中表达的观点是：激烈的文化斗争在持续着，不仅存在于大学外部，也在大学内部演绎着。

一位看了我的手稿的读者建议我说明自己挑选理论、进行收藏的标准。我自己的收藏体现出对创新性、关联性和影响力的综合考虑。这些著述应该充满激情，具有批评性，清晰明了，流行入时，以大众为受众。它们可以回过头来，历史地看待问题，但同时也为该领域的未来发展做出贡献，开辟出新的土壤，尤其是提出或翻新有用的概念，如诸众、部落中心主义、赤裸生命等。尽管其中的某些著述并不是所论话题的首部、第二部或第三部著作，但它们却是最优秀的，即了解最全面，表述最有力，也最具批评精神。哈维对新自由主义、布斯凯对企业大学的论

述就是典范。此外,我的一些理论收藏,比如迈克尔斯,就十分精敏①,也就是在自我意识和论证方面表现得充盈、独创、大胆。

伴随着所有这些关乎政治的文化理论作品的是,21世纪的大学中还发生着范围广泛的文学理论复兴,尤其是对全球化做出回应。此处我想举出如下的当代文学类型:英语文学,黑人大西洋文学,法语文学,原住民文学,美洲间文学,太平洋盆地文学,跨大西洋文学。所有这些文学形式在21世纪都已无可争辩地获得学术认可并得到全面发展。此外,世界范围的国家政治权力下放现象,近来已经给少数族裔语言传统和文学注入了新生命。比如在英国就应该包含爱尔兰、苏格兰和威尔士的语言和文学。在美国,则有从部落到移民的非英语"外来"语言文学,有希尔和索勒斯的选集为证。这种转变已极大地拓宽了民族文学的范畴和定义。文学理论复兴的另外一些鲜明特点包括:如弗兰克·莫莱蒂的集体项目,将小说视为一种可循环的全球形式;有关文学的新认知神经生物学理论(Holland);以及自下而上对主流文体的再野蛮化。在后一种情况中,如说唱诗、表演诗和嘻哈文化等已经向诗歌世界注入了新的口头和音乐能量(Gioia,《正在消失的墨水》)。少数民族文学的革命性爆发,始于20世纪后期,一直持续到21世纪,传遍世界,充满生命力。如其中最值得一提的是后共产党国家的那些女作家、有色人种作家和性少数群体作家。最后但同样重要的是,电子文学组织2006年和2011年在网上发布了辑录范围广泛的在线选集,使得原生数码(born-digital)电子文学②开始出名。21世纪已经见证了新的理论、新的形式和新的文学参照的涌现。

诚然,批评理论的复兴不是简单指几本开创性的书籍和一些批评理论,或者指我的收藏、你的收藏。正如前面的章节提到的那样,其过

①　精敏(smart):现当代西方批评理论,尤其是后学理论所推崇的批评层次,即挖掘深刻,充满智慧,论述巧妙,让人拍案叫绝。这些在德里达、德·曼等后结构主义批评家那里得到体现。——译者注
②　原生数码电子文学:一开始就以数码形式写作的文学。——译者注

程中有无数的回潮和反复，比如形式主义和现象学文本细读。就目前的情况而言，后结构主义正进入一个新的阶段，后现代主义的理论也正在回归。不仅如此，在理论重现的浪潮中，许多出版商新近也一直在重版 20 世纪 70 年代、80 年代和 90 年代的理论书籍。而文化研究，也即本章阐述的内容，也已经将长期以来囿于一国边界和一家传统一隅的做法放宽，而越来越多地考虑跨国的全球现象。与此同时，美国研究也已经有意识地为 21 世纪塑造了一种新的全球化范式，就如 24 位撰稿者在里程碑式的《美国研究的未来》(*The Futures of American Studies*，2002)中阐明的那样，该合辑由唐纳德·皮斯(Donald Pease)和罗宾·威格曼主编并做了十分给力的序言，两人都是该领域重新构组中的领路人和设计者。如我在插图(图 1)中所示，批评理论中出现了许多新的领域，如情感研究、生态批评和认知研究等。批评理论中的其他传统领域也正在复苏，如宗教与文学、经济与文学，还有叙述理论。一些理论如后殖民主义和新历史主义如今已经传播甚远、甚广，甚至成149 了大多数批评家赖以生存的空气。21 世纪理论复兴的一部分包括活力满满的批评递流，如收集在《理论的帝国》(*Theory's Empire*，2005)中赤裸裸的反理论情绪，这种情绪分布面广泛，第二章中也有列举。从 20 世纪 80 年代后期到 20 世纪 90 年代的文化战争时期，公共知识分子的重生就已开始，到 21 世纪进入飞速发展时期。它虽然失去了一些新鲜感，但其意义并未丧失分毫，尤其是对大学而言。随着时间的迁移，这种文化战争已经将批评的关注点从名家名著和课程设置，转移到企业大学的可弃置劳工和拖垮学生的贷款上。

21 世纪的理论复兴是如何与当今的企业大学关联起来的？大学是批评理论及其复兴的所在地。大学鼓励创新、研究和出版，在这种情况下，批评理论就与企业大学的使命不谋而合。此外，大学的目标是提升文化水平，培养具有批判思维的国民，陶冶传统背景下的艺术欣赏情趣，而批评理论对此贡献颇大；大学的这些目标形成于现代时期，有其历史辉煌，尽管正在不断衰退。当代批评理论很像传统观念中的大学，多沿着历史分析和比较分析的方向发展。而且,批评理论有助于学生理解"人贵有自知之明"这个古老的箴言,只是它特色鲜明地将反思的范围超出自我,延伸到社会层面。

然而,由于批评理论的崭露头角发生于企业大学开始替代福利国家大学的数十年间,社会大背景是劳工风潮、MBA风格的行政管理方式,以及早期的少数族裔激进行为,批评理论就是在这样的环境中发展壮大的。理论经常需要对大学提出批评。从20世纪70年代开始,此类与大学的抗争涉及成立自己所倡导的学科方向,设置在女性研究、性别研究,还有种族和族裔研究内;挑战传统,设立多文化课程,录取和聘用多样化;教职工与助教加入工会,以确保薪水合理、福利到位、民主决策。最近,理论在文化战争中维护了大学,但同时也批评大学的如下行为:增加学费和学生贷款;大多数教师沦为低薪劳动力,教师职业出现非职业化;降低了共同决策中民主所占的比例。因此,理论与如今企业大学的关系既是支持也是批评,只是批评的比重越来越大。

我能想象到这样一天,越来越多的大学管理人员和外部的利益相关者会决定放松或放弃学术自由和共同治理这个办学传统,阻碍或压制各种各样的社会批评理论。如果真的出现这种情况,我很好奇理论家们,无论很多还是很少,是否会决定离开,选择沉默、舍弃原则、内心放逐或调离岗位。在此类情形中,很难想象出这么做对参与者会有任何长期的好处。这么做会使大学内外更多的人幻想破灭而成为自己的对手;如今已经偏高的遭到异化了的低薪岗位会留下更多的空位;还会产生更多失败的对手。但在我看来,在可预见的未来,理论家们和大学仍需互相支持。尽管从历史上来看,情况并非一直如此。很多时间和地点都会发生理论繁荣,都与大学无关。毫无疑问,大学持续性的企业化将会使两者关系恶化,会出现更多的呼声要求建立工会,更多的内部民主成分,更多的充满活力的企业式项目和债务。就像学生被定位成消费者,知识和智慧形变为"内容-信息-产品",同样,教授们已经成为个体企业家,为了取得创新成果并从中获利而四处寻求支持。所以,无

150

论教授们致力于文化批判、形式美学研究，还是追求纯粹的科学，他们都会被裹挟入价值观和崇拜物的洪流中，陷入企业大学的大潮中而不可自拔。从当下情形来看，批评理论对企业大学有支撑作用，同时也对它产生越来越多的批判作用。

第十章
理论的未来

　　针对抱负满满的理论家，以及所有其他相关各方，我想做个大胆揣度，一个预言。姑且就把它当作我给年轻同仁的一封信。在高等教育，特别是人文和社会科学领域中，理论的前景一片光明。用当下占主导地位的自由市场股市用语来说，就是行情看涨。这里既指长期行情，也指中短期行情。诚然，过程中会有一些预警和复杂因素。但我在这里发出买入信号。而各位读者，尤其是理论家们，可能十分想知道这是为什么。

　　首先，对初入门槛的人而言，在高等教育中，对研究和出版的需求短期内不会消退。反之，这种需求会继续下去，从主要的研究型大学渗入到许多其他教育机构中。这种情况自20世纪60年代以来尤其在北美地区流行，现今已传遍世界。在许多的人文和社会科学学科中，理论满足了这种需求。理论提供了调查的新话题，研究的新方法，探索的新目标。此处我想引述由一些理论所导致的持续生产力，比如马克思主义、后结构主义和后殖民主义理论；女性主义、性别理论和酷儿理论；特别是在本书开头勾勒出的图1，给出了许多由理论派生出的分支，很有创新性。将图1中的三个或更多理论分支混搭起来，便可得到一个新的研究领域。近些年出现了反理论和后理论情愫，但是只有放在理论已经成为主导范式的背景下，反理论和后理论才说得通。在高等教育内部，对某些最强烈反对理论的人而言，理论似乎是个独霸一方的强大帝国。好吧，阿门，就是如此，尽管这个比喻也许不够恰当，产生的联想有些疯狂。

数量庞大的本科生和研究生都必须修读一门或多门理论入门课程，无论是当代文论还是经典文论。此外，还通常有另外的文论选修课程。各种各样的教育机构开设理论辅修班、证书班和方向班。涵盖文论的指南、辞典、术语和选集数不胜数，而且它们的数量还在持续增长。所有这些，就是我所理解的"理论公司"。

近年来，以我为例，经常被邀请以理论家的身份到国外举办讲座和教学，这些国家有巴西、中国、埃及、爱沙尼亚、芬兰、德国和匈牙利。其他人也有类似的经历。我主编的教科书《诺顿文学理论与批评选集》，在美国之外的年销量几乎达到美国国内销量的一半。理论已经走向世界。经整合"外来"成分，包括当代的和经典的，或许还能期待它更进一步地走向国际舞台。当下，北美和欧洲的理论通常并不包括阿拉伯、中国、印度、日本、波斯等其他非欧洲国家的传统。但是，未来会越来越多地吸纳非欧美传统。在理论开始走向世界的时候，美国可能是在正崛起的世界理论共和国的中枢（Keucheyan 255）。

简言之，在我看来，理论提供了许多资源：文化资本，丰沛的典籍和传统，批判，实用工具，专业研究通用语，还有丰富的材料和新视角，可供研究、出版和教学。这一切已经催生了数不清的特许经营，也算"理论公司"的一部分。

如今，倘若有志理论的学者问我，哪个理论尤其值得投资，我们就不得不面对一些复杂因素了。直到 20 世纪 90 年代中期，现代理论，例如文学研究中的批评理论，仍被限定为一系列的学派和思潮，无论是主流还是分支。但是，这个图景在不同的学科领域和院系中情况各不相同。尤其在北美的文学研究和英文系中，当代理论体系涵盖的范围如下，再最后引用一下这个标准清单：马克思主义、精神分析学、形式主义、神话批评、存在主义和现象学、阐释学以及读者反应理论、结构主义、后结构主义、女性主义、种族和族裔理论、新历史主义、性别和酷儿理论、后殖民主义理论、个人批评和文化研究。尽管理论形式如此丰富，这些年来的主导力量却较单一：20世纪50年代和60年代是形式主义，20世纪70年代和80年代是后结构主义，20世纪90年代至今是文化研究。理论在不断扩张，五花八门，但其中的发展主线也可见一斑。

然而，始于20世纪70年代，跨界和融合、后现代混杂与聚合，就已 153 端倪渐显。我想再以佳亚特里·斯皮瓦克的著名开拓性研究成果为例，那是后殖民主义研究，带有马克思主义、女性主义、解构主义诸家学说。还可以举出更多理论混杂的例子。自20世纪90年代早期起，北美的文化研究就已经以极快的速度，从或多或少一脉相承的英国先驱中分枝分叉，发展成半自主性的研究子领域或子方向。我想到白性研究、身体研究、创伤研究、边界研究、残疾研究、动物研究、属民研究、工人阶级研究等。这些领域中的每个研究都有各自的历史和理论架构，却没哪个研究居于主导地位，这倒是与之前的理论发展正好相反。因此理论复兴呈现出裂解的结构。毫不奇怪，21世纪理论无法全盘掌控，却可以大致了解，这是我的观点。它表现为散播快，高产出，后现代形式，大致可以辨别，这就是当下的"理论"形态。

正如今天任何的投资或采购一样，我们要考虑的采购——要买入理论，且在买入过程中人们会——面临多重选择。我们都经常会遇到这种类型的难题，无论是去买早餐麦片、半打啤酒，还是一瓶红酒。我们面前有数不清的选项，还通常伴随着困惑、沮丧和惊讶的微妙感觉。果不其然，就有博士生曾问我，是买入、卖出还是持有理论和文化研究，用的就是这些术语。我们现当代资本主义消费社会的结构正是由丰饶和无序组成的，典型的表现就是分散，带些花哨。高等教育和理论都没能逃脱这种形式。不管怎样，我给出的总体信号是买入。

走到哪里，都有指南，十大书单，傻瓜读本，还有自助手册和媒体。现在，如果你被当成专业理论家或正经的理论爱好者，那时不时地，你的定位就是投资顾问和期货顾问，而毋须有愧。这就是我所扮演的角色。人们非常想知道理解艺术、社会和文化的最新途径是什么。最新行情是什么？在这个时代，这样的市场先锋派头很引人注目。在这种背景下，理论成了时尚的弄潮儿。于是就有了酷儿理论方法、后殖民主义方法，还有许多热门的文化研究理论方法。一些领域和利基市场①十分热门，一些则非如此。我把这看成"理论市场"的一部分。我们生活的世界充斥着各种商品、充裕、广告、竞争、折旧加速、实用选择、投资计算。理论，还有做学问、搞学术研究、学术出版也同时存在，并不令人意外。这种情况不仅在艺术和人文领域如此，在自然科学、社会科学和职业领域也是如此。

但还有另一个棘手的地方。可不可以选择一种比其他理论更好的理论，比如，女性主义、批判性族裔理论或后殖民理论？这些理论源于某种个人也包括群体的经验、历史、压迫和价值观。从这种意义上而言，理论植根于立场、世界观和存在状态。"消费者选择"这个范畴——根据当今"经济人"②这种新自由主义理论，被解读成一种独立人权和公民责任——还未能解释人们是如何选择这种理论的。

今日被视为理论的东西大多带有批判的锋刃，横穿现代社会的肌理。当下的贸易工具证实了我的观点：马克思主义衍生出的意识形态分析，种族-阶级-性别文化批判，对经典的二元概念所做的解构，少数族裔的多元反历史，精神分析导致的怀疑阐释学，对政治话语进行的修辞分析，福柯的谱系学，等等。这种配置构成许多当代人文和社会科学领域遗传物质的一部分。对那些常见的、符合人们期待的街头智慧、自我反省，还有方法上的谨慎以及文本细读和注释，它都做出补充。环顾四周，我们会发现还有很多批评有待完成，而理论就处在一个很好的位

---

① 利基（niche）：指较大市场中新兴的或未被发现的市场空间。——译者注

② 经济人（homo economics）：古典经济理论概念，又称"实利人""理性人"，把人当作经济动物看待，假设人的行为以追求自身利益为目的，致力于自身利益的最大化，并会为此不择手段。——译者注

置,有能力去完成这些批评。这就是在很大程度上文化的保守勇士们要谴责理论的缘故,几十年来他们都在不间断地攻击它。理论代表着持续的挑战。于我而言,这一点就足以让我来推荐它,并为之辩护。

如今,新科博士理论专家们,正在从北美高等教育中寻求工作的情形,很明显地区别于 20 世纪 80 年代理论的高显示度。在 80 年代,理论从长期的附属地位中脱颖而出,成为各学科特别是文学研究中的独立方向和主要范式。如今,理论已经渗透了各个专业中的大部分方向与次方向,以至于似乎到了这样一种程度,好像每个人都在或多或少地做理论。这在文学上就包括对莎士比亚、维多利亚时代、族裔进行研究的当地专家。就像女性主义一样,理论无处不在,却也无处可觅。所以,就没有明显必要再去雇用什么理论专门家。当今的应用理论有着数不清的区域住所和名号。结果就是,孤家寡人的理论已经衰落。它不是一个颇受青睐的学术专业,而是个次级备胎,扮演着辅助角色。

因此,处于起步阶段的正牌理论家们就需要一个职业身份,不仅仅是与这个新起的暴发户领域,而是与更受人尊敬的某个方向或更为人接受的某个次级专业关联起来。举一些例子,如英国浪漫主义名流文学文化研究,或文艺复兴旅行文化中的全球化,或早期冷战时期的美国自白诗,都能很好地补充和调节对理论的原始投资。这些情况,以及贯穿在文学课程的方方面面,那些经得起检验的历史阶段、体裁和主题,都再次重现了这个学科在上世纪中叶的结构。理论并非已经死亡。绝对不是。理论无处不在,也正蓬勃发展,但它坐在后排,栖身于旧车上,突然间会显示一下自己。就是依赖其结构的很多方面,现代大学才得以继续存在。

这里对理论所做的多种重新勾勒,都与高等教育的后现代性密不可分。这是一种不均衡的发展。一方面,大学这种机构是现代性的产物,20 世纪早期的学科和院系组成了大学持久的地下基础和地上建筑。但另一方面,在学科交叉和跨学科的新时代,这些现代学科已经失去了自身的独立性。想一想 20 世纪 60 年代后建立起的所有新的研究

155

领域，如性别研究、族裔研究、符号学或文化研究，还有几十个新近出现的分支学科，如认知研究、残疾研究和全球化研究。我还没算自然科学方面的所有新学科。

　　但这些新的"跨学科"划在哪里呢？它们少有自己的院系，而更多是设立在那些资金不足的项目或中心里，人员配备也属临时性质。这其实是我经常抱怨的问题之一。这些让人激动且成果颇丰的领域有教学岗位吗？其实，没有，不一定有，即使有岗位也不是直接设置。这些工作通常不得不伪装起来，以应对经过评估认可的现代（前后现代）学科和专业。假设你是一位对朋克很感兴趣的英语系教授——朋克音乐、朋克服饰、朋克舞蹈和朋克文化场所——那你就需要找到与文学有关联的入口，比如朋克俚语、朋克诗歌和朋克刊物。你将自己定位在专门研究 20 世纪后期文学和文化，专攻亚文化方言中的审美话语。不出意外，在理论和跨学科这个阶段，很多求职者都伪装了起来。一方面，大学的院系划分和职员聘用呈现的依然是之前 20 世纪中期的架构，一种凝固的状态。另一方面，分支和交叉像杂草一样蔓延丛生。理论就是这样一种滋长和蔓延的一部分。在 20 世纪末，这种现象像病毒般扩散，并在我们当下的新世纪里继续扩散。这是一种复兴，有大量成果出现，也伴随有各种反对的声浪。

　　以下可能就是我，或者任何经验丰富的理论家，如今对有志成为学术理论家的新科博士们所要说的。投资理论吧。只是要记住：美容技巧是需要体现在你的职业形象和简历中的。打扮修饰是必需的。灵活性是格言。要展现出传统形象，融入旧的框框，能很快被热衷古玩的老前辈们一眼认出并得到接受。但同时要表现得有创新意识，有独创性，精敏能干，有志于新事物，甚至是新事物的最前沿，但再说一次：尽管如此，还是要置身于广为接受的学科和专业的旧框架下。要识时务，比如在北美，读博的平均期限长达 10 年，背负的学生债务多达数万美元，却只有不足一半的新科博士能最终获得终身教职。此外，你一路精心打扮，也不得不兼顾那些看来既不稳定且薪水低、无前途的工作，这个工作市场为 21 世纪的美国提供了约四分之三的高等教育学术劳动力。要小心,这种有失身份的工作类型需要你收敛明显的理论倾向,表现出接受过坚实的文学基础教育。欢迎加入企业大学。

　　到这里,我想坦诚地披露我的一个想法。有时候我感觉理论该像写作和数学一样,成为基础教育的一部分。在这种情况下,所有的大学本科生都应该修读一到两门跨学科理论课。无疑,课程的师资将来自人文学科和社会科学学科,课程的模块包括核心课程和选修课程,内容选自当代作品,甚至也可以选自经典传统。但真这样的话我又有点犹豫,觉得理论应该只留给某些特定的专业,只在高年级的高阶课程中开设。在前一种情况中,理论等同于批判性思维,类似后者当下呈现出的各种真实模式。而在后一种情况中,理论属于深层次的批判性和创造性思维,也指批判性和创造性方面的先进方法和途径,限定在公认的学科及其传统的背景之下。但其中还有很多问题有待解决:高等教育课程中批判性和创造性思维的位置;"理论公司"和"理论市场"的未来,包括毕业博士的理论就业市场;还有如今社会中高等教育的宗旨所在。

　　理论可见的将来会是怎样的? 以下是三种预测。首先,理论会通过无数的专业、时期、次级专业、学科和民族背景,继续得到扩散,扩散到一定程度,就会在各种不同的背景下失去其自身的特性。随它去吧。与此同时,对于如今三个标准的研究生和本科生理论课程设置和要求,即"理论入门""理论发展史"和"现当代理论"来说,可以预见,北美及其他地区会对此提出挑战。让理论家们做好准备,捍卫他们赖以为生的这些课程,同时持续加以改造吧。最后,理论定会走向全球。再重申一下,理论需要汲取来自阿拉伯、中国、印度、日本、波斯和其他传统的养料,要时常回溯到远古时代,并对萦绕在自己身上的欧洲中心主义加以重新语境化。走向全球不会终止民族身份、区域关系或地域差别,而是恰恰相反。

　　也有人说理论已成明日黄花。他们大概指的是后结构主义,或 20 世纪 80 年代和 90 年代对理论进行范围更加广阔的跨学科重构。这些人说的是对的，但谈的只是表面，正如我在本书中论证的那样。在方法和途径的意义上，理论是历久弥新的文本和知识问题，是一种批判，所以理论依然鲜活给力。对于人文和社会科学领域的人们而言，包括学生和教职工，理论都不可或缺。理论塑造专业话语，不管是有意识还是无意识。已成过往并踪迹难觅的，只是一般意义上的兴奋，有时也近乎歇斯底里，这种兴奋和歇斯底里陪伴着 20 世纪 80 年代理论蓬勃发展的早期。现阶段的市场社会是一种赌场资本主义，激发起快速的风尚变化、迅速过时和过度兴奋，其产生既有人为的炒作，也有真实的存在。理论裹挟于这些不断变化的潮流中，起起落落，不断发展着。

参考文献

Abrams, M. H. *Natural Supernaturalism : Tradition and Revolution in Romantic Literature*. New York: W. W. Norton, 1971. Print.

Adorno, Theodor W. "Cultural Criticism and Society." In *Prisms*. Eds. Samuel Weber and Shierry Weber. London: Spearman, 1967. 19 - 34. Print.

Agamben, Giorgio. *Homo Sacer : Sovereign Power and Bare Life*. Trans. Daniel Heller-Roazen. Stanford, CA: Stanford University Press, 1998. Print.

Althusser, Louis. "Ideology and Ideological State Apparatuses." In *Lenin and Philosophy and Other Essays*. Trans. Ben Brewster. New York: Monthly Review Press, 1971. 127 - 186. Print.

American Association of University Professors Committee G. "Report: On the Status of Non-Tenure-Track Faculty." *Academe* 78. 6 (1992): 39 - 48. Print.

Anderson, Amanda. *The Way We Argue Now : A Study in the Cultures of Theory*. Princeton, NJ: Princeton University Press, 2006. Print.

Armstrong, Paul B. *How Literature Plays with the Brain : The Neuroscience of Reading and Art*. Baltimore, MD: Johns

Hopkins University Press, 2013. Print.

Aronowitz, Stanley. "The Last Good Job in America." In *Chalk Lines: The Politics of Work in the Managed University*. Ed. Randy Martin. Durham, NC: Duke University Press, 1998. 202 – 222. Print.

Auerbach, Erich. "Odysses' Scar." In *Mimessis: The Representation of Reality in Western Literature*. Trans. Willard R. Trask. Princeton, NJ: Princeton University Press, 1953. 3 – 23. Print.

Badiou, Alain. *The Meaning of Sarkozy*. Trans. David Fernbach. London: Verso, 2008. Print.

Balakrishnan, Gopal, Ed. *Debating EMPIRE*. New York: Verso, 2003. Print.

Baron, Naomi S. "Redefining Reading: The Impact of Digital Communication Media." *PMLA* 128. 1 (2013): 193 – 200. Print.

Barthes, Roland. *S/Z: An Essay*. Trans. Richard Miller. New York: Hill and Wang, 1974. Print.

Bartolovich, Crystal. "Hummanities of Scale: Marxism, Surface Reading—and Milton." *PMLA* 127. 1 (2012): 115 – 121. Print.

Bauerlein, Mark. "Social Constructionism: Philosophy for the Academic Workplace." *Partisan Review* 68. 2 (2001): 228 – 241. Print.

Belsey, Catherine. *A Future for Criticism*. Oxford: Wiley-Blackwell, 2011. Print.

Berardi, Franco. "Communism Is Back but We Should Call It the Therapy of Singularisation (February 2009)." Available at: http://www/generation-online. org/p/fg _ bifo6. htm [accessed December 20, 2013].

Bérubé, Michael. *The Left at War*. New York: New York University

Press, 2009. Print.

Best, Stephen and Sharon Marcus, Eds. "Surface Reading: An Introduction." *Representations* 108. Fall (2009): 1 - 21. Speical issue on "The Way We Read Now." Print.

Bewes, Timothy. "Reading with the Grain: A New World in Literary Criticism." *Differences: A Journal of Feminist Cultural Studies* 21. 3 (2010): 1 - 33. Print.

Bleich, David. *Subjective Criticism.* Baltimore, MD: Johns Hopkins University Press, 1981. Print.

Bloom, Harold. *The Anxiety of Influence: A Theory of Poetry.* New York: Oxford University Press, 1973. Print.

Boltanski, Luc. *On Critique: A Sociology of Emancipation.* Trans. Gregory Elliott. Cambridge: Polity, 2011. Print.

Bóron, Atilio A. *Empire and Imperialism: A Critical Reading of Michael Hardt and Antonio Negri.* London: Zed, 2005. Print.

Borràs, Laura, et al., Eds. *Electronic Literature Collection.* vol. 2 (2011). Available at: http://collection. eliterature. org/2/[accessed June 29, 2013].

Bourdieu, Pierre. *Acts of Resistance: Against the Tyranny of the Market.* Trans. Richard Nice. New York: Free Press, 1999. Print.

Bousquet, Marc. *How the University Works: Higher Education and the Low-Wage Nation.* New York: New York University Press, 2008. Print.

Bradford, Richard W., Ed. *Teaching Theory.* London: Palgrave Macmillan, 2011. Print.

Brennan, Timothy. *Wars of Position: The Cultural Politics of Left and Right .* New York: Columbia University Press, 2006. Print.

Brooks, Cleanth. "The Language of Paradox." In *The Well Wrought Urn: Studies in the Structure of Poetry*. New York: Harcourt Brace, 1947. 3 - 21. Print.

Burke, Kenneth. *The Philosophy of Literary Form: Studies in Symbolic Action*. 3rd ed. Berkeley: University of California Press, 1973. Print.

Butler, Judith. "What Is Critique? An Essay on Foucault's Virtue." In *The Political*. Ed. David Ingram. Malden, MA: Blackwell, 2002. 212 - 226. Print.

Caws, Mary Ann, Ed. *Textual Analysis: Some Readers Reading*. New York: MLA, 1986. Print.

Culler, Jonathan. *Literary Theory: A Very Short Introduction*. 2nd ed. New York: Oxford University Press, 2011. Print.

Cusset, François. *French Theory: How Foucault, Derrida, Deleuze, and Co. Transformed the Intellectural Life of the United States*. Trans. Jeff Fort with Josephine Berganza and Marlon Jones. Minneapolis: University of Minnesota Press, 2008. Print.

Davis, Colin. *Critical Excess: Overreading in Derrida, Deleuze, Levinas, Žižek, and Cavell*. Stanford, CA: Stanford University Press, 2010. Print.

De Man, Paul. *Allegories of Reading: Figural Language in Rousseau, Nietzsche, Rilke, and Proust*. New Haven, CT: Yale University Press, 1979. Print.

Derrickson, Teresa, Ed. "Information University: Rise of the Education Management Organization." *Works and Days* 21. 1 - 2 (2003): 7 - 369. Speical Issue on Marc Bousquet. Print.

Derrida Seminar Translation Project. Available at: derridaseminars. org [accessed September 13, 2013].

Derrida, Jacques. "Plato's Pharmacy." In *Dissemination*. Trans. Barbara Johnson. Chicago: University of Chicago Press, 1983. 61 – 171. Print.

——. *Specters of Marx: The State of Debt, The Work of Mourning, and the New Internationale*. Trans. Peggy Kamuf. New York: Routledge, 1994. Print.

——. "Autoimmunity: Real and Symbolic Suicides—A Dialogue with Jacques Derrida." In *Philosophy in a Time of Terror: Dialogues with Jürgen Habermas and Jacques Derrida*. Ed. Giovanna Borradori. Chicago: University of Chicago Press, 2003. 85 – 136, 186 – 193. Print.

——. "*Circonfession*" *lu par l'auteur*. La Bibliotheque des Voix Series. Paris: Des Femmes, 2006. 5 CDs.

——. *Séminaire La bête et le souverain, Volume* II (2002—2003). Eds. Michel Lisse, Marie-Louise Mallet, and Ginette Michaud. Paris: Éditions Galilée, 2010. Print.

Derrida, Jacques and Elisabeth Roudinesoco. "Violence Against Animals." In *For What Tomorrow... A Dialogue*. Trans. Jeff Fort. Stanford, CA: Stanford University Press, 2004. 62 – 76. Print.

Derrida, dir. Kirby Dick and Amy Ziering Kofman. Jane Doe Films. 2002. DVD, Zeitgeist Video, 2003.

Di Leo, Jeffrey, et al., Eds. *Neoliberalism, Education, Terrorism: Contemporary Dialogues*. Boulder, CO: Paradigm, 2013. Print.

During, Simon, Ed. *The Cultural Studies Reader*. 3rd ed. New York: Routledge, 2007. Print.

Eagleton, Terry. *After Theory*. New York: Basic, 2003. Print.

——. *Ideology: An Introduction*. 2nd ed. London: Verso, 2007.

Print.

Ebert, Teresa. *The Task of Cultural Critique*. Urbana: University of Illinois Press, 2009. Print.

Eco, Umberto. *Travels in Hyperreality*. Trans. William Weaver. Orlando, FL: Harcourt, Barce, 1986. Print.

Edmundson, Mark. "Against Readings. " *Profession* (2009): 56 – 65. Print.

Eliot, Jane and Derek Attridge, Eds. *Theory after "Theory."* Manifesto Series. New York: Routledge, 2011. Print.

Ellis, John M. *Literature Lost: Social Agendas and the Corruption of the Humanities*. New Haven, CT: Yale University Press, 1997. Print.

Felski, Rita. "After Suspicion. " *Profession* (2009): 28 – 35. Print.

Florida, Richard. *The Rise of the Creative Class: And How It's Transforming Work, Leisure, Community, and Everyday Life*. New York: Basic, 2002, Print.

Foucault, Michel. "What Is Critique?" In *The Political*. Ed. Dvaid Ingram. Malden, MA: Blackwell, 2002. 191 – 211. Print.

Franklin, Cynthia G. *Academic Lives: Memoir, Cultural Theory, and the University Today*. Athens, GA: University of Georgia Press, 2009. Print.

Fraser, Nancy and Axel Honneth. *Redistribution or Recognition? A Political-Philosophical Exchange*. Trans. Joel Golb, James Ingram, and Christine Wilke. New York: Verso, 2003. Print.

Freedman, Diana P. , Olivia Frey, and Frances Murphy Zauhar, Eds. *The Intimate Critique: Autobiographical Literary Criticism*. Durham, NC: Duke University Press, 1993. Print.

Gallop, Jane. "The Historicization of Literary Studies and the Fate of

Close Reading. " *Profession* (2007): 181 - 186. Print.

——. "Close Reading in 2009. " *Association of Departments of English Bulletin* 149 (2010): 15 - 19. Print.

Ginsberg, Benjamin. *The Fall of the Faculty: The Rise of the All-Administrative University and Why It Matters.* New York: Oxford University Press, 2011. Print.

Gioia, Dana. *Can Poetry Matter? Essays on Poetry and American Culture.* Tenth Anniversary ed. Saint Paul, MN: Graywolf Press, 2002. Print.

——. "Disappearing Ink: Poetry at the End of Print Culture. " In *Disappearing Ink: Poetry at the End of Print Culture.* Saint Paul, MN: Graywolf Press, 2004. 3 - 31. Print.

Goodheart, Eugene. *Does Literary Studies Have a Future.* Madison: University of Wisconsin Press, 1999. Print.

——. "Criticism in the Age of Discourese. " *Clio* 32. 2 (2003): 205 - 208. Print.

Graff, Gerald. "Advocacy in the Classroom—Or the Curriculum? A Response. " In *Advocacy in the Classroom: Problems and Possibilites.* Ed. Particia Meyer Spacks. New York: St. Martin's Press, 1996. 425 - 431. Print.

Greene, Roland, et al. , Eds. *The Princeton Encyclopedia of Poetry and Poetics.* 4th ed. Princeton, NJ: Princeton University Press, 2012. Print.

Groden, Michael, Martin Kreiswirth, and Imre Szeman, Eds. *Contemporary Literary and Cultural Theory: The Johns Hopkins Guide.* Baltimore, MD: Johns Hopkins University Press, 2012. Print.

Hall, Stuart and Martin Jacques, Eds. *New Times: The Changing*

Face of Politics in the 1990s. London: Verso, 1990. Print.

Haraway, Donna. *Simians, Cyborgs, and Women: The Reinvention of Nature*. New York: Routledge, 1991. Print.

Hardt, Michael. "The Militancy of Theory." *South Atlantic Quarterly* 110. 1 (Winter) (2011): 19 – 35. Print.

——and Antonio Negri. *Empire*. Cambridge: Harvard University Press, 2000. Print.

Harvey, David. *The Condition of Postmodernity*. Cambridge, MA: Blackwell, 1990. Print.

——. *A Brief History of Neoliberalism*. New York: Oxford University Press, 2005. Print.

Hassan, Ihab. "Beyond Postmodernism." In *Quest of Nothing: Selected Essays*. Ed. Klaus Stierstofer. New York: AMS Press, 2010. 127 – 139. Print.

Hayles, N. Katherine, et al. , Eds. *Electronic Literature Collection*. vol. 1 (2006). Available at http: // collection. eliterature. org/1/ [accessed June 29, 2012].

Hebdige, Dick. *Subculture: The Meaning of Style*. London: Routledge, 1979. Print.

Heidegger, Martin. "Language." In *Poetry, Language, Thought*. Trans. Albert Hofstadter. New York: Harper, 1975, 185 – 208. Print.

——. *The Fundamental Concepts of Metaphysics: World, Finitude, Solitude*. Trans. William McNeill and Nicholas Walker. Bloomington, IN: Indiana University Press, 1995. Print.

Holbo, John, Ed. *Framing Theory's Empire*. West Lafayette, IN: Parlor Press, 2007. Print.

Holland, Norman, " References. " *Literature and the Brain*.

Gainesville, FL: PsyArt Foundation, 2009. 409 – 443. Print.

hooks, bell. *Outlaw Culture: Resisting Representations*. New York: Routledge, 1994. Print.

Hoover, Paul, Ed. *Postmodern American Poetry: A Norton Anthology*, 2nd ed. New York: W. W. Norton, 2013. Print.

Horowitz, David. *The Professors: The 101 Most Dangerous Academics in America*. Washington, DC: Regnery, 2006. Print.

Hutcheon, Linda. "Gone Forever, But Hero to Stay: The Legacy of the Postmodern." In *Postmodernism. What Moment?* Ed. Pelagia Goulimari. Manchester: Manchester University Pess, 2007. 16 – 18. Print.

——, et al. "Postmodernism." In *The Princeton Encyclopedia of Poetry and Poetics*. 4th ed. Eds. Roland Greene, et al. Princeton, NJ: Princeton University Press, 2012. 1095 – 1097. Print.

Jacobs, Alans. *The Pleasures of Reading in an Age of Distraction*. New York: Oxford University Press, 2011. Print.

Jakobson, Roman and Claude Lévi-Strauss. "Charles Baudelaire's 'Les Chats'." In *The Structuralists: From Marx to Lévi-Strauss*. Eds. Richard T. and Fernande M. De George. Garden City: Doubleday, 1972. 124 – 146. Print.

Jameson, Fredric. *The Prison-House of Language: A Critical Account of Structuralism and Russian Formalism*. Princeton, NJ: Princeton University Press, 1972. Print.

——. *Postmodernism, or the Cultural Logic of Late Capitalism*. Durham, NC: Duke University Press, 1991. Print.

Jencks, Charles. *The Story of Post-Modernism: Five Decades of the Ironic, Iconic and Critical in Architecture*. Chichester: Wiley,

2011. Print.

Jenkins, Henry. *Textual Poachers: Television Fans and Participatory Culture*. New York: Routledge, 1992. Print.

——. *Convergence Culture: Where Old and New Media Collide*. New York: New York University Press, 2006. Print.

Johnson, Benjamin, Patrick Kavanagh and Kevin Mattson, Eds. *Steal This University: The Rise of the Corporate University and the Academic Labor Movement*. New York: Routledge, 2003. Print.

Juhasz, Alexandra. "A Truly New Genre." In *Inside Higher Ed*. May 3, 2011. Web. May 5, 2011.

Kelly, Michael, Ed. *Encyclopedia of Aesthetics*. 4 Vols. New York: Oxford University Press, 1998. Print.

Keucheyan, Razmig. *Left Hemisphere: Mapping Critical Theory Today*. New York: Verso, 2013. Print.

Khalip, Jacques, Ed. "Future Foucault." *South Atlantic Quarterly* 111. 3 (2012), Special Issue, Print.

Knellwolf, Christa and Christopher Norris, Eds. *The Cmbridge History of Literary Criticism*. Vol. Ⅸ: *Twentieth-Century Historical, Philosophical and Psychological Perspectives*. New York: Cambridge University Press, 2001. Print.

Lacan, Jacques. *Écrits: The First Complete Edition in English*. Trans. Bruce Fink, et al. New York: W. W. Norton, 2006. Print.

Laclau, Ernesto and Chantal Mouffe. *Hegemony and Socialist Strategy: Toward a Radical Democratic Politics*. London: Verso, 1985. Print.

Latour, Bruno. "Why Has Critique Run Out of Steam?" *Critical Inquiry* 30. 2 (2004): 225 – 248. Print.

Leitch, Vincent B. "Taboo and Critique: Literary Criticism and
Ethics." *Association of Departments of English Bulletin* 90. Fall
(1988): 46 – 52. Print.

———. *Cultural Criticism, Literary Theory, Postructuralism.* New
York: Columbia University Press, 1992. Print.

———. *Postmodernism—Local Effects, Global Flows.* Series in
Postmodern Culture. Albany: State University of New York
Press, 1996. Print.

———. *Theory Matters.* New York: Routledge, 2003. Print.

———. "Applied Theory," In *Living with Theory.* Manifesto Series.
Oxford: Balckwell, 2008. 32 – 48. Print.

———. *American Literary Criticism Since the* 1930s. 2nd ed. New
York: Routledge, 2010. Print.

———. Gen. Ed. , et al. *Norton Anthology of Theory and Criticism.*
2nd ed. 2010. New York: W. W. Norton, 2001. Print.

Lentricchia, Frank and Andrew DuBois, Eds. *Close Reading: The
Reader.* Durham, NC: Duke University Press, 2003.

Machor, James L. and Philip Goldstein, Eds. *Reception Study: From
Literary Theory to Cultural Studies.* New York: Routledge,
2001. Print.

McQuillan, Martin, et al. , Eds. *Post-theory: New Directions in
Criticism.* Edinburgh: Edinburgh University Press, 1999. Print.

Michaels, Wlater Benn, *The Trouble with Diversity: How We
Learned to Love Identity and Ignore Inequality.* New York:
Henry Holt, 2006. Print.

Miller, J. Hillis. "Tradition and Difference." *Diacritics* 2. 4 (Winter)
(1972): 6 – 13. Print.

———. "Presidential Address 1986: The Triumph of Theory, the

Resistance to Reading, and the Question of the Material Base. " *PMLA* 102. 3 (1987): 281 – 291. Print.

Mitchell, W. J. T. and Arnold I. Davidson, Eds. *The Late Derrida*. Chicago: University of Chicago Press, 2007. Print.

Moraru, Christian. *Cosmodernism: American Narrative, Late Globalization, and the New Cultural Imaginary*. Ann Arbor: University of Michigan Press, 2011. Print.

——. Ed. "Focus on Metamodernism. " *American Book Review* 34. 4 (2013): 3 – 15.

Moretti, Franco. *Graphs, Maps, Tress: Abstract Models for a Literary History*. London: Verso, 2005. Print.

——. Ed. *The Novel*. vol. 1: *History, Geography, and Culture*; vol. 2: *Forms and Themes*. Princeton, NJ: Princeton University Press, 2007. Print.

——. *Distant Reading*. London: Verso, 2013. Print.

National Endowment for the Arts. *Reading on the Rise: A New Chapter in American Literacy*. Research Nrochure # 03B. Washington, DC: NEA, Jan. 2009. Web. July 2, 2013.

Native Critics Collective. *Reasoning Together*. Norman: University of Oklahoma Press, 2008. Print.

Nealon, Jeffrey T. *Post-Postmodernism or, The Cultural Logic of Just-in-Time Capitalism*. Stanford, CA: Stanford University Press, 2012. Print.

Negri, Antonio. *Reflections on Empire*. Trans. Ed Emery. 2003; Cambridge: Polity Press, 2008. Print. [Three of thirteen chapters are coauthored by Michael Hardt.]

Newfield, Christopher. *Unmaking the Public University: The Forty-Year Assault on the Middle Class*. Cambridge: Harvard

University Press, 2008. Print.

Passavant, Paul and Jodi Dean, Eds. *Empire's New Clothes: Reading Hardt and Negri*. New York: Routledge, 2004. Print.

Patai, Daphne and Will H. Corral, Eds. *Theory's Empire: An Anthology of Dissent*. New York: Columbia University Press, 2005. Print.

Pease, Donald E. and Robyn Wiegman. "Futures." In *The Future of American Studies*. Eds. Donald E. Pease and Robyn Wiegman. Durham, NC: Duke University Press, 2002. 1 – 42. Print.

Peeters, Benoît. *Derrida*. Grandes Biographies Series. Paris: Flammarion, 2010. Print.

——. *Trois ans avec Derrida: Les Carnets d'un biographe*. Paris: Flammarion, 2010.

Pratt, Mary Louise. "Interpretive Strategies/Strategic Interpretations: On Anglo-American Reader-Response Criticism." *Boundary* 2 11. Fall/Winter (1982 – 1983): 201 – 231. Print.

Pulitano, Elvira. *Toward a Native American Critical Theory*. Lincoln: University of Nebraska Press, 2003. Print.

Rabaté, Jean-Michel. *The Future of Theory*. Malden, MA: Blackwell, 2002. Print.

Radway, Janice. *Reading the Romance: Women, Patriarchy, and Popular Literature*. Chapel Hill: University of North Carolina Press, 1991. Print.

Rancière, Jacques. "The Misadventures of Critical Thought." In *The Emancipated Spectator*. Trans. Gregory Elliott. London: Verso, 2011. 25 – 49. Print.

Reger, Jo. *Everywhere and Nowwhere: Contemporary Feminism in the United States*. New York: Oxford University Press, 2012. Print.

Ricoeur, Paul. *Freud and Philosophy: An Essay on Interpretation.* Trans. Denis Savage. The Terry Lectures. New Haven, CT: Yale University Press, 1970. Print.

Ryan, Michael, Gen. Ed. , et al. *The Encyclopedia of Literary and Cultural Theory.* 3 Vols. Malden, MA: Wiley-Blackwell, 2011. Print.

Said, Edward W. *The World, the Text, and the Critic.* Cambridge: Harvard University Press, 1983. Print.

Saussy, Haun, Ed. *Comparative Literature in the Age of Globaliztion.* Baltimore, MD: Johns Hopkins University Press, 2006. Print.

Schütz, Anton. "Homo Sacer." In *The Agamben Dictionary*, Eds. Alex Murray and Jessica Whyte. Edinburgh: Edinburgh University Press, 2011. 94 - 96. Print.

Schwabsky, Barry. "Everyday Painting." In *Vitamin P2: New Perspectives in Painting*, Anon. Ed. New York: Phaidon Press, 2011. 10 - 16. Print.

Sedgwick, Eve Kosofsky. "Paranoid Reading and Reparative Reading, or, You're So Paranoid, You Probably Think This Essay Is about You." In *Touching Feeling: Affect, Pedagogy, Performativity.* Durham, NC: Duke University Press, 2003. 123 - 151. Print.

Shell, Marc and Werner Sollors, Eds. *Multilingual Anthology of American Literature: A Reader of Original Texts with English Translations.* New York: New York University Press, 2000. Print.

Sim, Stuart, Ed. *The Routledge Companion to Postmodernism.* 3rd ed. New York: Routledge, 2011. Print.

Smith, Paul, Ed. *Renewal of Cultural Studies.* Philadelphia, PA:

Temple University Press, 2011. Print.

Sontag, Susan. "Against Interpretation." In *Against Interpretation and Other Essays*. New York: Picador, 2001. 3 - 14. Print.

Spivak, Gayatri Chakravorty. *In Other Words: Essays in Cultural Politics*. New York: Methuen, 1987. Print.

Stanford Literary Lab. http://litlab.stanford.edu. July 13, 2013.

Teres, Harvey. *The Word on the Street: Linking the Academy and the Common Reader*. Ann Arbor: University of Michigan Press, 2010. Print.

Towheed, Shafquat, Rosalind Crone, and Katie Halsey, Eds. *The History of Reading*. New York: Routledge, 2011. Print.

Turner, Graeme. *What's Become of Cultural Studies?* Los Angeles: Sage, 2012. Print.

Vizenor, Gerald. *Manifest Manners: Narratives on Postindian Survivance*. Middletown, CT: Wesleyan University Press, 1993. Print.

Wang, Ning. *Translated Modernities: Literary and Cultural Perspectives on Globalization and China*. New York: Legas, 2010. Print.

Warner, Michael. "Uncritial Reading." In *Polemic: Critical or Uncritical (Essays from the English Institute)*, Ed. Jane Gallop. New York: Routledge, 2004. 13 - 38. Print.

Weaver, Jace, Craig S. Womack, and Robert Warrior. *American Indian Literary Nationalsim*. Albuquerque: University of New Mexico Press, 2006. Print.

Weinstein, Cindy and Christopher Looby, Eds. *American Literature's Aesthetic Dimensions*. New York: Columbia University Press, 2012. Print.

Wellek, René and Austin Warren. *Theory of Literature*. 3rd ed. New

York: Harcourt Brace, 1962. Print.

Wiegman, Robyn. "The Vertigo of Critique." In *Object Lessons*. Durham, NC: Duke University Press, 2012. 301 – 343. Print.

Williams, Jeffrey J. "The Post-Welfare State University." *American Literary History* 18. Spring (2006): 190 – 216. Print.

——. "Prodigal Critics." *The Chronicle of Higher Education*: *The Chronicle Review* (December 6, 2009): B14 – B15. Print.

——. "Deconstructing Academe: The Brith of Critical University Studies." *The Chronicle of Higher Education*: *The Chronicle Review* Februay 19, 2012. Web June 30, 2013.

——and Heather Steffan, Eds. *The Critical Pulse*: *Thirty-Six Credos by Contemporary Critics*. New York: Columbia University Press, 2012. Print.

Williams, Raymond. *Culture and Society*, 1780 – 1950. London: Penguin, 1958. Print.

Womack, Craig S. *Red on Red*: *Native American Literary Separatism*. Minneapolis: University of Minnesota Press, 1999. Print.

Womack, Kenneth. "Selected Bibliography of Theory and Criticism." In *Norton Anthology of Theory and Criticism*. 2nd ed. Gen. Ed. Vincent B. Leitch. New York: W. W. Norton, 2010. 2655 – 2688. Print.

Woodmansee, Martha and Mark Osteen, Eds. *The New Economic Criticism*: *Studies at the Intersection of Literature and Economics*. New York: Routledge, 1999. Print.

Žižek, Slavoj. *The Sublime Object of Ideology*. The Essential Žižek Series. London: Verso, 2008. Print.

——. "Introduction: The Specter of Ideology." In *Mapping Ideology*. Ed. Slavoj Žižek. New York: Verso, 2012. 1 – 33. Print.

索 引

（索引中的页码为原著页码，检索时请查本书边码）

Abrams, M. H. M. H. 艾布拉姆斯
11,14,15,16

abstract expressionism 抽象表现主
义 10

academic jobs 学术工作 ix,10,54,72,
144 - 6,154 - 7

Adorno, Theodor W. 西奥多·W. 阿
多诺 71

Agamben, Giorgio 吉奥乔·阿甘本
139,140,142

All God's Chillun Got Wings（Eugene
O'Neill）《上帝的儿女都有翅膀》
（尤金·奥尼尔）47

Althusser, Louis 路易·阿尔都塞 x,
42,43,44n. 6,45,109,111

American Indian Literary Nationalism
（Jace Weaver）《美洲印第安人的
文学民族主义》（杰斯·韦弗）137

American Literary Criticism from the
1930*s to the* 1980*s*《美国文学批
评：从 20 世纪 30 年代至 80 年代》
2,59,82 - 3

Anderson, Amanda 阿曼达·安德森
20n. 4

animals 动物 98,101,102

Antigone（Sophocles）《安提戈涅》（索
福克勒斯）10

antitheory phenomenon 反理论现象
11 - 31,149

Armstrong, Paul B. 保罗·B. 阿姆斯
特朗 44n. 6

Aronowitz, Stanley 斯坦利·阿罗诺
维兹 69

Auerbach, Erich 埃里希·奥尔巴
赫 38

Badiou, Alain 阿兰·巴迪欧 91,142, 143,144

Balakrishnan, Gopal 戈帕尔·巴拉克里希南 134

Baron, Naomi S. 内奥米·S. 巴伦 47n. 8

Bartolovich, Crystal 克里斯托·巴托洛维奇 44n. 6

Bauerlein, Mark 马克·鲍尔莱恩 20, 21,22,41

The Beast and the Sovereign（Jacques Derrida）《论野兽和君主》（雅克·德里达）92 - 103

beat literature 垮掉派文学 10

bebop jazz 波普爵士乐 10

Belsey, Catherine 凯瑟琳·贝尔西 37n. 1

Berardi, Franco 佛朗哥·贝拉尔迪 145,146

Bérubé, Michael 迈克尔·贝鲁比 27n. 7

Best, Stephen 史蒂芬·贝斯特 43, 44n. 6

Bewes, Timothy 提摩太·贝维斯 44n. 6

big "T" Theory "大写的"理论 28 - 31

Bleich, David 戴维·布莱希 48

Bloom, Harold 哈罗德·布鲁姆 14, 48,113

blues festivals 布鲁斯庆典 85 - 6

Boltanski, Luc 吕克·博尔坦斯基 45

Bóron, Atilio A. 阿蒂里奥·A. 伯隆 134,135n. 1

Boundary 2 group《疆界 2》小组 1 - 2

Bourdieu, Pierre 皮埃尔·布尔迪厄 x,60,91,109,111,112,113

Bousquet, Marc 马克·布斯凯 144, 145,146,147

Brennan, Timothy 蒂莫西·布伦南 27n. 7

A Brief History of Neoliberalism （David Harvey）《新自由主义简史》（大卫·哈维）140 - 2

Brooks, Cleanth 克林斯·布鲁克斯 26,38,39,40

Burke, Kenneth 肯尼斯·伯克 26,48

Butler, Judith 朱迪斯·巴特勒 24, 44,45,48,58,64,65,79

Caws, Mary Ann 玛丽·安·考斯 38

"Charles Baudelaire's 'Les Chats'" （Roman Jakobson and Claude Lévi-Strauss)《夏尔·波德莱尔的〈猫〉》（罗曼·雅各布森和克洛德·列维-斯特劳斯）38

Christian fundamentalism 基督教基要主义 6,53

Circonfession（Jacques Derrida）《割礼忏悔录》（雅克·德里达）114

close reading 细读 38 - 41,126 - 7

The Condition of Postmodernity (David Harvey)《后现代性的状况》(大卫·哈维)140

contemporary academic labor theory 现代学术劳动理论 145－6

corporate university 企业大学 xi，3，21－2，25－6，60，72，125，127，144－6，149－50，156

Corral，Will H. 威尔·H. 柯罗尔 11，24，31n. 9，40

Cremaster Cycle (Matthew Barney) 《悬丝》(马修·巴尼)68

Critical Understanding：The Powers and Limits of Pluralism (Wayne Booth)《批评的理解：多元主义的力量与局限》(韦恩·布斯)24

critical university studies 批判大学研究 127，144

Culler，Jonathan 乔纳森·卡勒 58

Cultural Criticism，Literary Theory，Poststructuralism《文化批评、文学理论、后结构主义》1，81－2

cultural critique 文化批判 43－6，83

cultural studies and theory 文化研究和理论 vii，54，69－71，75－7，86

Culture and Imperialism (Edward Said)《文化与帝国主义》(爱德华·萨义德)60

culture wars 文化战争 vii，8，12，13n. 1，18，24，40，56，149

Davis，Colin 科林·戴维斯 48

Dean，Jodi 约迪·迪恩 134

Debating Empire (Gopal Balakrishnan) 《辩论帝国》(戈帕尔·巴拉克里希南)134

"The Deconstructive Angel" (M. H. Abrams)《解构的天使》(M. H. 艾布拉姆斯)14

Deconstructive Criticism《解构主义批评》1－2

De Man，Paul 保罗·德·曼 57，60，107，108，110，112，113，118

de Manian deconstruction 德·曼的解构主义 15，41n. 5

Derrickson，Teresa 特蕾莎·德里克森 146

Derrida (Benoît Peeters)《德里达传》(伯努瓦·皮特斯)105－19

Derrida，Jacques 雅克·德里达
　about family 关于家庭 106－7，115
　autobiographical writing 自传作品 114
　biography 传记 105－6
　critics and enemies 批评家和对手 117
　Derrida-Foucault quarrel 德里达-福柯两人的争吵 111－12
　drug possession charges 指控持有毒品 107
　friend/enemy basis 非友即敌的原则

113

hermeticism and unreadability 神秘主义和不可读性 117 - 18

philosophical disputes 哲学争端 111

politics of 政治态度 107 - 8

relationship with

Bourdieu 与布尔迪厄的关系 112

French educational institutions 与法国教育机构的关系 109 - 10

Sylviana Agacinski 与西尔维娅·阿加辛斯基的关系 115 - 16

universities 与大学的关系 110

Die Grundbegriffe der Metaphysik (Martin Heidegger)《形而上学的基本概念:世界-有限性-孤独性》(马丁·海德格尔)95

Discipline and Punish (Michel Foucault)《规训与惩罚》(米歇尔·福柯)65

Dissemination (Jacques Derrida)《论播撒》(雅克·德里达)59

distant reading 远距离阅读 39n. 3

Does Literary Studies Have a Future (Eugene Goodheart)《文学研究有没有未来》(尤金·古德哈特)18

Double Agent: The Critic and Society (Morris Dickstein)《双重媒介:批评家和社会》(莫里斯·迪克斯坦)16 - 17

DuBois, Andrew 安德鲁·迪布瓦 38

Eagleton, Terry 特里·伊格尔顿 20,43

Ebert, Teresa 特蕾莎·艾伯特 43

Eco, Umberto 安伯托·艾柯 77

Edmundson, Mark 马克·埃德蒙森 36

egalitarianism 平等思想 23,45

Eliot, T. S. T. S.艾略特 47,64,79

Ellis, John M. 约翰·M.埃利斯 12,13,14,40

Empire (Michael Hardt and Antonio Negri)《帝国》(迈克尔·哈特和安东尼奥·奈格里)65,133 - 5

Empire and Imperialism (Atilió Boron)《帝国和帝国主义》(阿蒂里奥·伯隆)134

Empire's New Clothes (Paul Passavant and Jodi Dean)《帝国的新衣》(保罗·帕萨旺和约迪·迪恩)134

existentialism 存在主义 10

Felski, Rita 芮塔·菲尔斯基 36,37

Female Masculinity (Judith Halberstam)《女性的男性气质》(朱迪斯·哈伯斯塔姆)65

Finnegans Wake (James Joyce)《芬尼根的守灵夜》(詹姆斯·乔伊斯)15

For What Tomorrow (Jacques Derrida)《明天会怎样?》(雅克·

德里达)58

Foucault, Michel 米歇尔・福柯 x, 2, 20, 36, 44, 45, 64, 65, 91, 93, 94, 103, 104, 105, 110, 111, 112, 121, 139, 154

Foucaultian analysis 福柯式分析 44

Franklin, Cynthia G. 辛西娅・G. 富兰克林 105

Fraser, Nancy 南茜・弗雷泽 138

Freedman, Diana P. 戴安娜・P. 弗里德曼 46

French theory 法国理论 16, 24, 29, 56, 91 - 4

　future 法国理论的未来 103 - 4

Frey, Olivia 奥利维娅・弗雷 46

"Function of Criticism at the Present Time"(Matthew Arnold)《批评在当下的作用》(马修・阿诺德)60 - 1

The Futures of American Studies《美国研究的未来》148

Gallop, Jane 简・盖洛普 41n. 5

gender demystification (Judith Butler) 性别去神秘化(朱迪斯・巴特勒)44

Gender Trouble (Judith Butler)《性别麻烦》(朱迪斯・巴特勒)65

Geneva phenomenology 日内瓦学派 44n. 6

Ginsberg, Benjamin 本杰明・金斯伯格 145

Gioia, Dana 达纳・乔欧亚 40n. 4, 148

Goldstein, Philip 菲利普・戈尔茨坦 35

Goodheart, Eugene 尤金・古德哈特 18, 19, 20

Graff, Gerald 杰拉尔德・格拉夫 46

Graphs, Maps, Trees (Franco Moretti)《图表、地图和树》(弗兰克・莫莱蒂)39n. 3

The Great Gatsby (F. Scott Fitzgerald)《了不起的盖茨比》(F. 斯科特・菲茨杰拉德)47

Great Man and solitary genius theory 伟人与孤独天才论 14

Groden, Michael 迈克尔・格洛登 54

Hall, Stuart 斯图亚特・霍尔 9

Halsey, Katie 凯蒂・哈尔西 35

Hardt, Michael 迈克尔・哈特 44, 45, 65, 79, 88, 128, 133, 134, 135, 139, 142

Harvey, David 大卫・哈维 9, 40n. 4, 140, 141, 142, 147

Hassan, Ihab 伊哈布・哈桑 x, 124

Hayles, N. Katherine N. 凯瑟琳・海尔斯 60

Hebdige, Dick 迪克・赫伯迪格 79

Heidegger, Martin 马丁・海德格尔

6,38,57,83,95,96,97,98,100,102,107,112,139

heterogeneity 异质性 123

higher education and theory 高等教育和理论 151 - 7

"Historicization"《历史化》41n. 5

History of Sexuality (Michel Foucault)《性史》(米歇尔·福柯)65

Holbo, John 约翰·霍尔博 31n. 9

Holland, Norman 诺曼·霍兰德 148

Homo Sacer：Sovereign Power and Bare Life (Giogio Agamben)《神圣人：至高权力与赤裸生命》(吉奥乔·阿甘本)139

hooks, bell 贝尔·胡克斯 24,63,64,65,79

Hoover, Paul 保罗·胡佛 128

How the University Works：Higher Education and the Low-Wage Nation (Marc Bousquet)《大学是怎样运作的：高等教育和低薪一族》(马克·布斯凯)144 - 7

Hutcheon, Linda 琳达·哈琴 x,126,127

ideology critique 意识形态批判 18 - 19,41 - 3

incommensurability 不可通约性 123

individualism 个人主义 23

Internet reading 互联网阅读 47n. 8

intimate critique 亲近式批判 viii,3,45 - 6,96,97,136,146

An Introduction to Arab Poetics (poet Adūnis)《阿拉伯诗学概论》(诗人阿多尼斯)79

Jackson, Michael, mediated death and burial of 迈克尔·杰克逊,媒体报道的死亡和葬礼 74 - 7

Jacobs, Alan 艾伦·雅各布斯 46n. 7

Jacques, Martin 马丁·雅克 9

Jakobson, Roman 罗曼·雅各布森 38

Jameson, Fredric 弗雷德里克·詹明信 9,20,27,43,44n. 6,64,65,67,121,122

Jameson-style Marxist ideology critique 詹明信式的马克思主义意识形态批判 44n. 6

Jencks, Charles 查尔斯·詹克斯 x,124

Jenkins, Henry 亨利·詹金斯 34

Juhasz, Alexandra 亚历山德拉·尤哈斯 47n. 8

Kantian antiutilitarian Englightment tradition 康德的反实用主义的启蒙传统 55

Keucheyan, Razmig 哈兹米格·科西彦 152

Lacan, Jacques 雅克·拉康 x,37n. 1，91,95,104

La Distinction（Pierre Bourdieu）《区分：判断力的社会批判》（皮埃尔·布尔迪厄）112

"Language"（Martin Heidegger）《语言》（马丁·海德格尔）38

Latour, Bruno 布鲁诺·拉图尔 38n. 2

late Derrida 晚年德里达 58

Lentricchia,Frank 弗兰克·伦特里基亚 38

Lévi-Strauss,Claude 克洛德·列维-斯特劳斯 38,79,110

LGBTQ movements 同志运动 44，52,148

life death theme 生命死亡主题 98 - 101

Lisse, Michel 米歇尔·丽丝 93

literary criticism 文学批评 17 - 19,56

literature itself, concept 文学本身,概念 26,54 - 5

Literature Lost：Social Agendas and the Corruption of the Humanities (John Ellis)《文学迷失：社会议题和人文堕落》（约翰·埃利斯）12

A Literature of Their Own（Elaine Showalter）《她们自己的文学》（伊莱恩·肖瓦尔特）52

Living with Theory《与理论同行》9，52,67

Looby, Christopher 克里斯托弗·卢比 37n. 1

Machor, James L. 詹姆斯·L. 曼切尔 35

The Madwoman in the Attic（Sandra Gilbert and Susan Gubar）《阁楼上的疯女人》（桑德拉·吉尔伯特和苏珊·古芭）52

Mallet, Marie-Louise 玛丽-露易丝·马莱特 93

Marcus, Sharon 莎伦·马库斯 43，44n. 6

Marxist-derived ideological analysis 马克思主义衍生出的意识形态分析 41 - 43,154

The Meaning of Sarkozy（Alain Badiou）《萨科齐的意义》（阿兰·巴迪欧）142 - 3

Michaels, Walter Benn 瓦尔特·彭·迈克尔斯 79,138,139,142,147

Michaud,Ginette 基内特·米绍 93

Miller, J. Hillis J. 希利斯·米勒 1，14,15,16,58

Mimesis（Erich Auerbach）《摹仿论》（埃里希·奥尔巴赫）38

Moraru,Christian 克里斯蒂安·莫拉鲁 127

Moretti, Franco 弗兰克·莫莱蒂 39n. 3,60,79,148

multicultural theory 多元文化理论 53

Multilingual Anthology of American Literature:A Reader of Original Texts with English Translations《多语种美国文学选集:原文附英译读本》136

Natural Supernaturalism（M. H. Abrams)《自然的超自然主义》(M. H.艾布拉姆斯)14 - 15

Nealon, Jeffery T. 杰弗里·T. 尼伦 124,125,126,127

Negri, Antonio 安东尼奥·奈格里 65, 79, 88, 133, 134, 135n. 1, 139,142

neoliberalism 新自由主义 2 - 4,41 - 2, 57,112,139 - 43,154

neophenomenology 新现象学 36 - 7, 44n. 6,48

New Age spirituality 新时代灵性 6

New Critical formalism 新批评形式主义 1,2,7,26,28,39,46,54,74

New World Order 世界新秩序 63

Nietzschean-style genealogy 尼采式的谱系学 36

Norton Anthology of Criticism and Theory《诺顿文学理论与批评选集》7 - 8,28,30,60 - 1,78 - 80, 131,152

"Odysseus' Scar"(Erich Auerbach)"奥德修斯的伤疤"(埃里希·奥尔巴赫)(《摹仿论》的第一章) 38

Orientalism（Edward Said)《东方主义》(爱德华·萨义德)60,65

Outlaw Culture（bell hooks)《反抗的文化》(贝尔·胡克斯)65

paranoid reading 偏执性阅读 36

Passavant, Paul 保罗·帕萨旺 134

Patai, Daphne 达芬尼·帕泰 11,24, 31n. 9,40

Pease, Donald E. 唐纳德·E. 皮斯 148

Peeters, Benoît 伯努瓦·皮特斯 x, 105,106,111,114,115,118,119

Philosophy in a Time of Terror（Jacques Derrida)《恐怖时代的哲学》(雅克·德里达)58

"Plato's Pharmacy"（Jacques Derrida)《论柏拉图的药房》(雅克·德里达)38

pleasure reading 快乐阅读 ix,34 - 5

Poetics(Aristotle)《诗学》(亚里士多德)10

political correctness 政治正确 13,54

The Political Unconscious（Frederic Jameson)《政治无意识》(弗雷德里克·詹明信)65

post-Marxist cultural studies 后马克思主义文化研究 1,45

Postmodern American Poetry: A Norton Anthology（Paul Hoover）《诺顿后现代美国诗集》（保罗·胡佛）128

postmodern culture features 后现代文化特点 67-8,77

postmodernism 后现代主义 9-10, 121-3

 case studies of ～的案例分析 127-9

 concept ～概念 123-4

 critique of ～的批判 130

 disorganization of culture ～文化的杂乱无章 9,129

 globalization 全球化 124

 phases 阶段 122

 post-postmodern 后-后现代主义的 124-5

 rehistoricizing 将……重新历史化 129-30

 scholars of 研究～的学者 123-4

 and theory ～和理论 130-1

Postmodernism, or the Cultural Logic of Late Capitalism（Frederic Jameson）《后现代主义，或晚期资本主义的文化逻辑》（弗雷德里克·詹明信）65,67-8,121

Postmodernism—Local Effects, Global Flows《后现代主义——局部影响，全球流动》7,9

posttheory 后理论 16,126,130

"The Post-Welfare State University"（Jeffery Williams）"后福利公立大学"（杰弗里·威廉斯）144n.2

Pratt, Mary Louise 玛丽·路易斯·普拉特 27

The Princeton Encyclopedia of Poetry and Poetics（Roland Greene）《普林斯顿诗歌和诗学百科全书》（罗兰·格林）127

psychoanalytic theory 精神分析理论 37,44,97

public intellectual 公共知识分子 108, 133,142,149

Pulitano, Elvira 埃尔韦拉·普利塔诺 137

Quicksand（Nella Larsen）《流沙》（内勒·拉森）47

Radway, Janice 珍妮斯·拉德威 34, 35,39,40,47n.8

Rancière, Jacques 雅克·朗西埃 38n.2,91

reading and textual interpretation 阅读和文本阐释 94-7

Reading the Romance（Janice Radway）《阅读浪漫小说》（珍妮斯·拉德威）35

Red on Red: Native American Literary Separatism（Craig Womack）《红种

谈红种：本土裔美国文学的分离主义》（克雷格·沃马克）135 - 6

Reflections on Empire （Antonio Negri）《对帝国的反思》（安东尼奥·奈格里）134

religion 宗教 6,8 - 9,68,134 - 5,148

Republic （Plato）《理想国》（柏拉图）10

The Resisting Reader （Judith Fetterley）《抗拒性读者》（朱迪思·菲特利）52

resonance 共鸣度 61

Ricoeur, Paul 保罗·利科 36,109

Right to Sing the Blues （Jeff Melnick）《演唱布鲁斯的权利》（杰夫·梅尔尼克）83

Robinson Crusoe （Daniel Defoe）《鲁滨孙漂流记》（丹尼尔·笛福）95 - 6

Rogues （Jacques Derrida）《论无赖》（雅克·德里达）58

Roudinesco, Elisabeth 伊丽莎白·卢迪内斯克 102

The Routledge Companion to Postmodernism （Stuart Sim）《劳特里奇后现代主义指南》（斯图亚特·西姆）123

Rules of Art （Pierre Bourdieu）《艺术的规则》（皮埃尔·布尔迪厄）60

Said, Edward W. 爱德华·W. 萨义德 27,60,64,65,79,112

"Sarrasine," Balzac's story《萨拉辛》，巴尔扎克所著小说 38

School of Criticism and Theory 批评与理论学院 8,20n. 4

Schwabsky, Barry 巴里·施沃博斯基 128,129

Sedgwick, Eve Kosofsky 伊芙·科索夫斯基·塞吉维克 20,36,58,79

Shell, Marc 马克·希尔 136,147

Sim, Stuart 斯图亚特·西姆 123

social constructionism 社会建构主义 20 - 1,123

Sollors, Werner 维尔纳·索勒斯 136,147

Sontag, Susan 苏珊·桑塔格 36

Specters of Marx （Jacques Derrida）《马克思的幽灵》（雅克·德里达）58,96

Spivak, Gayatri Chakravorty 佳亚特里·C. 斯皮瓦克 33,58,79,113,153

Stanford Literary Lab 斯坦福文学实验室 39n. 3

Story of Post-Modernism （Charles Jencks）《后现代主义的故事》（查尔斯·詹克斯）124

The Sublime Object of Ideology （Slavoj Žižek）《意识形态的崇高客体》（斯拉沃热·齐泽克）65

The Sun Also Rises （Ernest Hemingway）

《太阳照常升起》(欧内斯特·海明威)47

survivance 生存状态 99n.1,100

symptomatic reading 症候式阅读 44n.6

"Taboo and Critique: Literary Criticism and Ethics"《禁忌与批判：文学批评和伦理学》1

Tel Quel journal《泰凯尔》杂志 108

tenure system 终身教职制度 21

theory 理论 7,29–30,56–7,68,69,130–1,149–50,152,157

Theory Incorporated 理论的公司化，理论的渗透扩张 xi,64,70,74,151–2,157

Theory of Literature (René Wellek and Austin Warren)《文学理论》(雷纳·韦勒克和奥斯汀·沃伦)12

Theory Market 理论市场 154,157

Theory Matters《理论重要》9,80–1,84

Theory's Empire: An Anthology of Dissent (Daphne Patai and Will H. Corral)《理论的帝国：异议者选集》(达芬尼·帕泰和威尔·H.柯罗尔)11,16,27–30

Toward a Native American Critical Theory (Elvira Pulitano)《建构美洲原住民批判理论》(埃尔韦拉·普利塔诺)137

tribalcentrism 部落中心主义 147

The Trouble with Diversity: How We Learned to Love Identity and Ignore Inequality (Walter Benn Michaels)《多样性带来的问题：我们是如何学会爱上身份认同而忽略不平等的》(瓦尔特·彭·迈克尔斯)138–9

Turner, Graeme 格拉姆·特纳 54

Ulmer,Gregory 格雷戈瑞·乌尔默 10

the Valve, literary Web blog"阀",文学网络博客 31n.9

victimization thesis 受虐主题 45

Vitamin P (Barry Schwabsky in)《维他命P》(巴里·施沃博斯基参与出版)129

Vitamin P2 (Barry Schwabsky in)《维他命P2》(巴里·施沃博斯基参与出版)129

Vizenor, Gerald 杰拉德·维兹诺 58,99n.1

Walten/walten "统治",德语名词/动词,意为施加统治、治理、管辖 102

Warner, Michael 迈克尔·沃纳 37,38,79

Warren, Austin 奥斯汀·沃伦 12

Warrior, Robert 罗伯特·沃利尔 137

The Waster Land (T. S. Eliot)《荒原》（T. S. 艾略特）47

The Weary Blues (Langston Hughes)《疲惫的布鲁斯》（兰斯顿·休斯）47

Weaver, Jace 杰斯·韦弗 137

Weinstein, Cindy 辛迪·韦恩斯坦 37n. 1

Wellek, René 雷纳·韦勒克 11,12,82

The Well Wrought Urn (Cleanth Brooks)《精致的瓮》（克林斯·布鲁克斯）38

Western logocentrism 西方逻各斯中心主义 101

Wiegman, Robyn 罗宾·威格曼 45,148

Williams, Jeffery J. 杰弗里·J. 威廉斯 xi,14,144

Williams, Raymond 雷蒙·威廉斯 42

"Winter Evening" (Georg Trakl)《冬夜》（格奥尔格·特拉克尔）38

Womack, Craig S. 克雷格·S. 沃马克 135,136,137,138,139,142

The Worldly Philosophers (Robert L. Heilbroner)《俗世哲学家》（罗伯特·L. 海尔布隆纳）6

The Wretched of the Earth (Frantz Fanon)《大地上的受苦者》（弗朗茨·法农）65

Wynema (Alice Callahan)《维内玛》（艾丽斯·卡拉汉）136

Yale deconstruction 耶鲁学派的解构主义 1-2,14-16

Zauhar, Frances Murphy 弗朗西斯·墨菲·扎哈尔 46

Žižek, Slavoj 斯拉沃热·齐泽克 43,48,60,64,65,70

《当代学术棱镜译丛》
已出书目

媒介文化系列

第二媒介时代 [美]马克·波斯特

电视与社会 [英]尼古拉斯·阿伯克龙比

思想无羁 [美]保罗·莱文森

媒介建构:流行文化中的大众媒介 [美]劳伦斯·格罗斯伯格 等

揣测与媒介:媒介现象学 [德]鲍里斯·格罗伊斯

媒介学宣言 [法]雷吉斯·德布雷

媒介研究批评术语集 [美]W. J. T. 米歇尔　马克·B. N. 汉森

全球文化系列

认同的空间——全球媒介、电子世界景观与文化边界 [英]戴维·莫利

全球化的文化 [美]弗雷德里克·杰姆逊　三好将夫

全球化与文化 [英]约翰·汤姆林森

后现代转向 [美]斯蒂芬·贝斯特　道格拉斯·科尔纳

文化地理学 [英]迈克·克朗

文化的观念 [英]特瑞·伊格尔顿

主体的退隐 [德]彼得·毕尔格

反"日语论" [日]莲实重彦

酷的征服——商业文化、反主流文化与嬉皮消费主义的兴起 [美]托马斯·弗兰克

超越文化转向 [美]理查德·比尔纳其 等

全球现代性:全球资本主义时代的现代性 [美]阿里夫·德里克

文化政策 [澳]托比·米勒 [美]乔治·尤迪思

通俗文化系列

解读大众文化 [美]约翰·菲斯克

文化理论与通俗文化导论(第二版) [英]约翰· 斯道雷

通俗文化、媒介和日常生活中的叙事 [美]阿瑟·阿萨·伯格

文化民粹主义 [英]吉姆·麦克盖根

詹姆斯·邦德:时代精神的特工 [德]维尔纳·格雷夫

消费文化系列

消费社会 [法]让·鲍德里亚

消费文化——20世纪后期英国男性气质和社会空间 [英]弗兰克·莫特

消费文化 [英]西莉娅·卢瑞

大师精粹系列

麦克卢汉精粹 [加]埃里克·麦克卢汉 弗兰克·秦格龙

卡尔·曼海姆精粹 [德]卡尔·曼海姆

沃勒斯坦精粹 [美]伊曼纽尔·沃勒斯坦

哈贝马斯精粹 [德]尤尔根·哈贝马斯

赫斯精粹 [德]莫泽斯·赫斯

九鬼周造著作精粹 [日]九鬼周造

社会学系列

孤独的人群 [美]大卫·理斯曼

世界风险社会 [德]乌尔里希·贝克

权力精英 [美]查尔斯·赖特·米尔斯

科学的社会用途——写给科学场的临床社会学 [法]皮埃尔·布尔迪厄

文化社会学——浮现中的理论视野 [美]戴安娜·克兰

白领:美国的中产阶级 [美]C. 莱特·米尔斯

论文明、权力与知识 [德]诺贝特·埃利亚斯

解析社会:分析社会学原理 [瑞典]彼得·赫斯特洛姆

局外人:越轨的社会学研究 [美]霍华德·S. 贝克尔

社会的构建 [美]爱德华·希尔斯

新学科系列

后殖民理论——语境 实践 政治 [英]巴特·穆尔-吉尔伯特

趣味社会学 [芬]尤卡·格罗瑙

跨越边界——知识学科 学科互涉 [美]朱丽·汤普森·克莱恩

人文地理学导论:21 世纪的议题 [英]彼得·丹尼尔斯 等

文化学研究导论:理论基础·方法思路·研究视角 [德]安斯加·纽宁
[德]维拉·纽宁主编

世纪学术论争系列

"索卡尔事件"与科学大战 [美]艾伦·索卡尔 [法]雅克·德里达 等

沙滩上的房子 [美]诺里塔·克瑞杰

被困的普罗米修斯 [美]诺曼·列维特

科学知识:一种社会学的分析 [英]巴里·巴恩斯 大卫·布鲁尔 约翰·亨利

实践的冲撞——时间、力量与科学 [美]安德鲁·皮克林

爱因斯坦、历史与其他激情——20 世纪末对科学的反叛 [美]杰拉尔德·
霍尔顿

真理的代价:金钱如何影响科学规范 [美]戴维·雷斯尼克

科学的转型:有关"跨时代断裂论题"的争论 [德]艾尔弗拉德·诺德曼
[荷]汉斯·拉德 [德]格雷戈·希尔曼

广松哲学系列

物象化论的构图 [日]广松涉

事的世界观的前哨 [日]广松涉

文献学语境中的《德意志意识形态》[日]广松涉

存在与意义(第一卷)[日]广松涉

存在与意义(第二卷)[日]广松涉

唯物史观的原像 [日]广松涉

哲学家广松涉的自白式回忆录 [日]广松涉

资本论的哲学 [日]广松涉

马克思主义的哲学 [日]广松涉

世界交互主体的存在结构 [日]广松涉

国外马克思主义与后马克思思潮系列

图绘意识形态 [斯洛文尼亚]斯拉沃热·齐泽克 等

自然的理由——生态学马克思主义研究 [美]詹姆斯·奥康纳

希望的空间 [美]大卫·哈维

甜蜜的暴力——悲剧的观念 [英]特里·伊格尔顿

晚期马克思主义 [美]弗雷德里克·杰姆逊

符号政治经济学批判 [法]让·鲍德里亚

世纪 [法]阿兰·巴迪欧

列宁、黑格尔和西方马克思主义:一种批判性研究 [美]凯文·安德森

列宁主义 [英]尼尔·哈丁

福柯、马克思主义与历史:生产方式与信息方式 [美]马克·波斯特

战后法国的存在主义马克思主义:从萨特到阿尔都塞 [美]马克·波斯特

反映 [德]汉斯·海因茨·霍尔茨

为什么是阿甘本? [英]亚历克斯·默里

未来思想导论:关于马克思和海德格尔 [法]科斯塔斯·阿克塞洛斯

无尽的焦虑之梦:梦的记录(1941—1967)附《一桩两人共谋的凶杀案》

(1985) [法]路易·阿尔都塞

经典补遗系列

卢卡奇早期文选 [匈]格奥尔格·卢卡奇

胡塞尔《几何学的起源》引论 [法]雅克·德里达

黑格尔的幽灵——政治哲学论文集[Ⅰ] [法]路易·阿尔都塞

语言与生命 [法]沙尔·巴依

意识的奥秘 [美]约翰·塞尔

论现象学流派 [法] 保罗·利科

脑力劳动与体力劳动:西方历史的认识论 [德]阿尔弗雷德·索恩-雷特尔

黑格尔 [德] 马丁·海德格尔

黑格尔的精神现象学 [德] 马丁·海德格尔

生产运动:从历史统计学方面论国家和社会的一种新科学的基础的建

立 [德]弗里德里希·威廉·舒尔茨

先锋派系列

先锋派散论——现代主义、表现主义和后现代性问题 [英]理查德·墨菲
诗歌的先锋派:博尔赫斯、奥登和布列东团体 [美]贝雷泰·E. 斯特朗

情境主义国际系列

日常生活实践 1. 实践的艺术 [法]米歇尔·德·塞托

日常生活实践 2. 居住与烹饪 [法]米歇尔·德·塞托 吕斯·贾尔 皮埃尔·

梅约尔

日常生活的革命 [法]鲁尔·瓦纳格姆

居伊·德波——诗歌革命 [法] 樊尚·考夫曼

景观社会 [法]居伊·德波

当代文学理论系列

怎样做理论 [德]沃尔夫冈·伊瑟尔

21 世纪批评述介 [英]朱利安·沃尔弗雷斯

后现代主义诗学:历史·理论·小说 [加]琳达·哈琴

大分野之后:现代主义、大众文化、后现代主义 [美]安德列亚斯·胡伊森

理论的幽灵:文学与常识 [法]安托万·孔帕尼翁

反抗的文化:拒绝表征 [美]贝尔·胡克斯

戏仿:古代、现代与后现代 [英]玛格丽特·A.罗斯

理论入门 [英]彼得·巴里

现代主义 [英]蒂姆·阿姆斯特朗

叙事的本质 [美]罗伯特·斯科尔斯 詹姆斯·费伦 罗伯特·凯洛格

文学制度 [美]杰弗里·J.威廉斯

新批评之后 [美]弗兰克·伦特里奇亚

文学批评史:从柏拉图到现在 [美]M.A.R.哈比布

德国浪漫主义文学理论 [美]恩斯特·贝勒尔

萌在他乡:米勒中国演讲集 [美]J.希利斯·米勒

文学的类别:文类和模态理论导论 [英]阿拉斯泰尔·福勒

思想絮语:文学批评自选集(1958—2002) [英]弗兰克·克默德

叙事的虚构性:有关历史、文学和理论的论文(1957—2007) [美]海登·怀特

21 世纪的文学批评:理论的复兴 [美]文森特·B.里奇

核心概念系列

文化 [英]弗雷德·英格利斯

风险 [澳大利亚]狄波拉·勒普顿

学术研究指南系列

美学指南 [美]彼得·基维

文化研究指南 [美]托比·米勒

文化社会学指南 [美]马克·D.雅各布斯 南希·韦斯·汉拉恩

艺术理论指南 [英]保罗·史密斯 卡罗琳·瓦尔德

《德意志意识形态》与文献学系列

梁赞诺夫版《德意志意识形态·费尔巴哈》[苏]大卫·鲍里索维奇·梁赞诺夫

《德意志意识形态》与 MEGA 文献研究 [韩]郑文吉

巴加图利亚版《德意志意识形态·费尔巴哈》[俄]巴加图利亚

MEGA:陶伯特版《德意志意识形态·费尔巴哈》 [德]英格·陶伯特

当代美学理论系列

今日艺术理论 [美]诺埃尔·卡罗尔

艺术与社会理论——美学中的社会学论争 [英]奥斯汀·哈灵顿

艺术哲学:当代分析美学导论 [美]诺埃尔·卡罗尔

美的六种命名 [美]克里斯平·萨特韦尔

文化的政治及其他 [英]罗杰·斯克鲁顿

现代日本学术系列

带你踏上知识之旅 [日]中村雄二郎 山口昌男

反·哲学入门 [日]高桥哲哉

作为事件的阅读 [日]小森阳一

超越民族与历史 [日]小森阳一 高桥哲哉

现代思想史系列

现代化的先驱——20世纪思潮里的群英谱 [美]威廉·R.埃弗德尔

现代哲学简史 [英]罗杰·斯克拉顿

美国人对哲学的逃避：实用主义的谱系 [美]康乃尔·韦斯特

视觉文化与艺术史系列

可见的签名 [美]弗雷德里克·詹姆逊

摄影与电影 [英]戴维·卡帕尼

艺术史向导 [意]朱利奥·卡洛·阿尔甘　毛里齐奥·法焦洛

电影的虚拟生命 [美]D.N.罗德维克

绘画中的世界观 [美]迈耶·夏皮罗

缪斯之艺：泛美学研究 [美]丹尼尔·奥尔布赖特

视觉艺术的现象学 [英]保罗·克劳瑟

当代逻辑理论与应用研究系列

重塑实在论：关于因果、目的和心智的精密理论 [美]罗伯特·C.孔斯

情境与态度 [美]乔恩·巴威斯　约翰·佩里

逻辑与社会：矛盾与可能世界 [美]乔恩·埃尔斯特

指称与意向性 [挪威]奥拉夫·阿斯海姆

波兰尼意会哲学系列

认知与存在：迈克尔·波兰尼文集 [英]迈克尔·波兰尼

科学、信仰与社会 [英]迈克尔·波兰尼

现象学系列

伦理与无限：与菲利普·尼莫的对话 [法]伊曼努尔·列维纳斯

图书在版编目（CIP）数据

21世纪的文学批评：理论的复兴／（美）文森特·
B.里奇著；朱刚，洪丽娜，葛飞云译. —南京：南京
大学出版社，2021.2
（当代学术棱镜译丛／张一兵主编）
书名原文：Literary Criticism in the 21st Century：
Theory Renaissance
ISBN 978-7-305-23727-0

Ⅰ.①2… Ⅱ.①文… ②朱… ③洪… ④葛… Ⅲ.①
文学批评史－世界－21世纪 Ⅳ.①I109

中国版本图书馆CIP数据核字(2020)第175666号

江苏省版权局著作权合同登记　图字：10-2018-466号

出版发行　南京大学出版社
社　　址　南京市汉口路22号　　　　　邮　编　210093
出 版 人　金鑫荣
丛 书 名　当代学术棱镜译丛
书　　名　**21世纪的文学批评：理论的复兴**
著　　者　[美]文森特·B.里奇
译　　者　朱　刚　洪丽娜　葛飞云
责任编辑　张　静
照　　排　南京南琳图文制作有限公司
印　　刷　南京爱德印刷有限公司
开　　本　635×965　1/16　印张　14.5　字数214千
版　　次　2021年2月第1版　2021年2月第1次印刷
ISBN 978-7-305-23727-0
定　　价　60.00元
网　　址　http://njupco.com
官方微博　http://weibo.com/njupco
官方微信　njupress
销售热线　025-83594756